"声音"的艺术

张皓涵 著

经济日报出版社

北京

图书在版编目（CIP）数据

"声音"的艺术 / 张皓涵著. -- 北京：经济日报出版社, 2024. 12. -- ISBN 978-7-5196-1542-0

I. I207.42

中国国家版本馆CIP数据核字第2024GL7571号

"声音"的艺术
"SHENGYIN" DE YISHU

张皓涵　著

出版发行：	经济日报出版社
地　　址：	北京市西城区白纸坊东街2号院6号楼
邮　　编：	100054
经　　销：	全国各地新华书店
印　　刷：	北京文昌阁彩色印刷有限责任公司
开　　本：	710mm×1000mm　1/16
印　　张：	16.25
字　　数：	197千字
版　　次：	2024年12月第1版
印　　次：	2024年12月第1次
定　　价：	78.00元

本社网址：www.edpbook.com.cn　微信公众号：经济日报出版社
请选用正版图书，采购、销售盗版图书属违法行为
版权专有，盗版必究。 本社法律顾问：北京天驰君泰律师事务所，张杰律师
举报信箱：*zhangjie@tiantailaw.com*　　举报电话：（010）63567684
本书如有印装质量问题，由我社事业发展中心负责调换，联系电话：（010）63538621

前　言

李洱作为当代最具实力的小说家之一，其小说的知识分子叙述因语言的准确性、形式的探索性、叙事的复杂性、思想的深刻性及其独到的美学风格在当代文坛独树一帜。2018年，李洱创作链条上的"现实之书"《应物兄》的诞生，既极大地延展了其小说的诗意空间，也昭示了其创作风貌日趋丰富和完整。翌年，《应物兄》获得茅盾文学奖，李洱亦跻身"茅奖"作家之列。知识分子是李洱最为关注和熟悉的群体，他的知识分子叙述有较为明显的写作立场。百余年来，知识分子的尴尬处境和精神内面一方面映射着时代的变革，另一方面亦烛照自身的生存境况。"声音"问题是李洱知识分子叙述的重要问题，它以小说语言为核心要义，巧妙地勾连起小说的声音生成机制、小说叙事结构、叙述人的位置、视点变化、对话性形式、语言样态、修辞方式等一系列问题。

李洱是小说创作行当的声音艺术家，他以锐感的洞察力以及理性兼具怀疑的凝视，在观察知识分子日常生活的同时，反躬自省其创作的进路，每一部长篇小说的问世，都是李洱式声音诗学的重大推进。对于优秀的小说家而言，构建独特的声音系统便是孜孜以求的目标。声音的敞开意味着对话。小说对话关系形成是李洱形塑小说文本的重要目的。

本书以李洱小说的知识分子叙述脉络为中心，沉入到小说"活的言语"之中，辅之以行之有效的理论，并将其放置于现代小说的源流中探察，围绕"声音"打开李洱小说的复杂面向，勾连起言说方式、知识话语、意识形态、文本建构等广阔的话题空间，呈现其小说声音与不同对象、维度之间的对话关系，展示李洱文学世界中"声音"的艺术以及对当代文学的贡献。

目 录

导 言 · 1
- 第一节 选题缘起与问题意识 · 1
- 第二节 研究综述 · 11
- 第三节 相关概念辨析与章节安排 · 23

第一章 知识分子叙述声音的生成与运作机制 · 65
- 第一节 发声主体的建构：李洱知识分子叙述的人物谱系学探究 · 67
- 第二节 发声位置："出圈"的叙述人 · 82
- 第三节 视点"内""外"与腹语术的诞生 · 91
- 第四节 延宕的声音：叙述慢速度的生成 · 99

第二章 知识分子叙述中的对话性形式 · 106
- 第一节 对话性形式的可能性 · 108
- 第二节 双声的内结构 · 117
- 第三节 对话性声音实验 · 130

第三章 知识分子叙述的语言问题 · 140
- 第一节 体系性的语言风貌："杂语"式的语言呈现 · 144
- 第二节 百科全书式的语言实践 · 153
- 第三节 小说细部语言复杂性的观察 · 166

第四章　知识分子叙述声音的修辞策略 ………………… 185
　　第一节　作为问题的"反讽" ……………………………… 187
　　第二节　《应物兄》与李洱式知识话语反讽的建构 ……… 200
　　第三节　抒情、悲悯与反讽的限度 ………………………… 211
结　语 ………………………………………………………… 217

参考文献 ……………………………………………………… 223
附　录 ………………………………………………………… 238

导　言

第一节　选题缘起与问题意识

　　站在地狱的屋顶上，凝望花朵，那短短的一瞬，其实已经囊括了小说家的全部生命，精神在那一刻闪现出的光彩，已足以将生存的每个角落照得透亮。①

——李洱

　　2019 年 8 月 16 日，第十届茅盾文学奖评奖办公室发布公告，据第六轮投票结果，梁晓声《人世间》、徐怀中《牵风记》、徐则臣《北上》、陈彦《主角》、李洱《应物兄》五部作品最终获得该届茅盾文学奖。当年 10 月 14 日，茅盾文学奖颁奖典礼在中国国家博物馆举行，茅奖评委会给李洱长篇小说《应物兄》的授奖词如是写道："《应物兄》庞杂、繁复、渊博，形成了传统与现代、生活与知识、经验与思想、理性与抒情、严肃与欢闹相激荡的独创性小说景观，显示了力

---

① 李洱. 问答录 [M]. 上海：上海文艺出版社，2013：253.

图以新的叙事语法把握浩瀚现实的探索精神。李洱对知识者精神状况的省察，体现着深切的家国情怀，最终指向对中国优秀文明传统的认同和礼敬，指向高贵真醇的君子之风。"李洱领受奖项时亦不无动情地回应了评委会的决定。① 至此，作为小说家的李洱终于跻身当代中国最具含金量的长篇小说奖项"茅奖"作家之列。

不妨回顾《应物兄》诞生的时间轴，从线性跨度上观之，《应物兄》由《收获》长篇小说专号连载刊出，到人民文学出版社发行上下两卷本，再到收获茅盾文学奖，不到一整年的时间，"千呼万唤始出来"的《应物兄》登场即巅峰，所受关注度之高、被主流文坛接受之快以及文学批评界讨论之多，实乃当下文坛所鲜见。"茅奖"尘埃落定的半年多前（即 2018 年末），沉寂良久的李洱终于向他的读者交出了 84 万余字的长篇小说《应物兄》。这部"写坏了 3 台电脑"，《收获》主编程永新三顾催稿，李洱酝酿、踌躇、焦灼、怀疑、纠结了

---

① 参阅《文艺报》2019 年 10 月 15 日相关报道，小说家李洱的获奖感言如是："文学倾向于描述那些珍贵的时刻：它浓缩着深沉的情感，包含着勇气、责任和护佑，同时它也意味着某种险峻风光。作者和有经验的读者常常都会感动于此。除了与读者共享那样的时刻，写作者还必须诚恳地感谢命运让他与此相遇。第十届茅盾文学奖评委将如此重要的奖项授予《应物兄》，无疑让我重新回到了那个珍贵的时刻，并让我有机会在此感谢命运的馈赠。2005 年春天，我开始写作《应物兄》的时候，我无论如何不可能意识到，它竟然要写 13 年之久。13 年中，我们置身其中的世界发生了太多的变化。我们与传统文化的关系、我们与各种知识的关系，都处在持续不断地变化之中。所有这些变化，都构成了新的现实，它既是对写作者的召唤，也是对写作者的挑战。一个植根于汉语文学伟大传统中的写作者，必须以自己的方式对此做出回应。对我个人来说，这个回应的结果，便是这本《应物兄》。在这本书中，我写到了一些人和事。他们就生活在我们身边，与他们的相处常常让人百感交集。他们中的那些杰出人物，都以自身活动为中介，试图为我们的未来开辟新的道路。他们浓郁的家国情怀使他们的事迹有如一个寓言，有如史传中的一个章节。感谢各位评委。请允许我把你们的勇气、责任和护佑看成是对汉语文学的美好祝愿。感谢各位嘉宾。让我们一起带着这美好的祝愿，共同去见证汉语文学的险峻风光。在此，我也要感谢人民文学出版社和《收获》杂志社。你们对作家的支持和帮助，从来都是当代文学史上最动人的篇章。"

13年并在《后记》中坦言"尽了力"①的鸿篇巨制甫一面世,便引发了文学界的高度关注跟讨论②,亦有评论家感叹道,当代文学界已然很久没有出现过如此"盛况"了。当然,不得不说,在这个强调写作效率以及写作数量的时代,小说家李洱的创作历程颇显"殊异"和"另类":在《应物兄》刊世之前,"写龄"超过30年的李洱,跟动辄两三年便出一部长篇、著作等身的当代小说家相比,确如他带有自嘲意味的玩笑一般,"著作等脚",他的创作速度实在有些缓慢,仿佛与追求速度的时代法则产生了某种"错位":除《花腔》《石榴树上结樱桃》两部长篇外,其余均为中、短篇小说。中篇小说《从何处说起呢》③距上一篇作品《你在哪》发表已有5年之隔,而《你在哪》之前的创作则要追溯到2005年。在既存的李洱研究文献中,叹其创作之慢与少,并凝结成对其新作期待的感叹论调,似乎成为评论界不谋而合的声音;出手便是精品,亦是当下论者们所达成的某种评价"共识"。④ 创作之慢,自有其深层且复杂的原因,而于以之为业的书写者而言,最重要的因素,恐怕难逃作家对于小说本身近乎苛刻的高要求。

一如马拉松运动员的行进足迹,每一位写作者皆以时间为绳索串

---

① 李洱.应物兄:下[M].北京:人民文学出版社,2018:1042.
② 人民文学出版社推出上下册单行本,上海作家协会便于2018年12月24日举办《应物兄》的研讨会,20余名当代文学批评者齐聚上海,针对《应物兄》展开了相当激烈的讨论,其中不乏针锋相对的观点,更不缺少真知灼见。参阅《且看应物兄如何进入文学史画廊——李洱长篇〈应物兄〉研讨会实录》,《收获》杂志微信公众号,2018年12月26日。
③ 李洱.从何处说起呢[J].莽原,2014(5).
④ 在新近刊出的研究文献中,诗人、批评家杜绿绿女士便有所感:"李洱本人似乎很少出京,他可能常年守在办公室与家两个地方,徘徊在从西城到东城的路线上,像一个勤恳的巡山人——这与他在人群中的戏剧性正好相悖,他给陌生人最深刻的印象就是他是一个表演艺术家。还有,他写得真的太少了,如他本人自谦——著作等脚。"参见杜绿绿:《李洱和他才能的边界》,《上海文化》,2020年1月号。

联起烛照自我的文学脉络。1987年，于李洱而言，便类似于绳索的第一个打结点，亦是一艘文学巨轮的起锚点。他以短篇小说《福音》初登文坛，相继在1990年代创作出成名作《导师死了》（1993）、《饶舌的哑巴》（1994）、《抒情时代》（1995）、《白色的乌鸦》（1996）、《鬼子进村》（1997）、《错误》（1997）、《现场》（1998）、《喑哑的声音》（1998）、《午后的诗学》（1998）、《遗忘》（1999）等一系列作品。身处"现场"的批评家不无敏锐地察觉到，初来乍到的李洱，目光坚定、笔锋犀利地"摸索"独一无二的"知识分子叙述空间"[①]。这一系列聚焦"口力劳动者"、学院中人的中短篇小说亦被冠以"知识分子题材"小说的名号，引得批评界投来关注目光之同时，李洱亦暗自为长篇小说的创作做文体、技法以及材料上的准备。2001年，《花腔》"出生"了。这部小说可以说是李洱创作生涯中所蕴积的雨云，亦是给当代文坛亮响的第一声惊雷。《花腔》以精密的结构、精准的语言、超前的文体意识，吸纳各种文学体裁、历史材料、百科知识等一系列声音元素，演绎了一出以小说语言构建的"罗生门"，被隐匿于小说四位叙述人声音中的主体"葛任"（个人）牵连起一系列关于真相、谎言、历史材料、逸闻传言之间的吊诡关系，小说中的主体游离于是与不是（抑或似与不似）之间，指向历史的纵深。作为李洱的第一部长篇小说，《花腔》的"啼声初试"得到批评界的一致肯定，甚至将其推向"先锋文学的正果"、"'先锋派文学'在1990年代仍然没有完全退出文坛相反还继续有推进的一个见证"[②]的高度。可以说，《花腔》乃是李洱小说写作实践的一个重要节点。从小说表层观之，通过

[①] 张钧. 知识分子的叙述空间与日常生活的诗性消解——李洱访谈录 [J]. 花城，1999（3）.
[②] 首届"21世纪鼎钧双年文学奖"：李洱《花腔》——评委推荐理由 [J]. 作家，2003（3）.

四种声音（三个发声者以及"我"），形塑（to form）了葛任（"个人"谐音）这一略着理想主义色彩的知识分子形象，把知识分子（知识人）①推向广袤无边的历史洪流之中。在某种程度上，"声音"作为一种内蕴于小说语言，外化于小说结构的特殊存在物（或可唤为虚实之间的存在），辅助李洱通过《花腔》完成了一次重要探索与实践：这是一次朝向过去（历史）的知识考古学式探索，借助声音的指引，作家将个体与宏大叙事、知识人与历史变革、个人与历史时代、叙述方式与历史材料等母题作了一番具备相当深度与广度的探察。毋庸讳言，直到《花腔》为止，李洱的创作和笔力皆聚焦于知识分子这一题材上，而在《花腔》荣获"21世纪鼎钧双年文学奖"之后的2004年，李洱旋即推出了体量相对较小的、以中国当代乡村为背景的长篇小说《石榴树上结樱桃》②，大有"逃离"自己颇为熟悉的知识分子题材场域，开拓更广阔写作天地之势，他意欲揭掉知识分子题材写作这一过于工匠气、简单化的标签。《石榴树上结樱桃》以当代农村"村委直选"为事件中心，描画了在全球化经济时代浪潮裹挟下，农村基层因权力争夺而引发的种种畸变图景，棱镜式地折射出中国当代农村中人与土地、人与人、人与权力之间的世相。所谓"墙内开花墙外香"，2008年，德文版的《石榴树上结樱桃》被时任德国总理默克尔当作礼物，赠予时任中国总理温家宝，李洱亦因这一"国际

---

① 在相当长的时期内，以"分子"为后缀作为统称的、以"知识"为业的一类人群被特定时期的意识形态赋予了明显的贬义色彩，以区别于工人、农民等具备某种阶级先进性的群体。或以"知识人"来称呼这一类人更为妥帖。余英时先生在《中国知识分子的边缘化》（参阅余英时：《中国文化的重建》，北京：中信出版社，2011年。）一文中谈到过这个问题。当然，伴随着时代演进，"知识分子"一词亦逐渐脱去贬义，趋于中性，为了便于谈论，本文亦沿用约定俗成的"知识分子"一词。
② 另需说明的是，《石榴树上结樱桃》2004年由江苏文艺出版社出版，由中篇小说《龙凤呈祥》扩展而成，《龙凤呈祥》于2003年10月发表于《收获》。

影响"而受到颇多文学界以外的关注。尽管《石榴树上结樱桃》是一部凝视中国当代乡村，刻画生长于乡土的人、事、物的小长篇，然而，细鉴小说便会发现，它是一部"非典型"的乡土小说。李洱在这部作品中，并不像其他作家（如莫言、韩少功、阎连科等），追求对于乡土风物描绘的精确校准，也无意过度耽溺于宏大的历史叙事情境，而是力求以知识分子特有的叙事声音、叙述语调擘画颇具时代撕裂感的中国乡村，换言之，李洱的"兴奋点"在于从声音层面更加贴近中国乡土的"真相"。有人戏言，小说中的人物大抵都是上过中专的[①]，言笑之中其实已有意无意听辨出李洱乡土题材小说中隐含的知识分子叙述的调子。的确，李洱毕竟并未长期浸润于农村生活，也无意在乡村风貌的写真上作过多纠缠，他所熟谙和钟情的，还是自己最为熟悉的知识分子群体，因此即便通过电话等形式多方"打探"当下的乡村语言及生活，也难以消除多重维度之"隔"。尽管如此，还是能够看到李洱的另一番努力仍然不容忽视：以其融入骨血的知识分子叙述语调，深入乡村的肌理，探勘乡村背后的情感结构、人情事物的当代异变。这从一面昭示出李洱其实从未真正远离其擅长的知识分子叙述领域（或可称"逃离未遂"）、而另一面则说明，一以贯之重视"智识"的李洱，亦诚恳地属意于调动自己熟谙的知识分子叙述语调去发现院墙之外的广袤大地以及乡村经验，如此别样的经验亦构画了另一番知识图景和文学想象。至此，可以说，两部长篇创作真正令评论界认识到，一位叫作李洱的青年小说家，出于对小说文体的独到理解，极高的语言天赋和敏锐的洞察力，以及对知识分子群体的特殊关怀、理解、讽刺跟同情，创制出颇具辨识度的小说声音，也令学界对其未来的创作充满期待。

---

① 吴虹飞. 李洱作家嘴里开花腔 [J]. 南方人物周刊，2009（12）.

上文提到，在《石榴树上结樱桃》之后，李洱经过短暂的调整，返回到他所谙熟的知识分子写作场域，重新鼓起勇气去处理困扰此类人物的生活迷踪与现实吊诡。出版界同样高度关注李洱的创作计划，人民文学出版社历年的出版选题就长期为李洱的长篇特别辟出一块"自留地"，或许编辑行家也不曾料到，这一等便是13年。相较而言，《应物兄》的内容、体量、深度乃至"野心"皆超过了李洱先前的任何一部作品。单论小说的故事层面，其实并不复杂，搅动起故事尘土、生发出叙事枝蔓的，不过是一个"建立"和一个"等待"：《应物兄》的故事原点置于"学院"，以济州大学筹建太和研究院、等待儒学大师程济世归来为故事重心，小说依旧聚焦于李洱最为熟悉的高校知识分子群体，并试图在以儒家文化为中心的中国精神文化洪流中，穿透历史跟现实的种种迷雾，以一种悲悯的声音诠释并试图透视转型时代知识分子的生存和精神状况。按照王鸿生以小说"蛛丝马迹"为据的精细入微的推测："故事时间最终被设置在21世纪第二个十年的某一年内。"[①] 当现实境况的魔幻复杂随着当下线性时间的推进成几何倍数增长之时，小说家难于突破、超越"现实"似乎已然成为一种新的"政治正确"，而李洱不断地书写、改写、推翻，甚至重写，以"知识"的膨胀、增生、嬗变，甚至消弭深度介入"现实"，企图以全新的文本衍生方式抵抗、回应乃至重塑、超越"现实"。可以说，直至"定稿"前的某个时刻，小说中无数人物、事件乃至细节仍随"转型时代"的时间演进不断地流变、膨胀，甚至消弭，对于小说家而言，无论是起笔还是收笔，个中压力与滋味，或许只有他本人清楚。对于小说家李洱而言，如果说《花腔》意味着其创

---

① 王鸿生.《应物兄》：临界叙述及风及门及物事心事之关系[J]. 收获·长篇小说专号，2018年冬卷.

作生涯的"历史之书",那么《应物兄》的诞生则宣告其"现实之书"的醇厚写制已完成精心的酿造。从李洱自身的创作脉络观照,他自"出道"以来便以高度凝视的状态,将笔力、目力集中于以高校、学院为主体的知识分子群体上,此外,其相当明显的知识分子化写作方式亦使其知识分子叙述既承续了"五四"以来的小说知识分子叙述传统,又呈现出别样的风貌,在小说语言、文体上展示出了探索意识、创新意识。总之,"知识分子叙述"这一相当关键的词组,既涵盖了李洱自登上文坛以来所有作品的某种主题性,亦暗示了李洱在写作方式、写作立场上的某种抉择跟坚持,更勾连起了传统知识分子题材小说、"五四"以来的中国现代知识分子题材小说,甚至是"新时期""新世纪"以来的知识分子题材小说。而"现实之书"的尘埃落定,对于李洱建构其小说声音系统而言,更显示出推波助澜的意义。一方面,《应物兄》继承了李洱小说在观察力、节制力(控制力)、语言精准性上一以贯之的小说声音特质,而因其体量庞大,知识、细节竞相膨胀,对作品的整体把控添加难度,尤其在与杂花生树般的百科全书式的知识碰撞中,显示出小说声音互相碰撞、吸纳、融合、怀疑,甚至博弈、妥协等样态;另一方面,小说主人公你方唱罢我登场,各路人物"各显神通",其中很大一部分人物都不再是学院中人,他们的语言声音模式已然跟李洱早期小说中知识人的语调音色有了较大差别,他们围绕小说中筹建研究院等"知识事件",在日常生活与时代泥沙中挣扎与生存,极大地丰富了李洱小说的声音面相。此外,《应物兄》亦是李洱迄今为止创作生涯中最为恢宏的尝试,这不仅对于写作者的耐力和能量储备提出了相当高的要求,还将纯熟内化于小说中的声音形式推向了更极致的探索之中,这对于李洱小说研究而言,自然也提出了更为丰富的要求。通过中国博硕士论文库等相关搜索引擎检索，笔者发现，目前为止，已有为数不少的硕士论文专论李洱小说（主要集中于《应物兄》出版之前的作品，包括《花腔》《石榴树上结樱桃》《遗忘》《导师死了》《午后的诗学》等），但是，尚无单篇博士论文针对李洱小说进行全面细致的作家个案研究。而毋庸置疑的是，如果说在《应物兄》刊世之前，李洱作品数量相较同级别作家而言略显"单薄"的话，84万字的长篇《应物兄》则为李洱的创作生涯增添了一部极具厚度跟分量的作品，也是目前为止李洱知识分子叙述整体框架下最重要的、必须首先面对的作品。时至当下，从共时性层面来比较当代前沿的作家（小说家）研究，莫言、余华、苏童、贾平凹、王安忆、迟子建、韩少功等小说家均引得学界"生产"了相当数量的学位论文，而且已催发单篇博士学位论文（专论）一篇甚至多篇。由此看来，李洱作为"职业小说家"的重要性虽然已经获得当代文学界的公认，但他野心勃勃的小说"志业"[①] 仍然在召唤更加充分的释读。而《应物兄》的诞生则为李洱研究打开更深

[①] "志业"一词源出韦伯分别在1917年和1918年于德国慕尼黑所做的《学术作为一种志业》与《政治作为一种志业》两篇演讲，后被总称为韦伯的"志业演讲"。在韦伯的语境下，德语中可直译为汉语中"职业"的"Beruf"一词（其对应的英文翻译是"vocation"，含有"calling"即"召唤"的意思。）"至少含有一个宗教的概念：上帝安排的任务"。参见马克斯·韦伯：《新教伦理与资本主义精神》中"路德的'职业'概念"一章，于晓、陈维纲等译，西安：陕西师范大学出版社2006年版，第33—42页。刘擎简明扼要地将之理解为"超越了单纯作为谋生手段的职业，是一种听从神圣召唤、怀有信仰和使命感的精神活动，有点接近中国人讲的'神圣事业'或者'天职'"，参阅刘擎《做一个清醒的现代人》一书中"祛魅时代的学术与政治——韦伯志业演讲导读"一节，长沙：湖南文艺出版社2021年版，第24—45页。姜涛就借韦伯此定义考量"五四"社会改造思潮下的"志业理念"，在理解文学研究会宣言时姜涛精彩地说道："换用韦伯的表述，'终身的事业'即是一种'志业'，它不同一般的职业、工作，而是包含着一种内在召唤，在持续不断以至'终身'的承诺中，具有强烈的价值投入感。"姜涛：《公寓里的塔：1920年代中国的文学与青年》，北京：北京大学出版社2015年版，第25页。本文不意在研读"志业"，而是在对韦伯"志业"的基本领会上，体悟小说家李洱幽隐却庞杂丰富的小说理念和创作追求。

广且丰富的面向提供了重要的契机，从一个甚至多个视角（或视阈）全面深入李洱的文学地图，已然成为今日中国当代小说研究界亟待解决的命题。

　　回归本文主旨，"声音"何以成为一个"显要的问题"，进而作为打开李洱小说知识分子叙述研究的一把"钥匙"？作家李洱又是如何通过小说这种文学体裁展现"声音的艺术"？作为锚定"问题意识"的第一步，亟待厘清的便是如何划定"声音"的意涵边界，以及如何廓清小说"声音"在小说文本中的具体呈现，从而找到"声音"与李洱知识分子叙述的契合点。一方面，在文学范畴内，"声音"这一既"具体"又"模糊"的概念本身很难形成某种完全闭合的独立论述，在具体的研究中，"声音"往往充当了某种策略性的工具，其自身所欠缺的理论自足性以及既成的研究边界已然限制了更深广的推进。需要指出的是，从一开始，"声音"就应该被视为一个带有对话性质的、开放式的"活的范畴"，文学的"声音"并不是一个本体论意义上的研究对象，而应该是被某一类或某一位具备独异性质的流派或书写者赋予新生命的一种特殊存在物。关于"声音"概念的辨析，"导言"第三节中将展开详细论述。可以说，作为以文字为载体的文学作品，跟其他任何一种"文字集合"一样，本身是"无声"的、视觉导向性的，它需要读者通过眼睛这一感官媒介进行某种创造性的接收与转化。另一方面，文学作品的特殊性便在于，打一开始，它便是作者构建的多重声音场域。在文本内部，"声音"是各色人、事、物的拟声碰撞，风物生长、音声相随；在文本外部，它又幻化为构建作者、读者跟世界之间的某种气质性的特殊存在物，以呼吸、节奏、语气等为表征勾连起时空殊异却碰撞于文字之间的不同灵魂。或者可以说，声音是一种载体、一种形式、一种媒介，以及跟文学语言紧密相连的某种语气或文气创造，当目光凝视于"声音"之时，往往是关注着文学语言、作品结构、叙述节奏、小说叙事，甚至指向读者阅历、经验一端。在讨论"声音"的时候，我们亦不得不进入诸多全新的理论范畴之中，看它们如何被作者"艺术化"，如何进入读者的经验世界，理论作为某种辅助性工具或策略，无疑可以更好地帮助我们进入一个全新的天地。

在当代小说家中，鲜有人如李洱一般，对知识人群体投射出如此关切的目光。通观其创作，几乎所有作品都是围绕知识人群体的叙述，知识人各种样态的"言"聚合成小说颇具独异性的"声音"面向，口力劳动者既是声音的制造者，又是声音的消耗者，既以声音囊括四海穹宇又"蹀躞"地被声音吞噬，陷入喑哑的境地。从"声音"中寻找他们，又在不同的"声音"形式中消弭他们，从内容到形式，李洱对小说声音的发现、发明与更新都颇具文学艺术想象力。"声音"也始终"稳定输出"，成为李洱实践其一以贯之的写作理想。其中，值得重视和思考的问题是，通过李洱的文学线索，"声音"如何贯彻始终地进入到李洱知识分子叙述之中？李洱又是如何凭借"声音"将小说书写艺术化、多样化？长篇小说《应物兄》的完成，又是如何丰富李洱知识分子叙述的"声音"脉络？李洱通过小说呈现"声音"艺术的同时，其知识分子叙述之于现当代小说又凸显出怎样的价值和意义？

第二节　研究综述

自处女作《福音》（1987）发表至今，李洱于当代文坛的"在场"

时间已经超过34载。伴随着小说创作的推进，李洱亦受到愈来愈多活跃于当今文坛的批评家的重视。其间，《花腔》（2001）以及《应物兄》（2018）的刊世，或可视为目前为止李洱研究动态发展过程中两个相当关键的时间或事件节点，这两部长篇从某种意义上来说，分别指向李洱创作的不同重要阶段，乃是不同时期的某种总结性文本，亦在不同时段为论者打开了丰富的阐释空间。另有"一条主线"则是李洱独树一帜且一以贯之的言说风景，即知识分子（知识人）群体跟小说知识分子叙述。有论者早在1999年便指认出李洱寻找并构建"知识分子叙述空间"[1]的意图，这一"指认"亦在李洱后续的文学实践评价中不断"应验"并持续发酵，成为李洱研究的一条"草蛇灰线"。进入"问题"之前，从总体性的角度把握李洱小说研究的状况，乃是一种行之有效的"方法"，或便于择其视角，充分打开研究的可能面向。首先，从研究文献的数量上来说，通过中国知网（www.cnki.net）以"李洱小说"为主题词进行检索（数据检索日期为2020年9月28日），可查文献为392条（篇）；通过"博硕士学位论文库"，以"李洱"为篇名词进行搜索，可查专论包括21篇硕士学位论文。姑且以当代小说家莫言为参照对象（第八届茅盾文学奖得主、2012年诺贝尔文学奖得主），不难看出，以"莫言小说"为主题词的可查文献达5158条（篇），再用"莫言"为篇名词进行搜索，可查专论包括557篇博士、硕士学位论文。两相对比，可以清晰地看到，李洱小说研究文献的数量相对较少，研究层次的丰富性相对薄弱，总体性、全面性的研究成果相对匮乏。与此同时，可以看到2018年之后，李洱小说研究文献的数量呈现出一个明显的动态增长趋势，并且新刊文献的质量

---

[1] 张钧.知识分子的叙述空间与日常生活的诗性消解——李洱访谈录[J].花城，1999（3）.

跟单篇篇幅都有较大的提升。因此，在受到"茅奖"青睐的《应物兄》被批评界重视并讨论之后，如何进一步考察其在李洱小说创作脉络中的位置，并通过更为鲜活的"问题"与"方法"将其缀入李洱知识分子叙述的文本"小宇宙"中，是当下李洱小说研究中一个亟待解决的课题。

以时间为轴进行爬疏，1990年代中后期，已在当代文学研究的重要刊物上相继出现了探讨李洱小说的文献①。在目前可见最早的讨论李洱小说的文章《莴笋搭成的白塔》中，作者以中篇小说《缝隙》为中心开展分析，认为它划开了世纪末文学的一道缝隙：它既不再像先锋小说那样热衷于"希区柯克"，也没有夹带彼时普遍下弥散于小说中的温软和神经质，而是将最终的悬念置于小说语言本身以及"作者和他语言斗争的生动性"。② 另外两篇较早就注意到并集中讨论李洱小说的文章，分别是王鸿生的《李洱：与日常存在照面》和吴义勤的《诗性的悬疑——李洱论》，研究者的言辞切中要害，目光锐利，聚焦于李洱1990年代围绕学院内知识人的中短篇小说，开李洱知识分子题材小说研究的风气之先。王鸿生敏锐觉察到李洱早期小说对于"老师"跟"学生"两代知识人的描摹，以及时代转换背景下显现的精神症候，同时也注意到李洱早期悬置评判、极度冷静的叙事特征及其

---

① 田中禾1995年发表于《人民文学》第10期的《莴笋搭成的白塔》是目前可见的最早的李洱小说研究文章，这一时期的还有王鸿生的《李洱：与日常存在照面》，《小说评论》1998年第1期；葛红兵的《午后的写作——李洱小说意象》，《当代文坛》1998年第4期；吴义勤的《诗性的悬疑——李洱论》，《山花》1999年第9期；等等。王鸿生和吴义勤的文章，可以说是较早从整体上观照的李洱早期小说创作的文献，葛红兵则从"李洱小说中纯粹的景物描写很少，可是他却给了悬铃木很大的地盘……他的小说中有三分之二的篇幅提到了悬铃木……成了小说的一方风景"这一意象入手，试图进入早期的李洱小说创作。

② 田中禾.莴笋搭成的白塔[J].人民文学，1995（10）.

"语言上的责任感和理智方面的严肃性"。① 吴义勤也意识到李洱小说不同于其他知识分子题材小说的独特性,即"在对于已然被日常性消融了的知识分子日常生存状态和精神状态的进一步探索和叩问上……知识分子已是普通人,而且更重要的在于他小说中的普通人也都有着某种'知识分子气'"。② 可以说,这一特殊的"气"如幽灵一般笼罩在李洱整个创作脉络之中。新世纪之后,李洱的小说受到诸多活跃于当代文坛现场的评论家的重点关注,如程德培、王鸿生、敬文东、南帆、王宏图、格非、陈晓明、梁鸿、施战军、张旭东、张清华、张学昕等等,诸多颇具分量的研究文章相继推出,尤其是在《花腔》诞生之后,迎来第一个李洱小说研究的热潮。③ 与此同时,高校内亦开始出现专门研究李洱小说的学位论文。④ 2004年发表的《石榴树上结樱桃》则是李洱一次有趣的"跨界"尝试,亦因德国前总理默克尔的关注而"出圈",甚至引起海外学人的重视。⑤ 自此之后,李洱放慢了创作脚步,相关研究也随之处于相对平缓的推进中,直到2018年《应物兄》问世,李洱又重新激起了批评界的热情,研究者一度在文学研讨会上形成不同观点、立场的交锋,引发了相当热烈的讨论,诸多重

---

① 王鸿生. 李洱:与日常存在照面[J]. 小说评论, 1998(1).

② 吴义勤. 诗性的悬疑——李洱论[J]. 山花, 1999(9).

③ 新世纪之后李洱小说研究的第一个热潮中,佳作迭出,譬如王鸿生:《被卷入日常存在——李洱小说论》,《当代作家评论》2001年第4期。同期还有南帆《饶舌与缄默:生活在自身之外》,格非《记忆与对话——李洱小说解读》,以及敬文东的《历史以及历史的花腔化——论李洱的〈花腔〉》,见《小说评论》2003年第6期。

④ 王瑛的《午后的诗学——论李洱小说的叙述艺术》,2003年,华南师范大学硕士学位论文,是中国知网(cnki)可查的第一篇专论李洱小说的学位论文。

⑤ 例如韩国学者朴宰雨肯定了李洱对于"传统社会连续性和市场经济中变化的农村与城市、知识分子与农民的独特的认识",[韩]朴宰雨,崔强译:《先锋性的探索——超凡不俗的智略型作家李洱》,《作家》2009年第8期。意大利学人 Lara Colangelo 的 *Li Er's Early Narrative Works: A View of the Existential Condition of the Intellectual of the Time* 一文以李洱小说为中心,探索中国当代文学1990年代知识分子形象塑造等。

要刊物亦辟出专栏，邀请文学批评的"在场者"对《应物兄》及其李洱小说展开了相当深广的研讨。① 有媒体曾在报道中提到于上海举办的《应物兄》研讨会的一个细节："近30位批评家……现场发言踊跃，甚至出现了争抢话筒的情况……他们因观点碰撞而争论不休，有人在讨论中途避到隔壁花园平复情绪，这大约是80年代以后批评界极为罕见的热闹景象。"② 究其缘由，不外乎是有"茅盾文学奖"加持的《应物兄》所包蕴的文学、思想乃至当代中国现实内容之深广，所涉问题之关键，此外，它无论是体量上抑或是质量上，皆可堪李洱创作脉络中的"重磅之作"，亦是迄今为止李洱小说研究中最重要的文本。

目前来看，作为关键词的"知识分子（知识人）"依然是李洱小说研究的重点所在。围绕这一关键词，有论者从总体性的视野出发，既肯定了其作品的"智性"与"知性"，"讲究叙事和细部的营造"，又指出过度"反讽"使得小说"缺乏了一种厚重和深沉"。③ 也有论者从知识话语跟经验的悖谬、革命跟历史的悖论、以及古典小说美学的复归上尝试打通李洱小说之间的联系，构建出一种李洱式的小说美学。④ 更多的，则是聚焦于知识分子生存境况的悖谬以及被卷入

---

① 《当代文坛》于2019年第4期辟出专栏"第一现场"刊发三篇讨论《应物兄》的文章：谢有顺的《思想与生活的离合——读〈应物兄〉所想到的》，刘秀丽的《学院知识分子的精神荒芜与道德坚守——从〈围城〉到〈应物兄〉》，姚瑞洋的《"无物"以应物——论〈应物兄〉的生命哲学》。《小说评论》于2021年第6期推出专栏"李洱《应物兄》评论小辑"登载4篇文章：张陵的《读〈应物兄〉笔记》，沈杏培的《自科体、知识腔与接收障碍——〈应物兄〉的"知识叙事"反思》，马佳娜、杨辉的《"自我"与"世界"的辩证及其问题：〈应物兄〉的"思想史"时刻》，甘露的《李洱创作中的反成长元素——以〈应物兄〉为例》。

② 因为李洱的《应物兄》，所有人的目光又投向了文学 [N]. 南方都市报，2018-12-28.

③ 张旭东. 论李洱小说中的"知识分子书写" [J]. 当代文坛，2010 (5).

④ 王宏图. 李洱论 [J]. 文艺争鸣，2009 (4).

"日常生活"之后的诗学发现这一层面上展开申说。①甚至有论者汲取古典文学的研究方法，加入了对于作家创作"前史"的考察。②除此之外，亦有诸多论者从文化视阈下的意识形态话语建构、后历史主义阐释空间、乡土文学的美学裂变、比较文学语境中的话语结构等不同领域③与李洱小说文本展开对话，打开了十分丰富的面向。总体上看，李洱小说的知识分子叙述在不同维度上受到评论者的关注，亦随着时间的推移，"质"和"量"均有较大的提升。但是，当我们"占有"足够多的"材料"之后，便会出现一个亟待解决的困惑：似乎还缺少一个具有统摄性的问题以覆盖李洱知识分子叙述研究，使之形成全面的与当代小说、当代文学的对话关系，进而定准李洱小说在当代文学中的殊异位置，更清晰地凸显出李洱对于当代小说，甚至是对小说文体的贡献。

"声音"问题是小说文体中的重要问题，也是打开李洱小说"内面风景"的一条核心路径。小说家李洱如何用小说语言演绎"声音"的艺术，并在"声音"建构中觅得独异的文学"位置"乃是打开李洱小说知识分子叙述的关键点。观照当代文学中的"作家论"研究现

---

① 例如张学昕：《话语生活中的真相——李洱小说的知识分子叙事》，《当代作家评论》2005年第3期；王鸿生：《被卷入日常存在——李洱小说论》，《当代作家评论》2001年第4期；黄昕松：《知识分子的叙述空间——论李洱的小说》，硕士学位论文，陕西师范大学，2009年；王宇佳：《一个慢慢讲故事的人——论李洱小说叙述的慢速度》，硕士学位论文，中央民族大学，2014年；等等。

② 邵部．失落的境地与不弃的言说——论李洱的知识分子叙述［D］．沈阳：沈阳师范大学，2016．

③ 例如李庚香：《文化视野中的意识形态话语建构——对李洱〈花腔〉的文化批评》，《文艺争鸣》2003年第2期；敬文东：《历史以及历史的花腔化——论李洱的〈花腔〉》，《小说评论》2003年第6期；李迎丰：《国际化语境中的知识悲剧——李洱小说〈花腔〉中话语结构的比较文学阐释》，《中国比较文学》2003年第4期；等等。

状，"问题意识"的匮乏已然引起学界的广泛讨论，而面对鲜活的文学研究，如何在具体的作家中提取有效的"问题"，又在研究中由"问题"观照"文学"这一主体本身，以确证文学主体的意义跟价值，成为当下学人们思考的重点。近年来，文学研究中的"声音"问题亦在不同层面得到了学者们的关注，堪称文学研究中的"前沿阵地"。有的学者把"声音"作为观照文学的一个维度，将携带"声音策略"的左翼文学跟以视觉感知为主的"哑巴文学"形成对照关系，认为在某种程度上来说，以视觉为中心的文学是普罗大众的"盲区"，因其"门槛"和传播方式，成为拥有视觉阅读权力的特定阶层或群体的意识形态载体。而听觉的文学样态标注有不同的传播路径跟受众群体，因而在意识形态层面承担了不同的角色、功能跟任务，指出在大众文艺形式中，"声音"的重要性是不言自明的：在凝聚、宣传、动员的目的性合力加持下，拥有感官优势的"声音"不免于被转化成某种策略跟技术的命运。[①] 亦有论者复归文学主体性的要义，借由太平闲人张新之用"纸上有声"指称《红楼梦》中大量存在的声音叙事现象的"旧瓶"，装入凭借文学语言读解人物声音标记、场域，乃至叙述情节进程中的呈现跟推动作用等的"新酒"，对古典小说《红楼梦》中的声音描写展开了相当细致的解读，重现小说中因声而散发的"灵晕"（aura），唤起视觉文本中经常被"压抑"的听觉表现力，从而赋予文学文本形、声、义、情全要素的特性。[②] 总的来说，无论是从声音的"外部"或是"内部"，还是作为某种策略性的工具，研究者都在试图打开架设在文学维度之上"声音"的更多面向

[①] 康凌.有声的左翼——诗朗诵与革命文艺的身体技术[M].上海：上海文艺出版社，2020.

[②] 刘勇强.纸上有声待知音——《红楼梦》中的声音描写[J].红楼梦学刊，2020（6）.

跟可能性。但是，亦应看到，"声音"研究在理论主体性上往往凸显出难以自足的状况，亦缺乏一种"总体性"的关怀跟具备较强覆盖性的小说"声音"理论，这也给小说"声音"研究提出了新的命题。

对于李洱小说知识分子叙述研究而言，由"声音"问题展开的研究维度跟面向还有相当大的延展空间，研究的深度跟广度以及与理论的对话跟互动皆亟待推向深入。检视早期的李洱小说研究成果，格非教授的《记忆与对话——李洱小说解读》一文，相当锐利地点出了李洱小说中的声音意象："不论是'喑哑'还是'洪亮'；不管它是知识分子的无聊私语，还是来自'饶舌哑巴'的文化关怀；总的来说，李洱笔下的人物一直在滔滔不绝地说话。"[①] 而在言谈之间，作者、叙述者、人物之间的声音在引号的牵引跟划界之下，便会产生一些晦暗不明的地带。"真正的无言不是沉默而是说话"，格非教授看到了李洱早期的小说人物并不是为了"意义"而说话，尽管他们发出了一些"声音"，实则与哑巴无异；浮泛无根的话语指向空洞无聊的日常生活，"言说"本身在抵抗虚无的同时，又陷入一场更大的虚无，即"说话就意味着沉默"，"在众多的人物语流掩盖之下的是一种真正的无言和寂静"。[②] 毫无疑问，对于李洱小说"声音"样态理解的丰富性实乃打开李洱小说之门的关键之匙，可惜的是，目力所及的单篇论文或学位论文中，鲜有沿此思路的精深探索，客观上也是一种缺失或遗憾。

《花腔》的问世，不仅令小说家李洱"暴得大名"，亦使得其小说的"声音"问题得到更多研究者的关注。魏天真教授捕捉到李洱擅长把控叙事声音等语言细节，并以此营造声音形象和语言的多义性（歧

---

① 格非.记忆与对话——李洱小说解读 [J]. 当代作家评论，2001（4）.
② 格非.记忆与对话——李洱小说解读 [J]. 当代作家评论，2001（4）.

义性），从而实现叙事的"复杂性"。更为可贵的则是魏教授沉入文本内部的能力，以及由此展现出的观照李洱小说本体的洞见：现成的"习语"可能妨碍我们体察文学文本真正的独异之处，它们作为价值性的范畴，"通过凸显小说的叙事技巧和形式特征而建立起自己的'标准'和'权威'，产生了技术至上的导向，这种成功并不是文学创作本身的成功——先锋小说也只是一阵短暂的浪头而已"。[1] 敬文东教授则在《历史以及历史的花腔化——论李洱的〈花腔〉》中通过层层打开"花腔"这一关键词的语义空间，内化并融合后历史主义观点和视角，剖开了《花腔》中隐秘的"声音"指向：历史充当了"消费者"和"浪费者"的角色，它"倾向于选取声音的纵欲术，作为自我表达的重要方式"。[2] 从小说的题眼到形式构造，"声音"皆是《花腔》最核心的元素。论者认为，小说的主体叙述方式最终将声音历史化了，在繁复的叙述声音中，"权力"（论者称为"权势"）始终寓居（或"安坐"）于声音的中心，在小说语境中，四种声音在建构自为的"小历史"中，都无法跳脱出"花腔"的天然说谎特性，即"假象都是先在的"[3]，而在由文字呈现声音的历史化的交锋、碰撞中，主人公葛任"爱"与"死"交织的人生图景逐渐清晰起来，文字跟声音在历史化的过程中互相证实或证伪，持续包裹又渐次剥离，在相互解构中凸显了"权力"的花腔特性。

《应物兄》的出版，在推高李洱小说讨论热度的同时，其内部"声音"问题在不同形式上已经或正在受到学者们的高度关注。孙郁

---

[1] 魏天真. 李洱小说的"复杂性"及其意义 [J]. 小说评论, 2006 (4).
[2] 敬文东. 历史以及历史的花腔化——论李洱的《花腔》 [J]. 小说评论, 2003 (6).
[3] 敬文东. 历史以及历史的花腔化——论李洱的《花腔》 [J]. 小说评论, 2003 (6).

教授在"现代文学"学科视野下观照《应物兄》的叙述语态，京派文学"各行其路的多重审美格调"在《应物兄》被延续为"知识与诗趣""学问与生活"等多重混搭，是一种"不曾存在的景观"。现代以来，已有百年经验的中国文学凝聚了不同的文本经验，而李洱将"五四"以来复杂的叙述语态、资源跟模式做了一次"有趣的重组"，京派、海派、先锋、写实乃至历来为文学史不容的词章跟知识皆悉"以反逻辑的方式延伸到审美的意象"之中。[1] 文贵良教授则将《应物兄》看作是一部维特根斯坦（L. Wittgenstein）意义上的"语言游戏"之作，其中的内含物包括：以名称或符号建构语言的及物方式；文言"复活"被引入小说人物语言样态之时所彰显的及物性；当汉语浸入以英文为主的世界语言时于自身语义系统的影响；应物兄本人自言自语显现的言说困境，最后落脚于小说塑造的三类知识分子形象之上，何以"应物"成为最大的焦虑跟困境？[2] 学人沈杏培锐感地拎出《应物兄》叙述声音样态中颇为打眼的知识话语叙事，依他之见，《应物兄》中的知识话语包罗了当代社会"现实"跟"精神"两个层面的景观，知识传统跟当代社会形成一组相互指涉的关系，异彩纷呈的文化跟错综纷乱的现实则形成悖论，破除了单声部、私人化以及琐碎的传统叙事，呈现出一种集主体、细节跟意识的复杂性。此外，"儒学"作为《应物兄》中最重要的意象，囊括了知识话语跟场域两种角色。经论者考察，以"拟儒腔"的形式出现于小说话语腔调跟话语方式之中，在"名-物"上形成一种历史关联。沈氏触及了作为"语气"而存在的声音在小说中的存在方式，而进一步谈及主人公应物兄的命运

---

[1] 孙郁. 知识碎片里的叙述语态——《应物兄》片议 [J]. 中国文学批评, 2021（2）.
[2] 文贵良. 语言的"及物"与知识分子的"应物"——论李洱长篇小说《应物兄》[J]. 社会科学, 2021（5）.

时，沈氏则忽略了声音跟应物兄互为表里、相互形塑并且难以分割的关系。亦有学者将《应物兄》视为一部"说话体"小说，一针见血地发现了以"言"为中心的小说声音叙述模式，注意到了小说叙述语气下形塑（to form）的知识人的"知"与"行"，以及跟言说紧紧缠绕的且以相合或相悖的方式所呈现的行为模式。《应物兄》中"善言者"和"沉默寡言者"两类知识分子是论者关注的对象。前一类"不及心、不及义、不及思、不及行"的口力劳动者吞吐"冗长臃肿、浮夸饶舌的言说"以构筑小说中一幕幕洋相百出的闹剧，喧哗的声音"制造了表面密实、内里疲软的话语废墟"；后一类静默虚己、人品高洁者则以"大音希声"的方式抵制噪音及"快消"时代的学术生产，他们个体之间"有不带个人恩怨的科学观点的交锋，争辩显示了思的在场和喷涌"[1]。作为声音最直观的表现形式，"言"不仅是小说语言建构的核心，也是沟通知识人思想意识和情感结构的重要纽带，从这个意义上来说，论者以《应物兄》为个案，不啻为一种紧扣文本的新鲜尝试。敬文东教授深谙罗兰·巴特（Roland Barthes）所谓"心境的蜕变"之旨要，从李洱的创作脉络中提炼出"反讽时代"和小说"语气"两大颇有创见的诗学问题，以强大的主体性力量凌驾于文本之上，推敲李洱渐进式的语气变化以及一以贯之的对于汉语本身的思考，一如《应物兄》"重返母语自身的规定性（而非外部现实馈赠给母语的以哀悲为叹），才更有可能尽量靠近零距离的应物原则以便亲近万物，也才更有可能缓解反讽时代的荒寒，才能为反讽主义者组成的硕大群体输入能量"[2]。

可以说，上述研究各具洞见，别开生面，而万变不离其宗者，则

---

[1] 李彦姝.《应物兄》中的人物声音及其他［J］.当代文坛，2020（6）.
[2] 敬文东.李洱诗学问题［M］.北京：人民文学出版社，2021.

是对于李洱小说"声音"问题的重视，论者或隐或显、有意无意地在某种小说"声音"理论的框架下展开申说。客观上来说，由于单篇论文篇幅所限以及聚焦具体文本之需，难以避免地对李洱小说缺乏某种整体性的视野跟关怀，也在某种程度上造成了李洱小说"声音"问题的研究并不完整和充分，也限制了对于作为文学体裁小说的声音风景的认知限度。

综上观之，李洱小说研究愈来愈受到当代学界的重视，尤其是其创作链条上的"现实之书"——《应物兄》的诞生，使得其创作脉络趋于完整，思想容量进一步丰沛，并且勾连起"历史之书"——《花腔》，以及不同时期的知识分子题材创作，筑起了相当丰富可观的"文学地图"。通过检视与之创作节点相契合的研究成果，可以看到，李洱小说研究的热度随着大部头的作品面世而有明显提升，并且受到当代文学重要刊物和批评家的持续关注。总的来看，围绕小说诗学方面的讨论是研究的主潮，知识分子叙述是研究的重点，一些学位论文还涉及到其家乡、经历等"前史"的考察。李洱本人通过讲座、访谈等形式阐述的"小说观"亦在相当大的程度上"附着"并深度参与李洱小说的研究，而其限度的把控也是在推进研究的过程中需要注意的。尽管李洱小说知识分子叙述已然引起了诸多学者的重视，亦形成了一批质量上乘的研究专篇与学位论文，但是依然没有出现以"声音"问题为指引，覆盖李洱整个知识分子叙述创作脉络的总体性研究。从小说以及声音理论探索的角度看来，其文本作为"声音"艺术集大成者的重要位置在一定程度上被抑制了。"声音"问题作为李洱小说知识分子叙述中显现的最为重要的问题，相关研究已在其20世纪90年代的创作中觉察到"蛛丝马迹"，亦在后来诸多研究者的研究中展开了丰富的面向。但是，依然需要指出的是，李洱小说知识分子叙述的"声音"问题发掘深度还远远不够,其"声音"叙述的生成机制、"声音"模式的叙述策略以及叙述语言中的"声音"问题还没有打开更多的对话维度,这需要我们在接下来的研究中尝试解决。

第三节 相关概念辨析与章节安排

一、"声音"及小说声音理论的意涵及限度

"声音"(sound)本来是一个物理概念。在物理学意义上,声音是由物体振动产生声波,并通过介质(气体、液体或固体)进行传播,并能够被人或动物听觉器官所感知的波动现象。"听觉"则是外界声音刺激作用于听觉器官所产生的感觉。其中,音高是声音高低的属性,响度是声音强弱的属性,音色则是复合声的一种主观属性。[1] 对于一般性的文学阅读而言,"声音"(sound)则是一个具有抽象属性的概念,它的感知跟阅读者的主观想象联系密切。长期以来,以目读为主的阅读习惯很大程度上抑制、阻碍了读者对于文学文本内部声音的接受、体悟跟理解。近年来,文学的"声音"问题在诗学层面得到了学界广泛的关注和探讨。[2] 诗歌因其形式及内容的特点,使声音问题得以更为集中地被发掘与讨论,相形之下,小说"声

---

[1] 中国大百科全书全国总编辑委员会编纂. 中国大百科全书[M]. 北京:中国大百科全书出版社,1993.

[2] 周瓒以"声音总体性"指称诗歌文本中语调、发音、停顿等语音的物质层面,亦将语感、风格、文化特征、发声主体等精神性内容囊括其中,参阅周瓒:《以精卫之名——试论诗歌翻译中的声音传递》,《文艺争鸣》2019年第2期。

音"问题的讨论则相对分散且难寻"总体性"的把握。基于"声音"的物理属性，无论是古典小说还是现代小说，都存在大量模拟声音——人声或物声的场域。太平闲人张新之用"纸上有声"称古典小说《红楼梦》中存在的大量声音描写和叙述。《红楼梦》中的经典情节林黛玉进贾府不仅处处是声音，还有"哭"跟"笑"的对比：黛玉"方欲拜见时，早被他外祖母一把搂入怀中，心肝儿肉叫着大哭起来。当下地下侍立之人，无不掩面涕泣，黛玉也哭个不住"①，哭声刚把气氛渲染到一个顶点，随即便是："一语未了，只听后院中有人笑声，说'我来迟了，不曾迎接远客！'黛玉纳罕道：'这些人个个皆敛声屏气，恭肃严整如此，这来者系谁，这样放诞无礼？'"② 王熙凤人未至、声先达，这段描写可以说是"未见其人，先闻其声"的最佳注解，为人所乐道。这一"哭"、一"笑"，宛如"纸上有声"，将三个人物的情绪跟性格特点尽纳其中，并互相衔接，以"哭"启"笑"，以"笑"应"哭"，熙凤之笑所引起的黛玉之问由此推动了情节的进展，把贾府中两位举足轻重的人物"牵"至一处。中国现代文学里，丁玲书写革命青年慷慨赴死，讴歌革命者信念坚定、理想远大的短篇小说《某夜》中，以"叱——嚓——叱叱，嚓嚓，……"的声音叙事开篇，茫茫黑夜中，只能听见"靴子的声音、鞋子的声音，重重地踏在厚厚的雪地上"。③ 而多数时间，整体氛围是"消音"的："押的，被押的，响着镣铐的声音，响着刺刀的，没有人说话，没有人哼，没有人叹息或哭泣……"④ "物"声动而"人"声静，动静之间，青年革命者的生命韵律跟小说中声音叙事在"沉默"中相遇、契

---

① 曹雪芹，高鹗．红楼梦 [M]．北京：人民文学出版社，2008：38.
② 曹雪芹，高鹗．红楼梦 [M]．北京：人民文学出版社，2008：39.
③ 丁玲．丁玲全集：第三卷 [M]．石家庄：河北人民出版社，2001：358.
④ 丁玲．丁玲全集：第三卷 [M]．石家庄：河北人民出版社，2001：359.

合，亦为无声的呐喊做足了铺垫，因而尾声处的高音量当能凝聚、叠加先前"无声"的重量时，大有突破言辞的音响形式和已圈定的意义范围，达到一种胜于呐喊的效果，使得故事的尾声，即青年革命者的"吼叫"顺理成章、更具力量。由此可见，显在的"声音"是经典文学中不可或缺的重要部分，它不仅是想象中的声音，更是牵动叙事走向的特殊存在物，在小说叙事的起、承、转、合中充当了润滑剂，甚至是催化剂。

可以说，肇始于声音物理属性的声音想象，乃是读者得以跟作者、叙事者、人物产生对话关系的基础。然而，当我们进一步将"声音"抽象化，把视觉转化为听觉的"声音"时，它是由参差多态的文字符号构成的，便不可避免地浸染着某种思想、态度、情感抑或是意识形态。从这个意义来说，这为我们进一步认识文学体裁中抽象的"声音"打开了一个"缺口"，这里便不得不提到米哈伊尔·巴赫金（M. M. Bakhtin）。

1973 年 2—3 月，时值暮年的巴赫金接受维克多·德米特里耶维奇·杜瓦金（Victor Dmitrievich Duvakin）共 6 次长达 18 个小时的访谈，临近访谈结束，杜瓦金和巴赫金谈论起了诗歌，巴赫金背诵了一首维业切斯拉夫·伊万诺夫（Vyacheslav Ivanovich Ivanov）用德语写成的"非常特别"的诗：

> 母亲同父亲相依而坐，
> 他与她相依默默。
> 窗外仿佛有夜走来窥视……
> 嘘——两人同说：听是什么
> 母亲俯身对我细语；
> 莫要出声，那是晚钟远播。

"声音"的艺术

> 我的心贴向静夜,
> 我的心坠入寂寂。从此我听得到无声,
> (那时我刚过了三个春季)
> 从此无声把我的心
> 常带回我向往的梦里。

朗诵前,他提醒杜瓦金:"这可是我的语调啦。"巴赫金年轻时对自己的嗓音非常自信,但任何人也难于抵抗年岁渐增带来的变化,"我这嗓子和清晰度都不行了"。尽管轻描淡写却还是能想象巴赫金说话时的失落之感。此诗是《迷宫的歌声》中的一首,亲情盎然动人,情绪柔婉温和,脱去矫饰跟矫情,低声细语中将巴赫金带到童年的回忆之中。二战后,巴赫金在萨兰斯克担任教育学院文学系的负责人,平日里他的课总是一座难求,整个教室挤满了其他院系来听课的学生。巴赫金随口引用诗句的姿态总是那么引人入胜,课堂氛围也往往分外出彩。他常吟诵原文的古希腊或拉丁诗歌,虽然学生不一定能听懂,但他们被那种神秘的声调迷住了。巴赫金自己也常常被诗句的情感打动。在一次讲作曲家达尔戈梅日斯基(Alexander Sergeevich Dargomyzhsky)时,他唱起了古老的俄罗斯民间史诗,而后渐渐激动起来,竟扔掉双拐,单腿跳起舞来。[①] 毫无疑问,作为听觉器官的耳朵,在人与声音的交汇、融合乃至互动中,起到了原初性的重要作用,也难怪有人感叹:"声音经常激起人们巨大的情感反应。这是听

[①] 凯特琳娜·克拉克,迈克尔·霍奎斯特. 米哈伊尔·巴赫金[M]. 语冰,译. 北京:中国人民大学出版社,1992:395-396.

觉自有的现象，视觉中找不到相对等的特征。"① 若以"聆察"② 视之，声音往往跟感受式聆听联系在一起，它存在于传播、感知跟交流之中，又因个人意识的差异性而具有某种唯一特性，凭借记忆的特殊通道指向具体的"事情"。故而"声音"存在与接受之道途，便落在了人跟人之间的言语交流上。海德格尔（Martin Heidegger）尝言："惟有言说使人成为作为人的生命存在。"③ 质言之，作为一种行为方式的"言说"使人类拥有了"自我意识"，从某种意义上"点亮"了人类的意识空间。"声音"乃是先于意识的存在物，但因人而被赋予了特殊的情感、态度乃至特定的意识形态，成为一种有能力包蕴更多可能性的载体。

周瓒以"声音总体性"指称诗歌文本中语调、发音、停顿等语音的物质层面，亦将语感、风格、文化特征、发声主体等精神性内容囊括其中，虽说是以诗歌翻译为考察声音总体性的文学实践，但在深入"声音"之于文学体裁、文本细部的层面上，给出了颇具包容性的新视点。她指出："目读（或视觉性的阅读）对于声音接受需要一层想象的声音'翻译'，即需要借助想象，领会词语和句子背后诗人的情绪变化，音调起伏，以及心绪、感情、想象和思考综合而成的总体的声音特质。"④ 这对于理解小说中假作者之手，由叙事人形塑而成的文

---

① 希翁.声音［M］.张艾弓，译.北京：北京大学出版社，2013：73.
② 傅修延教授以麦克卢汉的研究为基础，认为中国人是"听觉人"而不是"视觉人"，故而将"聆察"作为"观察"的对举概念提了出来，颇具新意。参见傅修延：《听觉叙事初探》，《江西社会科学》2013 年第 2 期。傅修延：《为什么麦克卢汉说中国人是"听觉人"——中国文化的听觉传统及其对叙事的影响》，《文学评论》2016 年第 1 期。
③ 海德格尔.诗·语言·思［M］.彭富春，译.北京：文化艺术出版社，1991：165.
④ 周瓒.以精卫之名——试论诗歌翻译中的声音传递［J］.文艺争鸣，2019（2）.

本语调无疑同样具有相当大的启发意义。对于一首诗而言，抒情主体的位置往往是明确的，而在小说中，由叙事人形塑的形形色色的主人公，各自都可使用不同的语气或语调。比如在《红楼梦》第七十回"林黛玉重建桃花社 史湘云偶填柳絮词"中，宝玉看到纸上的《桃花行》[①]一篇，虽不称赞，却滚下泪来，宝琴令其猜是谁作，宝玉笑言乃是潇湘子稿，宝琴认领此作，宝玉却不信，理由是"这声调口气，迥乎不像蘅芜之体"，"比不得林妹妹曾经离丧，作此哀音"。担得起"经典"二字的小说，对于形塑人物"声口"方面，确然有着极高的要求，无论是"螃蟹咏"抑或是"菊花诗"，读者皆可从诗词的语气、语调中听出主人公的声音特质。如若从本体性的小说面貌观照的话，在文本事境、语境中创生的模拟性人物对话、言语形态等不过是由叙事人声调语词所生产的小说形体中，那些长枝曲蔓的呈现。当然，它们是小说纹路的清晰指认，亦是小说躯干中不可或缺的重要部分。作为文学体裁的小说则包容了"声音"更多且更为丰富的面向。《乐记》尝云："凡音者，生人心者也。情动于中，故形于声；声成文，谓之音。"人与人的沟通和交流，落实到声音层面，便是"活的言语"之间的沟通与互动。"声成文"则是"活的言语"最终被"文字"固定下来的具象化呈现。古今中外的小说作品中，大量的对话形式便保留了最生动可靠的"活的言语"素材，亦是追索语言时空流变的学者们深度聚焦的对象。一般来说，"声音"作为一种敞开之物，天然具备一种宽阔且广达的面向，有极强的潜在对话性，巴赫金

---

① "宝玉一壁走，一壁看那纸上写着《桃花行》一篇，曰：……侍女金盆进水来，香泉影蘸胭脂冷。胭脂鲜艳何相类，花之颜色人之类；若将人泪比桃花，泪自长流花自媚。泪眼观花泪易干，泪干春尽花憔悴。憔悴花遮憔悴人，花飞人倦易黄昏。一声杜宇春归尽，寂寞帘栊空月痕！"曹雪芹，高鹗. 红楼梦[M]. 北京：人民文学出版社，2008：966.

之言堪称睿智："单一的声音，什么也结束不了，什么也解决不了。两个声音才是生命的最低条件，生存的最低条件。"①

在索绪尔（Ferdinand de Saussure）离世三年后，《普通语言学教程》②（1916）得以面世，结构语言学从而开始被了解，进而被广泛认可，甚至发展到"卓越的地位"。与此同时，一门带有某种"科学"意味的语言学学科应运而生。《普通语言学教程》作为该学科的"扛鼎之作"，或许是首次相当正式地明确了以一种特定的语言体系或民族语言形式而存在的语言（langue）跟言语行为（parole）之间有"质"的区别。在索绪尔的视阈中，只有语言，也只能是语言，即一种内部暗含明确运作法则的"规则体系"才可能成为科学方法论所探讨的对象。与此相对的，即时性的、孤立且异质的言语行为则应被视为次要的。索绪尔很是强调语言社会性，同时，他认为言语作为一种具有流动性特点、带有口头性质的话语有理由被语言学研究范式摒弃，也就是说，言语因其深深烙印着的口语特质被拦在"语言科学"的门外。索绪尔将这种科学命名为"符号学"（semiology）并勾勒出一种言语符号理论，即能指与所指的概念，并认为符号及其指称物之间的关系远远超出了语言学的范围。他坚持认为对随着时间而发展的语言的历时分析和对特定时间点上的特定语言体系的共时分析之间存有区别，也坚持"语言胜过言语"这一信条，换言之，他认为语言作为一个共时体系必须成为语言学研究的首要对象。从"结果"上看，这一信条毫无疑问地对20世纪后期以来的文学研究产生了一种时

---

① 巴赫金. 巴赫金全集：第5卷 [M]. 钱中文, 译. 石家庄：河北教育出版社，2009：355.
② 《普通语言学教程》是索绪尔去世后他的学生根据他生前的上课笔记整理而成，是否《教程》里的所有观点和结论皆由索绪尔提出，学术界一直争论不休，但其主体思想由索绪尔建构，应是不争的事实。

隐时显却幽长深远的影响，贡献了一种以语言学方法论为轴心的文学研究范式。显然，结构语言学在面对既成的、过去的、被文字固定下来的语言事实上，有一套相当行之有效的解剖之法，在分析、归纳的基础上或许能够找到诸多具有一般规律的语言法则。然而，在面对"活的言语"之时，通常将之视为一种临时性的、不稳定的、易变化的存在，从而忽视背后"价值"发出的声音①。依语境进一步延展，巴赫金"假托"伏罗希洛夫（Voloshinov）之名创制了一套完整的且可替代结构语言学的语言学，并在其后来的著作中将之命名为"超语言学"②。

言语，即"活的言语"，乃是"超语言学"关注的中心议题。从意涵层面，显然，它对立于索绪尔所重视的从音位到句子的"抽象的"语言学单位。对于"超语言学"存在意义之基础而言，巴赫金曾经明确指出："何时何地产生了语文学的需求，何时何地就出现了语言学。"③ 而落实到"具体的表述"中，则映射为一种言语表现或行为：一方面，它决定着说者/听者之间的互动关系；另一方面，它也被具体的"言语环境"深度制约。不难发现，"具体的表述"无法脱离一个"具体的人"，这一"具体的人"占据不同的位置，因而表述的形式并不完全由说话者所限定，它是具体的"言语互动"的产物。"超语言学"一方面建立了以"活的言语"为中心的语言学基础，另一方面巴赫金也提醒我们：

---

① 凯特琳娜·克拉克，迈克尔·霍奎斯特. 米哈伊尔·巴赫金［M］. 语冰，译. 北京：中国人民大学出版社，1992：17.
② 巴赫金在《马克思主义与语言哲学》一文中集中阐释了"超语言学"的语言学观念，亦译作"元语言学"，并且后来在《陀思妥耶夫斯基诗学问题》等论著中直接称之为"超语言学"。
③ 巴赫金. 巴赫金全集：第2卷［M］. 钱中文，译. 石家庄：河北教育出版社，2009：410.

区分出语言哲学的现实客体的任务——远非是轻松的任务。当我们尽一切努力在规定研究客体，把它引向确定而又易观察的紧密的具体物质综合体时，我们常常丧失掉研究客体自身的本质、它的符号和意识形态属性。如果我们把声音作为一种纯粹的声学现象，那么我们就不再有作为专门对象的语言。声音完全属于物理学的范围。如果我们补充声音产生的生理学过程和声音接受的过程，那么，仍然还是没有接近自己的客体。如果我们把说话者和听话者的感受（内部符号）联系在一起，我们将获得两个活动在不同心理生理主体中的心理物理过程，和一个物理声音的综合体，这一综合体按照物理规则在自然中得以实现。①

索绪尔语言学的问题在于"把语言作为一种专门的研究客体来加以区分和限制"②，在巴赫金看来，"为了观察燃烧的过程，必须把物体放到空气的环境中去。为了观察语言现象，需要把发音者和听话者这两个主体就像声音本身一样，放置到社会氛围中去"③。当然，巴赫金也注意到了言语语音本身存在的差异性，这样就决定了如果从语音的角度来研究作为客体的语言，那么就会在客观上造成研究的不固定性和不确定性。然而，更为重要的是，"生理的声音（也就是由个体生理器官发出的声音）最终是无法重复的，就像这一个体的指纹那样

---

① 巴赫金．巴赫金全集：第2卷［M］．钱中文，译．石家庄：河北教育出版社，2009：380．
② 巴赫金．巴赫金全集：第2卷［M］．钱中文，译．石家庄：河北教育出版社，2009：382．
③ 巴赫金．巴赫金全集：第2卷［M］．钱中文，译．石家庄：河北教育出版社，2009：381．

无法相同，就像每一个人的血的独特化学成分那样无法一致"①，语言学的对象不再是"死的语言"，语言形式亦随之发生变化："对于说话者，语言形式重要的不是作为固定的和永恒不变的标记，而是作为永远变化着的和灵活的符号"②，"说话者和听话者——理解者的语言意识实际上是存在于生动的言语活动中的……说话者的言语意识，本质上说，与语言形式本身，与语言本身，根本没有关系。"③

事实上，巴赫金在建构个人化的语言哲学大厦的过程中，依旧将言语视为一种符号，它同样内在于社会，也是物质性的，它是物质现实的一部分，同时也指向自身之外的现实，"任何意识形态的符号不仅是一种反映，一个现实的影子，而且还是这一现实本身的物质的一部分……符号的意义属于整个意识形态"。④ 对于"符号"而言，自然被意识形态外部世界的存在浸润，而"言语"在实现了各种形式外化的意识形态的创造之同时，也在某种意义上完成了具体意识运作的内在表现，内心言语符号同样是一种物质的、社会的现象，"内部符号的问题是语言哲学的最重要的问题之一。要知道，内部符号主要是话语、内部言语。"⑤ 不难看出，巴赫金建构的"超语言学"对文本的内部言语形态投射出超乎想象的关注，而小说作为"活的言语"最重要的阵地，内部的言语样态自然而然会浸入与不同意识形态话语接壤且

---

① 巴赫金. 巴赫金全集：第2卷[M]. 钱中文，译. 石家庄：河北教育出版社，2009：388.
② 巴赫金. 巴赫金全集：第2卷[M]. 钱中文，译. 石家庄：河北教育出版社，2009：405.
③ 巴赫金. 巴赫金全集：第2卷[M]. 钱中文，译. 石家庄：河北教育出版社，2009：408.
④ 巴赫金. 巴赫金全集：第2卷[M]. 钱中文，译. 石家庄：河北教育出版社，2009：343.
⑤ 巴赫金. 巴赫金全集：第2卷[M]. 钱中文，译. 石家庄：河北教育出版社，2009：374.

形态各异、相互缠绕的声音，它很可能会在叙述内容、叙述节奏、叙述形式乃至叙述语调、语气等方面凸显出来，携带着不同成色、不同品位的"价值的声音"，而这些声音构成了打开小说内部丰富层次的"密码"。

若从整体性的视角观照，可以发现，巴赫金"拒绝"与任何一种单一向度的理论共谋，他先通过自我建构的哲学、语言学框架，再以文学这面拥有无限可能的漫射透镜来指向人类主体的建构问题，并企图"敲碎"文学文本的内在理论定法（如形式主义的方法）以及外部（社会的、语境的等）决定论，探寻文本与世界的边界以及作为主体的"人"跟世界的界限，继而描画出一幅带有"巴赫金式"印记的别致的世界观和真理愿景。他在自己视为"哲学分析之尝试"的文章中指出："每一文本都以人所共识的（即在该集体内约定俗成的）符号体系、'语言'（至少是艺术的语言）为前提。如果文本背后没有'语言'，那么它已不是文本，而是自然存在的（不是符号的）现象，例如，一声自然的喊叫和呻吟，它们不具有语言（符号）的复制性。"[①] 引申为具体的人文科学文本的相关问题，则是"研究人及其特性的科学，而不是研究无声之物和自然现象的科学。人带着他做人的特性，总是在表现自己（在说话），即创造文本（哪怕是潜在的文本）"。巴赫金有意提醒，当我们聚焦文本（包括小说在内的文学体裁）的声音时，它的背后仍然是语言，其最终的对话性以及意义的完整性取决于它背后的语言，而语言的背后则是作为主体的"人"，它必须也必然是有声之物。人文学科所谓"人"的特性，即它是"有声"的、灵动的，这里的声音是抽象概念，被赋予了人的主体性，即

[①] 巴赫金. 巴赫金全集：第4卷 [M]. 钱中文，译. 石家庄：河北教育出版社，2009：297.

"意识"的色彩。

《1961年笔记》是一篇经常被巴赫金研究者忽视的文章，而巴赫金在其中却道出了对于"声音"的独到理解："（声音）包括音高、音域、音色，还有审美范畴（抒情的声音、戏剧的声音等）。声音还指人的世界观和人的命运。人作为一个完整的声音进入对话。他不仅以自己的思想，而且以自己的命运、自己的全部个性参与对话。"[①] 这里可以看到"声音"的两层意涵、两种面向：一即声音本身的根源性所指，也就是它的物理意义和自然形态；二是巴赫金所推重的文学言语中的声音现象，它表征着声音更广阔的外延，并在小说体裁中得以深广的文学实践，一如他自己所言："如果对语言采取一种创造性态度，就不可能有无声音的、不属于任何人的话语。在每一话语中，都存在着不同的声音，有时是相隔十分遥远的声音，佚名的声音，几乎是无人称的声音，勉强不可捉摸的声音；但也有十分接近的、同时发出的声音。"[②]

当然，巴赫金一边强调以创造性的态度来对待语言（以"活的言语"为主要检视对象），一边暗示它必定来自于某一主体，并包含说话人的声音；而作为一种言语体裁纳入文学研究，声音作为一种内部言语符号所蕴含的双声性就需要我们进一步加以讨论。这里，需要引入两个巴赫金对举的概念：单声和双声。单声，即单一声音；双声，即两种（两个）声音。依巴赫金之见："任何无客体的单声语对真正的创作来说，都是幼稚而无用的。任何真正创造性的声音，只能是话语中的第二个声音。只这第二个声音（纯粹关系）才能成为彻底

---

① 巴赫金. 巴赫金全集：第4卷［M］. 钱中文，译. 石家庄：河北教育出版社，2009：349.
② 巴赫金. 巴赫金全集：第4卷［M］. 钱中文，译. 石家庄：河北教育出版社，2009：329.

无客体的声音，才不会留下形象的影子、实体的影子。作家——这是处于语言之外而善于运用语言工作的人，是会驾驭非直接言语的人。"①巴赫金强调了第二个声音在文学创作中的重要作用，而"客体化"的第一步是"把自己变成他人眼里和自己本人眼里的客体"，即让自己处在双重观照之下，第二步则是"把自己视为客体表现对自身的态度"，从而"自己的话语成为客体的话语"，进而"获得第二个（也是自己的）声音"，以至于"第二个声音已不会映出（自身的）影子，因为它表示的是纯粹的关系；而话语那现实客体化、物质化的实体，则全交给了第一个声音"②。巴赫金用了一个十分简单却相当精当的例子③来说明作为有声之物的语言所具有的"双声"特性："一切崇高和美好的东西"——在语言学看来，作为一个拥有固定词义（"崇高"和"美好"并无其他意义）串联起来的句子，它并不存在任何其他理解的可能性，然而带上了特殊的语调或语气，"一个一本正经地这么说，另一个则讽刺地摹仿前者这么说"，即正常地说或讽刺地说，当第二种声音进入到词组之中时，才创造了话语的完整性，换言之，特殊情境下诞生的语气赋予了文学文本多样的声音面貌。

实际上，这是巴赫金对于优秀文学作品所持的内在要求，即文学话语要在"声音"上具备双声性（有时甚至表现为文学的多声性）。遵循巴赫金的内在理路，一位优秀的小说家必须对现实/非现实中正在或尚未形成的语言中天然包蕴的双声性质具备相当的锐感力，如果

---

① 巴赫金：304. 巴赫金全集：第4卷 [M]. 钱中文，译. 石家庄：河北教育出版社，2009：305.

② 同上。

③ 巴赫金. 巴赫金全集：第4卷 [M]. 钱中文，译. 石家庄：河北教育出版社，2009：301-302.

失去这种能力,那么"他永远也不会理解、也不能实现小说体裁的潜力和任务。……他准得在文体上跌跤。我们便会看到一种自信幼稚的,或者自信却呆板的统一的光滑纯粹的单声语(或者带着一点极起码的、人为的、杜撰的双声性质)。"[1] 所谓"双声",即巴赫金小说"声音"理论诸范畴中居于核心位置的一个理论术语,它昭示出关于小说文本和小说作者两个层面的内在要求:一是小说家应当具备熟练驾驭"双声"文学话语的能力,二是优秀小说文本的语言样态所应当呈现的面貌。

若以相对严格的文学体裁的角度审视巴赫金关于小说的"定义",或许不难看出,他从未试图以某种本质化的概念覆盖小说这种"活"的言语体裁,自然也就无法找到他对于小说的准确定义。然而,这丝毫不妨碍巴赫金从一系列术语的发明中,使"小说"变得清晰而立体。其中,"杂语"便是其中一个重要的概念范畴术语,也是巴赫金对于何以成为小说语言样态的一个思想结晶:它在多数情况下,作为言语体裁的外在表现形式、声音的物质形态、民族语言的各种表现形式,乃至社会杂糅言语样态的综合表征,并不直接进入言语符号内部,亦不啻为以"俯瞰"之姿态观照小说文本的声音样态。依巴赫金之见:"小说中应该体现一个时代所有的社会意识的声音,也就是一个时代所有较有分量的语言;小说应是杂语的小宇宙"[2],"长篇小说是用艺术方法组织起来的社会性的杂语现象,偶尔还是多语种现象,又是个人独特的多声现象。统一的民族语内部,分解成各种社会方言、各类集团的表达习惯、职业行话、各种文体的语言、各代人

---

[1] 巴赫金. 巴赫金全集:第3卷 [M]. 钱中文,译. 石家庄:河北教育出版社,2009:110.
[2] 巴赫金. 巴赫金全集:第3卷 [M]. 钱中文,译. 石家庄:河北教育出版社,2009:198.

各种年龄的语言、各种流派的语言、权威人物的语言、各种团体的语言和一时摩登的语言、一日甚至一时的社会政治语言……小说正是通过社会性杂语现象以及以此为基础的个人独特的多声现象,来驾驭自己所有的题材、自己所描绘和表现的整个实物以及文意世界。作者言语、叙述人言语、穿插的文体、人物言语——这都只不过是杂语借以进入小说的一些基本的布局结构统一体。其中每一个统一体都允许有多种社会的声音,而不同社会声音之间会有多种联系和关系(总是在某种程度上构成对话的联系和关系)。"[1] 他还注意到,既往的研究者时常忽略了非常重要的一点,就是小说作为一个杂糅言语体裁的最终呈现,多语型、多声部、多体式,甚至是不同民族语言形态共同承担着建构完整小说面貌的特殊任务。通过屠格涅夫(Ivan Sergeevich Turgenev)在长篇小说中出现"杂语"的例子,巴赫金继而论道:"不同语调的交错,作者言语与他人言语界限的泯灭,还可以通过别的传达人物言语的形式达到。虽然句法上的表达模式只要三种(直接引语、间接引语、非直接引语),但通过这三种模式的不同组合,特别是依靠作者语境做框架,分层次,就能做到丰富多彩地驾驭多种言语,使它们相互渗透,互相感染。"[2] 也就是巴赫金所说的"主人公声音所及的势力范围,无论如何应该大于他直接说出的原话",长篇小说引入"杂语"的意义就在于,以外表是独白式的结构,而不是分解为你来我往的语句的戏剧性对话,加入各式各样的所谓"混合语式","不同程度上实现了对话",此外,"是小说作品十分重要的得天

---

[1] 巴赫金. 巴赫金全集:第 3 卷 [M]. 钱中文,译. 石家庄:河北教育出版社,2009:38.
[2] 巴赫金. 巴赫金全集:第 3 卷 [M]. 钱中文,译. 石家庄:河北教育出版社,2009:98-102.

独厚之处；这是戏剧体裁和纯诗歌体裁所不可企及的。"①

　　针对文学中的言语行为做过精深研究的希利斯·米勒（J. Hillis Miller）指出："文学言语行为可以指文学作品中表达的言语行为，譬如许诺、撒谎、借口、声明、祈求、原谅以及小说中由人物或叙述者所说、所写的其他言语行为。也可以指作为整体的文学作品的可能的述行性维度。写小说也许就是一种以言行事的方式。"②但凡有过小说阅读经验的读者，便不难理解小说"以言行事"的文本样态，而以"声音"这一相对宽广的范畴进入小说文体之中时，则亟待解决的问题是，如何厘清作者的声音跟叙述人（或叙事者）声音、主人公声音之间的相互关系，而它们又是如何形塑（to form）作为一个完成式的小说文本的声音（语气）的呢？华莱士·马丁（Martin, W.）在讨论叙事视点时，给"声音"加了一则注释："声音（voice），在一部作品中，透过一切虚构的声音，我们可以感受到一个总的声音，一个隐含在一切声音之后的声音，它使读者想到一个作者——一个隐含作者——的存在。"③虽说马丁的表述略带含糊，但依然提示我们"一切声音之后的声音"统摄着小说的声音（语气），而它或许跟隐含作者没有太大关系——这一概念太容易跟作者产生某种说不清道不明的混淆——它更有可能是假作者之手，通过叙述人来形塑小说的整体语调。赵毅衡以不容置喙的口吻表示："叙述者决不是作者，作者在写作时假定自己是在抄录叙述者的话语。整个叙述文本，每个字都出自

---

　　① 巴赫金.巴赫金全集：第3卷[M].钱中文，译.石家庄：河北教育出版社，2009：103.

　　② J. Hillis Miller, Speech Act in Literature, Stanford, California: Stanford University Press, 2001, P.1, 转引自王汶成：《文学话语的类型学研究》，北京：人民出版社，2018年，第123页.

　　③ 马丁.当代叙事学[M].伍晓明，译.北京：北京大学出版社，2005：129.

叙述者，决不会直接来自作者……我们作为读者，只是由于某种机缘，某种安排，看到了叙事行为的记录，而作者只是'抄录'下叙述者的话。"[1] 赵氏相当果决的话语机锋之间，似乎故意将作者跟叙述人之间划定了清晰可见甚至加粗标红的分隔线，当然，亦可解作对于不绝于耳之噪音、杂音的某种回应：不可将作者等同于叙事者，更不应将叙述者形塑的环境、人物乃至语气跟作者本人进行某种严丝合缝的对应。基于此种时常被人遗忘的"常识"，莫言小说中不时会出现的"莫言"，李洱《午后的诗学》中在知识分子的聚会跟费边相识并讲述故事的"我"，《应物兄》中形貌特征、生活习惯皆跟李洱本人多多少少有相似之处的"应物兄"，皆不该跟作者本人无条件地捆绑在一起。当然，这并不是说作者跟叙述人之间毫无瓜葛，相反，作者在创造叙述人之前，已然预先埋设了某种具备特定语气的"人设"——很可能不是文本最终呈现的叙述语气——而作者声音跟叙述者声音的界限也便就此分明。

诚如我们所知，巴赫金对拉伯雷（Francois Rabelais）和陀思妥耶夫斯基（Fyodor Mikhailovich Dostoevsky）这两位文学巨匠投射了极大的关注。如今，当我们带着对于抽象性"声音"的困惑，重读巴氏之作，或许多多少少会有"别有洞天"之感。其中，拉伯雷的创作中可谓遍布深度浸染"非官方性"和独异"非文学性"的文学意象，它们昭示出拉伯雷写作与文艺复兴时期法国民间诙谐文化"剪不断、理还乱"的深厚渊源，以致其创作自始至终被一种特殊的"狂欢"氛围笼罩，凸显出一种被研究者命名为"狂欢化"的美学品格。此外，它们跟16世纪以来仍然覆盖于文坛的某种文学性规范相悖。长期以来，亦

---

[1] 赵毅衡. 当说者被说的时候：比较叙述学导论 [M]. 北京：中国人民大学出版社，1998：9.

缺乏对于拉伯雷文学创作的深入解读跟剖析。从整体上观照，巴赫金敏锐地发现，中世纪及文艺复兴时期的文学形式存在三种趋向：一是底层形式向高层形式渗透；二是民间笑话向叙事体裁渗透；三是民间文化向官方文学渗透。透过三种趋向，民间文化暗自对官方文学发起了某种挑战，甚至形成了分庭抗礼之势。巴赫金极为欣赏拉伯雷以酣畅淋漓、欢快奔泻的语言描绘出的狂欢世界，这与陀思妥耶夫斯基所描绘的阴暗呓语的世界，在格调和色彩上大相径庭。① 另外，拉伯雷的创作充斥着社会各阶层的话语、不同民族的方言、各种各样的表达习惯跟言语形态，俨然是"杂语"丛生的试验场。

事实上，在巴赫金看来，拉伯雷小说中的声音是"具象"的、"实有"的，当然，这种"具象"跟"实有"则是通过具体的话语来呈现的：它们是民间文化以言语的形式凝结而成的综合体，呈现出一种"杂语"的综合聚集形态。骂人话、诅咒、指神赌咒、脏话这类"广场赞美的反面"，是"言语的非官方成分"。并且"过去和现在它们都被认为是明显地践踏公认的言语交往原则，故意破坏言语规矩如礼节、礼貌、客套、谦恭、尊卑之别等"，而巴赫金却认为这种言语因素只能发生在节日的广场上，"在取消了人与人之间的一切等级界限，人们在现实中可以不拘形迹地接触的条件下才有可能充分实现"。②

巴赫金对拉伯雷小说中声音的关注，不同于在《陀思妥耶夫斯基诗学问题》中对"声音"作为一种态度、思想以及意识的层层挖掘跟剥离，更多的是集中于出现在"广场"这一空间形态的某些特殊言语

---

① 巴赫金.巴赫金全集：第6卷［M］.钱中文，译.石家庄：河北教育出版社，2009：605-606.
② 巴赫金.巴赫金全集：第6卷［M］.钱中文，译.石家庄：河北教育出版社，2009：211.

体裁的特殊关注，这种"声音"在某种意义上充当了解构以严肃庄重为旨要的官方文化的催化剂，如以"商贩响亮的吹嘘"为表征声音形态的"巴黎的吆喝"：

"巴黎的吆喝"在城市的广场和街头生活中的作用是巨大的。因为有了这些五花八门的吆喝，街头和广场简直就是人声鼎沸。每一种货物——食物，酒或物品——都有专门的吆喝用语和专门的吆喝旋律、专门的语调，即专门的词语形象和音乐形象。……在那个时代不仅整个广告毫无例外地都是口头性的和响亮的，是一种"吆喝"，而且所有各种各样的通知、决议、命令、法令等等都是以口头和响亮的形式传达给众人的。在那个时代日常生活与文化生活中声音的作用、响亮词语的作用颇为巨大，（这种作用）甚至比起今天无线电的时代都大得无可比拟。……民间俗语文化在很大程度上是露天的、广场和街头上的响亮话语的文化。①

著名的"巴黎的吆喝"自有其殊异的旋律跟节奏，更是高音量、大嗓门、混合语调的标志性声音存在物，它是城市中亚文化的栖息地、少数灵魂的精神家园。此种吆喝回荡在巴黎广场的上空，与之关联的，不仅有作为"物质"存在的社会实体，更有隐约闪现其中、如幽灵般徜徉不灭的民间文化与广场空间想象。誓言作为每一个社会群体和职业的特殊话语，"借用某些发誓拉伯雷出色地、生动地描绘了那个时代的广场及其五光十色的社会成员"，并引述了一段《巨人传》中高康大（Gargantua）来到巴黎的片段，展现出一个异常生动、活

---

① 巴赫金. 巴赫金全集：第 6 卷 [M]. 钱中文，译. 石家庄：河北教育出版社，2009：204.

跃、响亮的（听觉上的）16世纪五光十色的巴黎人群的形象："听见加斯科涅人的声音（'pro cap die bious'——'以上帝的脑袋'），意大利人的声音（'pote de Christo'——'以基督的脑袋'），德国雇佣兵的声音（'das dich Gots Leyden shend'），蔬菜贩子的声音（圣徒菲亚克尔·布里斯基是园艺家和菜园主的主保圣人），鞋匠的声音（圣徒基博是鞋匠的主保圣人），酒徒的声音（圣徒Godergrain就是酒客的主保圣人）……"[①] 来自不同阶层、职业、地域的人声烙印着各具特色的音响形象，作为其立体形象的"补充说明"，在听觉层面成为喧闹人群的辨识。事实上，由声音发出者/创造者吐露的各色言语符号之间的碰撞、摩擦映射出不同意识形态之间的挤撞、互动乃至共生或湮灭。作为言语体裁的小说，容纳了活色生香的言语交流与互动，以各式各样的"杂语"样态扩容了文本的体量，并且吸收不同的杂语语境中（如不同的民族语语境）语言的不同层次与样态，形成了一种互动的对话关系。需要说明的是，"杂语"作为巴赫金小说声音理论的又一重要范畴，它所聚焦的更多在于小说文体意义的层面，是一种宏观"俯瞰"小说全貌的视野追求，但它并不能深入小说言语符号的内部，以真正打开小说内部的声音世界，即以沉入双声话语为主的多层次的含义审美言语体裁之内面，而这一点，巴赫金在《陀思妥耶夫斯基诗学问题》的论述中加以实践。

在巴赫金的小说理论话语系统中，"独白"与"复调"乃是一组对举而来的理论范畴。其中，托尔斯泰（Lev Nikolayevich Tolstoy）的《三死》则是一篇被巴赫金视为颇具代表性的独白型小说。它篇幅不长，线索清晰（由有钱的地主太太、马车夫和大树的死这三条以生命

[①] 巴赫金. 巴赫金全集：第6卷[M]. 钱中文，译. 石家庄：河北教育出版社，2009年：214.

为主体建构的三个故事组成)。故事跟故事之间仅存表层关联,并无深度互动,或者说,它们之间是相互封闭的。表层的联系仅限于马车夫谢廖沙(Seryozha)服务于一位患病的地主太太,机缘巧合于驿站的茅屋中,从濒死的马车夫身上拿走一双靴子,马车夫离世后,他用砍得的树为马车夫做了一个十字架。小说家以一种相对客观、超脱于故事的姿态理解并完成每个生命主体作为小说角色的终极意义。在巴赫金看来,在创作过程中,作者极力避免参与其中、发出声音,以"平视"揭示出生命的总体过程。巴氏十分笃定地认为,《三死》是托氏运用"独白型"小说创作手法写就的典型之作,他颇具洞察力地指出:"他们的声音有时几乎与作者的声音融合在一起。"[1] 借此,巴氏不无大胆地作了一番"心灵实验":若由陀思妥耶夫斯基操刀,同样的生命主体会发生什么样的"化学反应"?生命主体之间又能擦出什么样的火花?显然,巴赫金非常忠于自己的逻辑,在他看来,三条线索相互交织势在必行,陀氏自然会选择"用对话的关系把它们联系起来"[2]。在故事层面,就是将马车夫和树木生死跟地主太太的视野和意识产生关联性,反之亦然。用巴赫金的话来说,就是"会让自己的主人公们看到和了解到一切本质的东西,也就是他这位作者本人所看到和了解到的东西","不会把作者博大视野中任何重要的东西(从未知真理的角度看是重要的东西)给自己留下",让马车夫和地主太太的真理相遇,"让它们用对话的方式进行交锋……并不保留作出最后结论的权利,也就是说他会在自己作品中反映出人类生活和人类思想本身的对话本质",这样一来,在这一短篇小说中,"不仅可以听到纯粹

---

[1] 巴赫金. 巴赫金全集:第5卷[M]. 钱中文,译. 石家庄:河北教育出版社,2009:93.
[2] 巴赫金. 巴赫金全集:第5卷[M]. 钱中文,译. 石家庄:河北教育出版社,2009:94.

的作者的语调，而且还可听到地主太太和马车夫的语调，也就是说，话语议论即为双声形态，每一个声音里都听得到'争论'（微型对话），同时也能听到大型对话的片段"。① 存于巴氏脑中臆想的"改写"自然不会发生，这看似略微有些匪夷所思的想象，乃是巴赫金意欲引出的，跟"独白型"（指称一种小说类型）对举而来的一个关键性概念："复调型"。"复调"之本义，乃是复合声响，又作多声，通译为"复调"，是由音乐术语 polyphony 译介而来的。欧洲文艺复兴到来之前，"复调"是一种相较于单声部音乐的多声部音乐，是"建立在横向思维基础上，将具有独立意义的多层旋律线，按照对位法则加以纵向结合而构成的多声部音乐结构"②。可以说，指称音乐的多声复合现象乃是理解复调之基。从西方音乐发展史的视角观照，"复调"多指巴赫以前的多声结合现象，尤指包括外域民族民间音乐多声现象在内的文艺复兴时期的无伴奏合唱形式。事实上，由于时间的推演，对于复调音乐的认知，也发生了相当大的变化。在较长的一段时期（约公元 7 世纪之前）中，最动听、最诚挚的音乐被认为是单声部的歌唱，当时的复调音乐指向的是杂乱、不安，甚至被冠以不虔诚之名，并未被上流（欧洲贵族阶层为主）音乐社会接纳。这一境况直到公元 7 世纪出现了转机，当时的教皇格里高利一世采风于教会圣咏和各地民歌，奠定了多声部复调音乐成长壮大的沃土。"复调"之名深得巴赫金的心意，他借以概括陀氏小说的基本特征和文本风貌：

---

① 巴赫金. 巴赫金全集：第 5 卷 [M]. 钱中文，译. 石家庄：河北教育出版社，2009：93-94.
② 于苏贤. 复调音乐教程 [M]. 上海：上海音乐出版社，2001：15.

有着众多的各自独立而不相融合的声音和意识，具有充分价值的不同声音组成真正的复调——这确实是陀思妥耶夫斯基长篇小说的基本特点。在他的作品里，不是众多性格和命运构成一个统一的客观世界，在作者统一的意识支配下层层展开；这里恰是众多的地位平等的意识连同它们各自的世界，结合在某个统一的事件之中，而互相间不发生融合。陀思妥耶夫斯基笔下的主要人物，在艺术家的创作构思之中，便的确不仅仅是作者议论所表现的客体，而且也是直抒己见的主体。[①]

"具有充分价值的不同声音组成"是巴氏所谓的"复调"之核心要义。小说人物的发声行为既是作者客观描述客体，容纳各种声音的过程，也是其充分行使支配权，"直抒己见"，发作者之声的必由之路。在发声与被发声、表述与被表述中，作者亦是独立世界观与价值意识的承担者，而这一相互碰撞、斗争、摩擦并且互不相容的过程造就了一个完整的小说艺术世界。说穿了，便是"不同声音在这里仍保持各自的独立，作为独立的声音结合在一个统一体中，这已是比单声结构高出一层的统一体"。[②] 在巴赫金看来，欧洲大多数小说都是"独白型"小说，它们的艺术成就和思想高度是极其有限的。究其原因，在于人类互动的普遍特性被"现代意识形态的独白主义"遮蔽或堵塞了。从根源上看，"独白型"小说的产生并不是作者偶意为之的产物，在西方理性主义的后启蒙阶段，"独白"就占据了核心位置，随之产生的义学便也自然获得与之关联的独白性。在巴赫金的理

[①] 巴赫金. 巴赫金全集：第5卷 [M]. 钱中文，译. 石家庄：河北教育出版社，2009：4.
[②] 巴赫金. 巴赫金全集：第5卷 [M]. 钱中文，译. 石家庄：河北教育出版社，2009：26.

论话语体系中，作者意志暗中成为最显著的支配权力，多重声音的湮灭必然导致作品思想水准的滑坡。从巴赫金意义上的"声音"理论观照，其单声性不言自明。"独白型"小说悄然失去两种声音、两种思想、两种意识的碰撞。在忽视声音多样性的背后，是对于意识多样性等多种社会性的省略，与此同时，它们被强制或半强制地压缩进一个相对单一的或同一的作者意识之中。巴赫金依然以托氏为原点展开论说："托尔斯泰的世界是浑然一体的独白型世界，主人公的议论被嵌入作者描绘他的语言的牢固框架内。连主人公的最终见解，也是以他人（即作者）的议论为外壳表现出来的；主人公的自我意识，仅仅是他那确定形象的一个因素，而且实质上是受这个确定形象预先决定了的……在托尔斯泰的世界中，不出现第二个同等重要的声音；因此也就没有多声部性组合的问题，没有用特殊方法处理作者观点的问题。"[①] 正如前述，作者意识如一个"圈套"，控制并笼罩着主人公的意识，作品的一切设定只具有单一指向性，是单声性，不存在双声性，并且"所有肯定的思想都同作者从事观察和描绘的意识结合成为统一体；从未被肯定的思想则分派在各个主人公身上，不过这时它们已经不是有价值的思想，而是成了社会典型或某种个性表现自己思想的典型实例了"。[②] 知之甚多者，无外乎成为作者一人而已，主人公不过是打上了作者思想的烙印，身上一切有价值的思想都不可避免地被扼杀了，从而产生了"作品的思想单向性""作者的描写同主人公的

---

① 巴赫金. 巴赫金全集，第5卷[M]. 钱中文，译. 石家庄：河北教育出版社，2009：72.
② 巴赫金. 巴赫金全集，第5卷[M]. 钱中文，译. 石家庄：河北教育出版社，2009：104.

语言、感受所共有的单向性"①，实际也就是主人公的语言成为单声的了，这与巴赫金对于小说"双声性"的要求可谓南辕北辙。这种独白型小说自然"不可避免地要把描绘的世界变成这一结论的无声的对象"，巴赫金更愿意以"无声"来指称独白型小说的实质。需要说明的是，巴赫金绝无贬低托尔斯泰之意，只是将之作为"独白型"小说的一个较为典型的例证，对于大多数"独白型"小说而言，它们远没有达到托尔斯泰的高度，艺术性、思想性两方面均落入下乘。

行文至此，似乎可以作一个小结。理解巴赫金对于小说声音理论的开拓，"超语言学"是绕不开的首要问题。巴赫金构建的"超语言学"聚焦于"活的言语"，殊异于从音位到句子的"抽象的"语言学单位，它与日常生活中使用的言语有着极其密切的联系："（我们能从）实际生活中对我们至关重要的他人谈话里，十分敏感地猜出语调的细微变化，不同声音的交锋。言辞上任何察言观色、解释申明、留有余地的表现，任何暗示和攻讦，都瞒不过我们的耳朵，而且这些也会出自于我们自己口中。"② 事实上，正是针对形式主义在理论上将语言及其语言学的研究方法无节制地抬高以至于泛化。活生生的言语，是诗的语言的根基，"超语言学"便是意在唤起诗或"活的言语"对于语言的建设性作用，进而重新激活文学体裁内部"被压抑的声音"。在《马克思主义与语言哲学》中，巴氏将"超语言学"概念具体化，他指出只要"任何一个物体都可以作为某个东西的形象被接受"，便具备了意识形态符号的特性，拓展到语言层面，则是每一种

---

① 巴赫金. 巴赫金全集，第 5 卷 [M]. 钱中文，译. 石家庄：河北教育出版社，2009：106.
② 巴赫金. 巴赫金全集，第 5 卷 [M]. 钱中文，译. 石家庄：河北教育出版社，2009：264.

意识形态符号都"交织着不同倾向的重音符号",故而产生争论跟分歧,才需要展开永无休止的对话。再到《陀思妥耶夫斯基诗学问题》中,进一步将"超语言学"的理论表述推向"多声部性",即"复调"。事实上,分散于各个时期的著述更像是巴氏的思想地图,它们或是"我与他人"的关系、审美活动中的作者与主人公、马克思主义社会学诗学、超语言学、复调小说、杂语、狂欢化等,无一例外地包含了对话性因素,或可称为走向了"对话主义"并上升到巴氏对于人文学科整体的哲学思考。每一种单一向度的理论总结既是一种对话关系的诞生,又是重新将对话性概念进行拆解、组合,赋予全新的意义边界,也是我们理解其理论范畴的关键。

何为小说?似乎多数时候被当作一个不言自明且无需回答的问题。时移世易,小说经历着不断被赋予难以承受的功能、价值和意义,又不断进入被消解、祛魅再重新定位的轮回。归根结底,小说和其他文学体裁一样,都离不开语言的创造、语言的表达。无论是古典小说还是现代小说,语言都构成了小说存在的基础,"故事"由其构筑,一切声音都围绕其架构的"真实"世界变幻音量与音响形象。从表层小说语言符号意象的整体塑造上来说,读者不难分辨各个作家在不同层面对于小说声音形象建构的独异之处。比如阿城经常通过修辞格的超常变动来完成小说声音形象的发明,刘索拉擅长在语言的语音层面吸纳情绪的百转千回,李洱则以对知识分子话语方式的谙熟创制一种独到的知识分子叙述的"声音"艺术。小说语言研究,历来是文学研究中的重要环节,尤其在时代转型等关键节点,小说样态的革新自然而然最先由小说的语言凸显出来。于今而言,时间裹挟着科技、人文等景观一再发生令人来不及摆出错愕表情的异变,时代似乎又来到了转型的重要时刻。曾几何时,小说赠予巴赫金对话时代和社会的无限可能。未完成性是世界的根本命题,小说亦应作如是观。在思想巨人巴赫金的话语体系中,小说毫无悬念地被视为"唯一比文字和书籍还要年轻的体裁",也正因为如此,较之于诗歌、史诗、戏剧等文学形式,小说或许最应该也最可能摆脱它们所形成的封闭自足的"独白世界"。小说作为文学体裁的大观园,与生俱来的"未完成性"更容易从其他文体中汲取到某种"完成"的力量。反观之,"一花独放"不是小说本身的奥义,"百花齐放"方能"春满园",文体自带的包容力和对话性强烈地影响着其他文体——诸如诗歌、戏剧,从文体的角度渗透其他言语体裁之中。巴赫金对于小说"内面风景"的发现,可以说提示了一种相当值得重视的小说声音研究路径。经常被研究者忽略的文本内部的"活的言语",在巴赫金思想光芒的投射下,焕发了新的光彩。捕捉小说的声音,既需要以精耕细作的能力从文本的细枝末节处着手,又需要通过"俯视"以观照整体创作脉络,从而避免无法"跳脱"出某一时段或某一类型的创作,这些实际都构成了谈论小说声音问题的限度。

二、"隐隐绰绰的人":"知识分子"概念辨析

何为知识分子?中国人朴素且普遍的简单理解便是"读书人"。这种解释里暗含了两层含义:其一,被称为"知识分子"者,需要掌握一定程度的科学文化知识;其二,"读圣贤书"者也寄托着中国传统社会"为天地立心,为生民立命,为往圣继绝学,为万世开太平"(张载语)的社会价值期待。在《辞海》《现代汉语词典》等工具书中,"知识分子"被指称为具有一定科学文化水平、从事脑力劳动的一类人。[①] 在

[①] 参阅《现代汉语词典》,北京:商务印书馆,1996年,第1612页;《辞海》,上海:上海辞书出版社,1989年,第1953页。

高等教育日益大众化的今天，这一宽泛且中性的概念将"知识分子"概念大大模糊化了，似乎跟体力劳动相对，从事脑力劳动者便可称为知识分子，这自然跟知识分子的自我期待以及现实情境皆存在相当大的差距。很显然，仅仅用"知识"来定义"知识分子"是无法覆盖其复杂内涵及外延的，想要厘清这一概念，或可从比较视野下的中西词源入手。

　　现代意义上的"知识分子"概念源自西方，或可追溯到古希腊罗马的智者身上，中世纪的神职人员、教师，以及18世纪法国启蒙运动中的"哲士"（Les philosophes）被看作赓续智者传统的人。一般认为，"知识分子"一词最早源自俄文[①]，而其语义则源自拉丁语"Intellegens"，含义为"思考的""理智的"。古罗马时代思想家西塞罗（Marcus Tullius Cicer）在翻译亚里士多德（Aristotle）著作时将"Intellegens"的含义拓展为"Intellegentia"，意为"理解能力"。18世纪中叶，俄国著名学者特列季亚科夫斯基（Trediakovsky）将拉丁语"Intellegentia"译进俄语中，为"理性"之意，后来到1819年加里奇（Garich）在编辑《哲学辞典汇编》时将其收入，19世纪中叶以后，随着俄国知识分子群体的形成以及在文化、社会、政治生活的影响力不断扩大，俄文的"知识分子"一词便在俄国思想界被广泛使用了，其内涵大大强化了源于古代希腊罗马文化的思维层面、心理层面乃至意识层面的原生意义维度，亦强化了哲学、道德、社会等层面的扩展意义。[②] 又指向别林斯基（Belinsky）、车尔尼雪夫斯基（Chernyshevsky）等对当时社会持批判态度的一群人。稍晚时候，在19世纪

[①] 中国学者通常把俄文的"知识分子"译成知识阶层，强调其共同使命以及由知识人组成的共同体。参阅张建华：《俄国知识分子思想史导论》，北京：商务印书馆，2008年，第20—21页。

[②] 张建华. 俄国知识分子思想史导论［M］. 北京：商务印书馆，2008：22.

末期的法国，"知识分子"一词的出现跟"德雷福斯事件"（Dreyfus affair）有关：作为犹太人的德雷福斯遭受诬陷及不公的审判。左拉（Émile Zola）、普鲁斯特（Marcel Proust）、雨果（Victor Hugo）等当时法国社会的有识之士迅速"集结"，在报纸上发表了一个要求重审该案件的声明，并由编辑克雷蒙梭（Georges Clemenceau）添加"知识分子宣言"的标题，揭开了活跃于公共空间、秉持强烈批判精神、致力于伸张正义、追求人类良知的知识分子群体的崭新一页。可以看到，词源意义上肇始于西方的"知识分子"实际上模糊了文化教育背景、职业以及阶级属性，打一开始使强调理性的批判精神、疏离于权力中心的超越性以及关怀人类共同价值的普遍性意义。至此以后，诸多学者对"知识分子"概念的内涵及外延展开了颇具主体性色彩的探讨。葛兰西（Atonio Gramsci）从功用角度以"两分法"将知识分子冠以"传统的"和"有机的"之名①。传统知识分子被他强调为具备超越性、以思想为业且专注于人类永恒价值探索的一类人。有机知识分子不仅作为"雄辩者"，更作为组织者、建设者、"坚持不懈的劝说者"，是跟社会革命实践相联系的。作为意大利的马克思主义者，葛氏在界说知识分子概念之时，不断强调知识分子的社会功能和社会使命，强调他们在社会革命实践，尤其是夺取意识形态革命领导权中扮演着极其重要的作用。卡尔·曼海姆（Karl Mannheim）在界说"知识分子"时，突出了"超越性"跟"普遍性"。在他看来，知识分子群体内部组成的复杂性注定了其无法构成一个"同一阶层"，正因如此，才能超越狭隘的阶级利益和框定的意识形态，从而使公正的、普遍的真理追求和判断成为可能，才能对"社会的动态性和总体性具有

---

① 葛兰西. 狱中札记 [M]. 曹雷雨，姜丽，张跣，译. 郑州：河南大学出版社，第6-8页.

持续敏感的展望"①。曼氏对于知识分子的解读带有某种理想主义和现代启蒙主义的色彩，认为他们的共同属性是以特定的方式面对文化。区别于葛兰西强调知识分子的"有机性"，即他们依附于特定阶级和社会制度，曼氏的知识分子想象则是漂浮于各阶级之上的"自由集团"，既不构成某个阶级，也不依附于特定阶级。相较而言，萨义德（Said. E. W.）对于知识分子的诠释则游走在理性与理想之间，对于认识知识分子的理想人格颇具启发意义。他指出：

> 今天对于知识分子特别的威胁，不论在西方或非西方世界，都不是来自学院、郊区，也不是新闻业和出版业惊人的商业化，而是我所称的专业态度。我所说的"专业"意指把自己身为知识分子的工作当成为稻粱谋，朝九晚五，一眼盯着时钟，一眼留意什么才是适当、专业的行径——不破坏团体，不逾越公认的范式或限制，促销自己，尤其是使自己有市场性，因而是没有争议的、不具政治性的、客观的。②

萨义德深刻地洞察到，专业知识分子将无可避免地陷入各种各样世俗的权力套子之中。他认为，知识分子既不是后工业社会里专精于技术的从业者，也不是受雇于政府机构的工作人员，更不是受困于象牙塔内的学究，"两耳不闻窗外事"，只专于过于狭窄、奥涩的专业领域。作为知识分子，首先要有相对广泛的知识，关心社会与政治，关注民生百态、民众疾苦，并且对于自由、正义跟知识抱有孜孜以求的价值取向，人类的共同价值跟普遍意义乃是他们的心系所在。形而上

---

① 卡尔·曼海姆. 意识形态与乌托邦 [M]. 北京：商务印书馆，2014：193.
② 萨义德. 知识分子论 [M]. 单德兴，译. 北京：生活·读书·新知三联书店，2013：65.

的热情，促使他们以追求真理为动力，始终坚持以理性精神探索人类的永恒价值。在理想信念的指引下，知识分子并不满足于苟安于舒适稳定的现实，而是尝试突破个人的极限，努力达到超越现实的希冀，故而其行动具有超越性。其次，知识分子跟体制与世俗权力之间则要保持相抗衡的姿态，疏离于"权力"之外，保持独立清醒的人格，甘心作为社会的局外人。他们不会为了官方奖励的头衔而让渡自身话语自由的权力，也不会不假思索地参与到群体激情的众声喧哗中。在萨义德给定的标准中，知识分子不会为了眼前利益和作祟的虚荣心主动迎合官方的需要，甘愿为其驱使、粉饰太平，抑或是违背基本价值原则助其巩固统治以维持现实的稳定。同样地，知识分子也不会陷入狭隘的民族主义泥淖，不说虚假的大话、空话。他们会通过自身的努力，试图超越特定的国别、民族、地域、种族，寻求"最大公约数"——全人类共同的价值和行为准则。他们不会像神职人员般递送僵化且刻板的教条，反之，他们颇具反叛性，因而拥有作为"人"的生机跟活力。知识分子不仅敢于破除外部信条，还更敢于突破本民族的普遍认同，推动轰轰烈烈的民族革命；他们甚至甘于将身体与心灵置于一种悬浮的状态，"不确定性"更容易将他们从既成的话语体系中解放出来，使其更加自由地追寻真理。这是一种理想状态下的知识分子。当然，他们中面对现实障碍跟诱惑的极少数人亦不免走上堕落腐化之路，被当权者驯服，甘于成为权贵的朋友，丢弃了曾经奉为圭臬的批判性，抛弃了正义感，而萨义德正是强调知识分子绝不可为了一己私利背叛自己的社会角色。最后，在"超越性"以外，知识分子是具备"公共性"的角色，他们必须站在弱势一方，尤其是为社会的弱势群体发声，自觉充当社会的道德良知。在萨义德的定义中，知识分子的位置选择尤为关键：他们总是处在"孤寂"与"结盟"之间。"知识分子既不是调解者,也不是建立共识者,而是这样一个人:他或她全身投注于批评意识,也不愿接受简单的处方、现成的陈词滥调,或迎合讨好、与人方便地肯定权势者或传统者的说法和做法"①。

若从"知识分子"的宽泛形态来说,中国古代居于"四民之首"的士大夫阶层或可看作是中国传统社会中的知识分子群体。余英时先生认为,中国传统士大夫阶层跟"道"紧密相连,所谓"士志于道",以"道"自任,所谓道,"在各家思想中具有不同的含义,实际上便相当于一套价值系统。'哲学的突破'以前,士固定在封建关系之中而各有职事:他们并没有一个更高的精神凭借可恃以批评政治社会、抗礼王侯。但'突破'以后,士大夫发展了这种精神凭借,即所谓'道'。"② 自东周进入春秋战国,在礼崩乐坏的背景下,社会秩序发生了根本性转变,"道"由统治阶层下行,落到了士大夫肩上,此时的中国古代知识分子已然开始作出超越自身阶级属性、政治地位、社会身份而关怀整个文化秩序的行为方式,即孔夫子所谓"士志于道,而耻恶衣恶食者,未足以议也"(《论语·里仁》)、"士而怀居,不足以为士矣"(《论语·宪问》)、"士不可以不弘毅,任重而道远。仁以为己任,不亦重乎?死而后已,不亦远乎?"(《论语·泰伯》)。在"道"的指引下,中国传统士大夫阶层逐渐建构起以纲常伦理为秩序准则、以人文精神为核心的传统知识分子实践体系。钱穆指出:"中国知识分子,并非自古迄今,一成不变,但有一共同特点:厥为其始终以人文精神为指导之核心,因此一面不陷入宗教,一面也

---

① 萨义德. 知识分子论 [M]. 单德兴, 译. 北京:生活·读书·新知三联书店, 2013:25.
② 余英时. 士与中国文化 [M]. 上海:上海人民出版社, 2003:88.

不能向自然科学深入，其知识对象集中在现实人生政治、社会、教育、文艺诸方面，其长处在精光凝聚，短处则在无横溢四射之趣。"[1] 至此，华夏民族建构了一个以"道"为中心的中国传统士大夫阶层"基本盘"，两千多年间，其音量或强或弱，却一直相对稳定地延绵下来。而需要指出的是，"道"这一概念指向传统士大夫的内在精神世界，所倡导的人文修养跟道德标准是以士大夫本人自尊自重的个人涵养为提前的，并没有科学严密的行为准则跟组织形式，而是以"意识共同体"这种边界不甚清晰的形式，通过世代叠加而形成一套立身传统，当与强大的政治权力相博弈时，修身立道便显得异常脆弱与艰难，故而传统知识分子经常呈现出强烈的行为悖谬：一面追求"内圣"，注重修身；另一面则陷于功名利禄难以自拔，费孝通也曾感慨道："从韩愈自承的道统起，中国之士，已经不再论是非，只依附皇权来说话了。"[2] 中国古代传统知识分子对权力与政治的依赖性表现得颇为突出，"学而优则仕"几乎可以看作是他们的终极目的，正所谓"达则兼济天下，穷则独善其身"，"善其身"是为了有朝一日更好地"济天下"，"济天下"则是"善其身"的最终目的和实现人生理想的正途，向往而不达则是一切牢骚的根源。

清末鸦片战争至20世纪初，科举制度被废、帝制终结，中国传统士大夫阶层随之失去了赖以寄托的制度性保障。"士"从社会中心的位置开始向外游走。随着西学东渐，新式教育以及报刊、出版等现代行业的兴起，加之社会动荡加剧了内在的紧张与焦虑，传统知识分子在历史的大变革中亦在悄然发生剧变，整个群体内部的结构性分裂以

---

[1] 汤学智，杨匡汉. 台湾暨海外学界论中国知识分子 [M]. 郑州：河南人民出版社，1994：1.
[2] 费孝通. 乡土中国 [M]. 上海：上海人民出版社，2013：123.

及外部不断边缘化成为难以逃脱的命运。面对西方不断涌进的文化/文明，焦虑感带来的是策略性地否定传统而并未深入思考西方文化对于中国本土的有效性以及它自身面临的困境，诚如余英时所言，"中国知识分子解除西方文化的时间极为短促，而且是以急迫的功利心理去'向西方寻找真理'的，所以根本没有进入西方文化的中心。这一百年来，中国知识分子一方面自动撤退到中国文化的边缘，另一方面又始终徘徊在西方文化的边缘：好像大海上迷失了的一叶孤舟，两边都靠不上岸"。[①] "百年未有之大变局"催生了极具复杂性的中国现代知识分子群体，一方面，他们承续着千年的儒道传统，遵循着中国传统人文精神的价值系统，在立身、修身的基础上，以各种形式参与到"报效国家"的政治性实践中；另一方面，"科学"与"民主"思潮的袭来，亦让他们对于知识分子"铁肩担道义，妙手著文章"的独立精神跟批判意识大为触动，主张在中国的具体实践中吸收、借鉴西方的制度设计。需要指出的是，他们没有意识到人格的独立性对于知识分子坚守价值立场具有根基式的作用。深厚源远的异质土壤在较短的时段内并不具备消化源流殊异的西方知识分子价值体系的可能性，即便是如鲁迅这样极具自由知识分子独立人格跟批判意识的现代知识人，在思想及行动上仍有不甚彻底的尾巴。1949年中华人民共和国成立之后，以毛泽东思想为核心的一系列理论、方针、政策成为我国最具覆盖性影响力的行动纲领跟指南。时代交响中，民族自立的声音盖过了一切。胡风的一句"时间开始了！"道出了新时代知识分子将个人命运系于国家政治命运的心声。早在延安时期，毛泽东便批评知识分子"站在小资产阶级立场"，"把自己的作品当作小资产阶级的自我表现来创作"，"对于工农兵群众，则缺乏接近，缺乏了解，缺乏研

[①] 余英时. 中国文化的重建 [M]. 北京：中信出版社，2011：45.

究，缺乏知心朋友，不善于描写他们"。① 立足于改造知识分子，使之与广大人民群众相结合的政治构想，被毛泽东称之为："我们的文学艺术都是为人民大众的，首先是为工农兵的，为工农兵而创作，为工农兵所利用"② 的知识分子书写实践方向。随之而来的一系列政治运动，使得本就不具备独立人格抓手的知识分子成为被压抑、被改造的一个群体，在逐渐体认新社会结构中角色定位的转变后，像是"惊弓之鸟"的他们更是难于利用公开发表的文学体裁表达自我的心声。20世纪80年代以来，变革的曙光为"以阶级斗争为纲"的政治时代画下了休止符，从"斗争"转变为"经济发展"、从"站起来"转向"富起来""强起来"成为了新的时代主流之声。时代风气的扭转，亦为知识分子翻检既往的精神资源提供了某种契机，但是，本就复杂而迷惘的现代知识分子又何以提供真正独立、自由之精神的支撑点呢？时代的大浪滚滚翻涌，知识分子的人文精神失落至空前虚无的境地，身份危机、信仰危机、价值危机纷至沓来，大量知识人躲进高校或体制的高墙之内，在社会主义市场经济的浪潮下，被动或主动地选择麻痹或逃避，已然丧失的行动力让他们只能长时间地成为"口力劳动者"，变成被经济逻辑洞穿的社会结构中的一员。现如今，萨义德提供的理性且真诚的知识分子定义俨然成为一种"理想"，真正意义上的知识分子可谓寥若晨星。极少数内心向往并坚守知识分子价值理想的知识人不禁会问，何处才是我们的安身立命之所？

作为在学院内完成知识体系建设、形成一整套个人化的世界观与写作方式的作家李洱，其知识分子叙述是以题材为划分标准的文学概

---

① 毛泽东. 毛泽东选集: 第3卷 [M]. 北京: 人民出版社, 1991: 856-857.
② 毛泽东. 毛泽东选集: 第3卷 [M]. 北京: 人民出版社, 1991: 863.

57

念，具体而言，是指其站在知识分子的写作立场上，描写知识分子的日常生活，塑造知识分子形象的文学创作。此外，李洱的作品通常被认为是乡村题材的小说，包括中篇小说《鬼子进村》和长篇小说《石榴树上结樱桃》等，亦带有明显的知识分子气息和叙述语调。尽管小说故事发生在中国当代农村，但依然构成了李洱知识分子叙述的另一面向，与其他知识分子题材小说共同构成了李洱完整的知识分子叙述。所谓知识分子叙述，即写作者以知识人的立场、视角、叙述语气、叙事语调等形塑（to form）和建构（to construct）具有鲜明知识分子特征的人物形象的书写方式，其中，暗含了两个"必要条件"：一是小说的叙述、书写对象必须是具有某种知识分子"通约性"特征的人物形象；二是由作者之手形塑的叙述人乃是知识分子声音的发出者、承担者，与作者坚持的某种知识分子精神气质存在主体性上的相通之处。需要指出的是，本文所言"知识分子叙述"，大致容纳了知识分子题材、知识分子形象塑造与建构以及知识分子叙事三层"内含物"，即由作为主体的知识分子完成知识分子题材小说的形塑与建构过程。基于此种研究"原点"，本文乃是对经由小说家李洱之手，诞生于不同时期、不同小说文本之中的叙述人（叙事人）的叙事语气、价值声音以及裹挟于作品中的声音样态、知识形态、叙事结构，由叙事人形塑的知识分子形象以及混合于文本中的不同语调所孳生的不同价值声音等的综合性研究。研究中作为参照物的包括"五四"时期以鲁迅、郁达夫为代表的知识分子题材小说形成过蔚为大观的文学景象，被赵园先生形容为"一曲多声部以至旋律各异的知识者的抒情合唱，而且所唱的主要是知识者自身"。[①] 到 20 世纪 30 年代，当政治（革命）的声浪不断高涨，"个人与政治"逐渐成为知识分子叙述激情

[①] 赵园. 艰难的选择 [M]. 上海：上海文艺出版社，1986：143-144.

的源头，文学中的知识分子问题往往折射于跟知识分子生活图景无关的另外的"风景"中，诸如丁玲的《韦护》《在医院中》、路翎的《财主底儿女们》等作品抓住了知识者在动荡时局下惶惑不安的灵魂时刻。当时间轴推进到20世纪30年代末到20世纪40年代（抗战时期），知识分子题材小说以及相关问题的探寻又重新占据了如"五四"般夺目的位置，这一时期，重新省察知识者的位置与角色，成为一时风气。旷日持久的战乱时局令中国知识分子充分领教了来自各方面的沦丧感，知识分子颇带几分严峻的道德感使他们难以容忍道德堕落。小说家面对知识界内部的邪恶，随即迸发出力透纸背的辛辣嘲讽，如钱锺书的《围城》，师陀的《结婚》。20世纪50年代至20世纪70年代，小说知识分子叙述的声音呈现出式微之态，亦折射出大历史背景下知识分子处境之艰难。尤值一提的是，出现了《青春之歌》这一当代文学史上第一次以知识分子为叙述主体、"正面"塑造知识分子形象的长篇小说，"反抗/追求/考验/命名"则是遵循的基本叙事模式。从某种意义上说，一个时代的文学作品乃是一个时代知识分子的精神镜像。当然，它不是机械的、平面的，总是有所变形、缩放、加工或者说隐匿，通过活的言语、以文字的形式汇聚成一个时代声音的独特面向。一个时代文学中出现的知识分子形象，亦从不同侧面折射出他们的社会地位、生活方式、道德面貌以及心理状态，在一定程度上也是知识分子在具体处境中不断通过对话得以持续进行的自我形塑。本文以李洱不同时期的小说创作为支撑，探究李洱知识分子叙述中的声音问题，具体而言，则包括李洱知识分子叙述中的声音生成与运作机制，李洱知识分子叙述结构中凸显的声音问题，李洱知识分子叙述的声音修辞策略以及李洱知识分子叙述的语言问题，通过四个章节解开"声音之结"，找到李洱小说为当代文学作出的贡献。

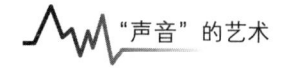

三、研究方法与章节安排

本文重点采取的研究方法乃是文本细读之法，综合以理论阐释，纵向、横向多维度的对比研究方法等，在全面爬梳、细致整理、分析综合李洱小说作品、创作渊源以及创作访谈等相关材料，力求做到在对材料具有相当深入的熟悉度的基础上，再展开研究、分析、阐释等内容。论者始终认为，李洱小说知识分子叙述不仅是小说家李洱本人写作中最为重要的内容，还是中国当代小说中极具代表性且具备深入研究价值的文学内容。本文涉及语言学、叙述学、修辞学中的相关理论元素，亦通过概括、分析、拆解再重组等方法适当运用巴赫金、福柯等人的小说声音、意识形态话语分析等理论研究成果，警惕"旧瓶装新酒"的套用式阐发模式，所谓"法无定法"，具体问题具体分析的实践法则在这里同样适用。本文力图以借鉴为启迪方式、以返回李洱知识分子叙述文本内容为旨归，从小说文本本身出发，充分调动理论知识积累，"站在巨人的肩膀上"，尝试跟既有研究成果展开充分的对话，以期达到相对完整地探讨李洱知识分子叙述的声音问题，将声音问题的诸多面向抽丝剥茧，做一些深入系统的研究工作，为李洱小说研究提供一个相对具备"总体性视野"的文章，并凸显李洱知识分子叙述对于当代文学的贡献。

第一章：知识分子叙述声音的生成与运作机制。本章论述的核心内容是：在线性时间的指引下，以李洱的知识分子叙述脉络和人物谱系为线索，观照李洱小说中叙述人、叙述声音、叙述视点以及叙述节奏等问题，以探察其知识分子叙述声音的生成及运作机制。

一个时代有一个时代之文学。作为20世纪60年代中期出生的作家，时代变革几乎伴随了李洱的整个成长期，家庭的熏陶以及象牙塔内的知识积累，成为其文学书写经验的底色。当时代的浪潮奔涌而来，李洱亦在思考如何在庸常复沓的日常生活中寻找诗意，真正打开知识分子群体的生活内面。自《福音》刊发以来，李洱构建了相当完整的知识分子人物谱系图。沉入文本之中，从叙事学的角度看，人物谱系的变迁自会勾连起一系列叙述形态的变化。其中，重审叙述人的位置，乃是进入李洱知识分子叙述声音生成与运作机制的前提。跟随先锋小说家们的探索，李洱形塑的叙述人经常"出圈"，而在《花腔》中跳脱的叙述人将先锋意识在形式上的探索演绎到极致。另外，视点的变化使得声音生成的机制更趋于丰富与复杂；向内聚焦的视点，用有限视角将悬念最大化，更具张力地揭示出乡村、权力等一系列的巨变；向外投射的视点则有效地深入到知识分子庸常的"无事之事"中，而随着《应物兄》中主人公应物兄"腹语术"的诞生，意味着叙述主体自身的缠绕以及文本声音生成样态趋于复杂化，亦指向更为立体和富有层次感的小说意义之上。李洱注意到知识分子日常生活的巨大变化，以及传统意义上故事的没落和经验的颓败，经李洱之手形塑的叙述人将叙述细节琐碎化以及叙述时间碎片化，从而延宕了叙述节奏，客观上形成了一种慢节奏的叙事。

第二章：知识分子叙述中的对话性形式。本章关注的重点是：对话是李洱小说形式的关键词，也是其知识分子叙述声音显现的重要环节，因而通过对李洱小说形式的分门别类、归纳总结，可更清晰地体察其声音形式，完整地认识其"声音"的艺术。

形式既是承载内容的"器"，也在某种意义上决定着内容的展示。对话之所以可能，在很大程度上取决于相似的知识经验、文化背景以及理解能力。李洱的小说文本，客观地讲，存在一定的阅读难度，而内在的对话性则体现出小说对于理想读者以及小说对话场域敞开的冀望。其中，落实到形式层面，悬置的开头和结尾以及互文的设置跟运用则是李洱小说双声内结构的外化形式，它们的共同特点是强调意义的开放性以及实现建立对话关系的最大可能性，同时也是李洱小说形式实践中最为常用的结构。更进一步，李洱将声音形式实践内化于小说文本之中。《花腔》的立体环绕声是一种巴赫金意义上的复调式声音形式实践，而《应物兄》中氤氲弥散的语气特征，彰显了小说声音实践的另一维度探索，更强调内在的文学感召力和对话性。

第三章：知识分子叙述的语言问题。本章展开论述的关键问题是声音的栖息之地——语言，也是李洱知识分子叙述中最直接的声音问题。李洱对于语言的把控和语词的敏感，亦通过语言在宏观和微观上凸显出的面貌展现出来。

语言问题是文学研究中的关键问题，也是李洱小说知识分子叙述研究中声音的重点问题之一。声音的艺术，在某种意义上来说，便是语言的艺术。通观李洱小说知识分子叙述，百科全书式的声音实践与"杂语"丛生的语言样态相辅相成，声音不仅是一个描述语言的概念范畴，还是一种李洱在推进其写作的过程中不断"发明"的体系性语言实践。"杂语"在李洱的小说中牵涉文化的复杂性，历史认知的深刻性以及文学语言的趣味性。李洱百科全书式的语言样态，亦将卡尔维诺所提出的概念范畴往前推进了一步，形成了一种李洱式的独特语言观。而沉入李洱知识分子叙述声音的细部，语词作为最小的声音装置单位，被赋予了敞开的对话性和多义性，诸如"花腔"之类的语词，在文本中摇曳生姿，生成相当广阔的语义空间。20世纪80年代以后，形而上的语言样态成为反思的对象，反形而上的声音装置成为李洱剖开"午后"知识分子生存境况的重要凭借。对于语词陌生感营建的重视，是李洱作为严肃小说家和语言敏感者的表征，并与前两点一道塑造了其知识分子叙述的语言细部形态。

第四章：知识分子叙述声音的修辞策略。本章关注并论述的焦点是：反讽作为李洱小说知识分子叙述中一以贯之的声音修辞策略，如何在时间的推演以及心境的蜕变中，展现出别样的反讽修辞面貌，并为当代文坛提供一种李洱式的反讽声音修辞学。

正所谓："修辞立其诚"，一以贯之的反讽修辞策略以及随时间而蜕变的反讽内核，或是李洱知识分子叙述声音中"诚"的意涵。在李洱小说知识分子叙述的修辞中，反讽是贯穿其间且勾连其他修辞方式的特殊存在。"反讽"并非本质化的概念，时代的流变一直为反讽范畴注入新的内涵。自李洱开始擘画其知识分子叙述空间，反讽修辞便是其作品中一个显要的存在。具体到文本中呈现为知识分子叙述中的微观反讽形态及宏观反讽形态。在前者中，它集中体现在"活的言语"之中；后者，则映射到《遗忘》等小说文本的整体结构之中。而在《应物兄》中，李洱形塑了一种特殊的反讽形式，即知识话语反讽。它的特殊性在于，不仅指向知识和知识分子，还指向其中暗含的福柯意义上的权力关系以及反讽世界。知识分子的声音、言辞及对话几乎构成了《应物兄》的主要内容，以程济世为代表的当代儒家知识分子则将知识话语的反讽演绎得淋漓尽致，亦是一种反讽修辞复杂性的体现。而李洱的探索并不止于此，在《应物兄》中，后半部的抒情意味浓厚，甚至显现出了一种悲悯的语调，既勇于直面反讽的限度，又在某种意义上具备了突破限度、走向"团结"的可能性。

结语：一个时代有一个时代之文学，一个作家有一个作家的精神底色。时代殊异的知识分子叙述映射出该群体不同的精神症候。结语中，总结导论以及前四章所围绕的李洱小说知识分子叙述的声音问题：作家形塑的叙述人在三十余年的声音探索中，为中国当代文坛形塑了葛任、应物兄等诸多有血有肉的知识分子形象，亦在小说叙事模式、叙述人的位置探索、叙述速度、日常生活的省察、对话性形式的创设、总体性的语言实践、知识话语反讽与反讽修辞学的建构等等层面为当代文坛注入了李洱式的声音探索跟文学畅想。与此同时，不能忽略的是，知识话语的过度膨胀以及声音语流的大量外溢，亦有造成读者接受障碍以及人物形象过度声音化的可能。诚然，李洱对待小说、对待文学的态度是严肃的，他未曾停歇地思考与笔耕不辍的语言实践，让我们有充分理由期待"未来之书"的真正降临。

第一章　知识分子叙述声音的生成与运作机制

20世纪初，社会的大变革促使传统士大夫阶层向现代知识分子转变，"身份"的蜕变催生了一大批开时代风气之先的"思想先觉者"，而"欲新一国之民，不可不先新一国之小说"的呼号也让先觉者主动参与到小说写作实践之中。后来的文学史家将"知识分子"题材小说跟农村题材小说并置，认为是现代文学的两大基本题材。[①] 尤其在"五四"这样一个具有特殊意义的时代背景下，"当人的自觉、人的尊严感苏醒之后……当知识者开始思索自己作为人的生存价值之后，中国知识者才第一次摆脱了传统的思维方式……开始了具有现代意义的自我认识"[②]。一如鲁迅之言，新的"智识者"登了场，并且相当迅速地取代了传统主角多是"勇将策士，侠盗赃官，妖怪神仙，佳人才子"的传统小说。[③] 鲁迅的笔下，不乏在新、旧文化/道路矛盾、冲突、对立乃至转化的知识分子形象。对《孔乙己》中的孔乙己、《白光》中的陈士成而言，"隽了秀才，上省去乡试，一径

[①] 钱理群，吴福辉，温儒敏，王超冰.中国现代文学三十年[M].上海：上海文艺出版社，1987：8.
[②] 赵园.艰难的选择[M].上海：上海文艺出版社，1986：11.
[③] 鲁迅.鲁迅全集：第4卷[M].北京：人民文学出版社，1981：621.

联捷上去"①的科举之路仍然是他们进入国家体制、实现人生价值的唯一路径。而落魄如孔乙己者"没有进学,又不会营生;于是愈过愈穷,弄到将要讨饭了","没有法,便免不了偶然做些偷窃的事"。②科举失败,则意味着传统知识分子在既定的丛林法则中难以生存,社会跟精神的压力使其无处遁逃,选择投湖或是陈士成给自己的一条解脱之路。即便是上了新式学堂、接受了新知识的现代知识分子如魏连殳者,面对"无声的中国",欲发声而不得,竟陷入"失语"的境地,他们所面对的,不是幻想中亟待被启蒙的"个体",而是铜墙铁壁式的旧知识/价值体系,成为"故乡"的异类便是必然的结果,亦难逃在矛盾、痛苦、失落中耗尽生命的悲剧性命运。此外,郁达夫笔下的"零余者",茅盾小说中的"幻灭者""动摇者""追求者",路翎笔下"财主底儿女们"中的"迷失者",艾芜作品的"四处漂泊者",巴金笔下反叛的、为爱痴狂的青年们,叶绍钧小说中奔忙于生计的小知识分子,钱锺书书写的陷于城内而难逃的中上层知识者……正像赵园先生所说,他们对知识分子问题的思考和对知识分子形象的塑造,给我们留下了可供认识那一时期知识阶层生活状态、心灵历史的感性材料③,从而佐证了新文学以来,知识分子题材小说在时代文学长廊中异常显要的位置。

  随着20世纪80年代的终结,高扬的理想主义情怀也偃旗息鼓。进入20世纪90年代,社会政治、经济文化都发生重要转型,其中最重要的,便是由计划经济向市场经济转变的政治经济体制改革,商业

---

  ① 鲁迅:《白光》,初刊于《东方杂志》第19卷第13号。鲁迅. 鲁迅全集:第1卷[M]. 北京:人民文学出版社,2005年:570.
  ② 鲁迅:《狂人日记》,初刊于《新青年》第6卷第4号。鲁迅. 鲁迅全集:第1卷[M]. 北京:人民文学出版社,2005:458.
  ③ 赵园. 艰难的选择[M]. 上海:上海文艺出版社,1986:4-9.

化大潮席卷而来。它带来的，是一系列价值崩溃、消解到重塑、再造的艰难过程。"以经济建设为中心"的社会转型必然将财富、资本的聚积、生产、分配、持有以及消费等经济形态通过各种形式，"植入"到社会各个阶层的意识之中，其中自然包括知识分子群体，并通过日常生活反映到具体的行为之中。这在文学研究界虽然已是"老生常谈"的命题，但确然是每一个文学研究者都无法回避和绕过的时代背景。相当脆弱的社会价值体系被"经济逻辑"轻而易举地洞穿，知识分子所幻想的，被崇高、理想等形容词修饰的价值体系陷入前所未有的危机之中，现实折射进文学里，便是曾经大行其道的启蒙叙述走向式微，忠于内心的写作者尝试以另外的姿态进入生活。此间，李洱进入创作的"爆发期"，而就其知识分子叙述的声音问题而言，如何"发声"，便是首要解决的问题。

第一节　发声主体的建构：李洱知识分子叙述的人物谱系学探究

一、李洱与"日常生活"叙事空间

李洱，本名李荣飞，截至目前，两个时间节点与其关系重大：一是 1966 年，另一是 1983 年。

1966 年，李洱出生在河南济源的一个知识分子家庭，父亲是一名热爱文学和写作的中学老师。跟绝大多数 20 世纪 60 年代出生的人一样，人生的成长际遇跟大时代下的历史车辙并道而行，风云变幻并未留给个体消化喘息的时间，家国民族命运给定的限度以及时代变革之下无限的可能性杂糅交织在一起，令人目眩神迷。童年时期的家庭文学氛围深烙进李洱的记忆，诸如《红楼梦》《水浒传》等古典小说以及《野火春风斗古城》《青春之歌》等红色经典小说，形成李洱最初的文学阅读经验。据李洱回忆，他的父亲在老家担任语文老师时，不同于大多数老师要求学生专于学业，少读闲书，相反，非常鼓励学生广泛涉猎课外书籍。在家庭潜移默化的过程中，李洱自小养成了广泛阅读、勤于思考的习惯。如果说父亲是李洱的文学启蒙老师，那么他的小学语文老师田桂兰则是李洱观察世界，进而触摸世界的引路人。"河岸上盛开的梨花，蒲公英洁白的飞絮，校园里苹果树上的绿叶，院墙之外高耸入云的山峦，天上像羊群那样缓缓飘过的云朵，都是我们的语文课本。"① 这位年轻、漂亮的青年语文老师一反传统刻板的教学模式，以大自然为师，将学生的课堂经验跟自然世界的感觉经验巧妙联结，李洱在小学时期便获得了课堂之外观察世界的全新角度。在李洱正式刊出的第一篇小说《福音》中，像"我在天上抓呀抓的，终于抓到一颗星。我贼一样从房脊上溜下来，在天上星光的映衬下，那颗星在手心闪闪烁烁，映亮桐树和远处的山脊。一只鸟从桐树的枝丫间飞起。鸟的悲啼使我感受到星辰和生命"这类融合动感、触感和声音的句子，饱含写作者对于外部生命精微细致的观察，很难不让人将之与其少年时的经验联结起来。

时间来到1983年——李洱人生又一重要节点。在国家教育体制改革的背景下，这一年，他考上了华东师范大学中文系，正式开启他的

---

① 李洱. 沁河的水声 [J]. 语文世界（中学生之窗），2021（7）.

学院以及文学生涯。① 正如李洱自己所说，20世纪80年代是他的"文化童年"，而对于文学来说，那是它的"青春期"，对于时代来说，那仿佛是新婚之后最忙乱的时期。从地处中原的济源老家来到摩登上海，这座城市的一切对于李洱而言都是全新的经验：由"自然"过渡到"城市"，再由相对封闭的稳定知识圈走向每天都是新的、开放的知识场域，或许新鲜感、期待感已然盖过了受到冲击后的焦虑感。

在学院里，李洱遇到了他人生中的另一位重要的人，便是师长兼朋友的格非。比李洱早进入华东师大的格非，在大学期间便尽其所能涉猎英美文学作品，趁着"文化热"的浪潮又大量汲取最新译介至国内的理论著作。李洱早期的小说，大多数都请格非"掌眼"，而格非的指导也很有意思，总是绕开李洱的小说，旁征博引文学大师们的创作经验，列举大师们笔下的"细节"处理，变相给出指导意见，令李洱十分敬佩。正是在这样的相互影响下，李洱打破了原先的阅读格局，开辟了全新的知识谱系，从海明威（Ernest Miller Hemingway）开始②，进入一个全新的文学世界。在李洱早期的诸多小说，如《福音》《午后的诗学》《遗忘》等篇什中，不难发现他对于新知识、新理论的热衷，甚至于在自己的作品中展开叙事实验。20世纪80年代是一个青春荷尔蒙爆棚的年代，勃勃生机四处开花，"人文风气浓郁、文艺

---

① 李洱在《它来到我们中间寻找骑手》等文章中谈到过早年的求学、阅读经历，并坦言在不同程度上受到过马尔克斯（Gabriel García Márquez）、博尔赫斯（Jorge Luis Borges）、米兰昆德拉（Milan Kundera）等国外作家的启发和影响，参见李洱：《问答录》，上海：上海文艺出版社，2013年。
② 李洱在《闲书与旧书》中提道，大学时期的辅导员查建渝老师带领全班校对《海明威短篇小说选》，这也是李洱第一次接触到海明威，并且大为震撼。参阅：《闲书与旧书》，《中学生阅读（高中版）》2005年第5期。

家和人文知识分子引领风潮"①，一如《八十年代：访谈录》封皮背面关键词：激情、理想主义、文化、知识、思想、贫乏、迟到的青春……当时的华东师大，有着令全国知识分子歆羡的"最好的中文系"，可谓"往来有鸿儒"、人才济济，学人们呼吸着自由的空气，每天谈论着博尔赫斯（Jorge Luis Borges）、卡夫卡（Franz Kafka）、普鲁斯特之类陌生又熟悉的名字，激辩着最新译介的理论著作，"天之骄子"们似乎丝毫不为稻粱谋而焦虑，知识与写作才是他们每天关心的事情。② 正是在这样的氛围中，李洱如饥似渴地进行知识积累的同时，也在尝试着开启自己的文学之路。

在传统中国社会，以农耕经验为中心架构出来的人际关系以及古代日常生活，不仅具有简单、透明的秉性③，从线性时间的角度来看，还拥有较强的稳定性与连贯性。与西方文学传统相异的是，无论是中国古典诗歌，抑或小说，日常生活作为文学所触及的重要内容，自古以来都跟古代世俗社会生活"正面接壤、深度有染"④。香草美人、阡陌纵横、山水万物、市井气象等形而下的事物充塞于古典汉诗的字里行间；富于肉感的街巷轶闻、人情世故、宫闱"八卦"则使得古典小说拥有平易近人的优秀品质。而"日常生活"作为一个关键词，在当代文学相当长的一段时间里，都处在一种被怀疑和被批判的位置。"'日常生活'这一概念在20世纪50年代至20世纪70年代文学中更具泛性的含义，是相对于'社会中的主要矛盾和主要斗争'

---

① 查建英. 八十年代：访谈录 [M]. 北京：生活·读书·新知三联书店，2006：7.
② 当时的华东师大校园内、外云集了一大批文学青年、教师、编辑等，除了格非、李洱以外，还有王晓明、夏中义、宋琳、李其刚、马原、宗仁发、程永新等。
③ 费孝通. 乡土中国 [M]. 上海：上海人民出版社，2006：8-12.
④ 参阅敬文东：《小说与神秘性》，2016年，未刊稿。

而言的，大致是指那些平凡的、没有激烈的矛盾冲突的生活场景和事件，很多时候也包含着缺乏典型性、不反映社会'本质特征'的含义在内"①。马克思主义文艺观中关于历史发展规律的认知，决定了左翼文学批评在评判作品价值时所恪守的主要标准，文学中对"日常生活"的描写很容易偏离反映"社会中的主要矛盾和主要斗争"的轨道，自然也就"始终处于一个暧昧和危险的境地"②。如前所论，在20世纪80年代，随着单一"声音"覆盖性影响地位的瓦解，日常生活的丰富性与多样性在文学中得以重现③，以"新写实小说"为代表的小说潮流，对大量日常生活中的琐碎细节进行还原，"一方面提供出一种对于日常生活不同于以往的新的叙事态度，另一方面，它又不能不说是一种承继着此前的社会文化现实而来的'文化失望'的产物"。④

当各种文学思潮、理论热潮铺天盖地地席卷而来之时，李洱刚刚踏进象牙塔内，开始了知识的"原始积累"，与此同时，他悄然将自己置身于潮流的角落，敏锐地观察着风起云涌、众声喧哗，思忖着作为文学体裁的小说在当下的存在价值跟意义。当浪潮退去，知识分子亦和所有人一道，要回归于柴米油盐、食色烟火的生活之中。"从某种

---

① 冷霜. 分叉的想象［M］. 北京：光明日报出版社，2016：36.
② 冷霜. 分叉的想象［M］. 北京：光明日报出版社，2016：39.
③ 值得注意的是，在相当长的一段时期内，真正触及作为人的"日常生活"的作品亦极为罕见，在弥散于其时的浓烈的意识形态转换氛围中，催生了诸多"特别的声音"，如急于在"拨乱反正"的顶层声音下表达伤感情绪的"伤痕文学"以及忙于反映时代改革先声的"改革文学"等，从文学性的角度客观地看，它们是面对特定历史时期、艺术水平极为有限的一种书写，其实并没有跳脱出覆盖性的意识形态压力，或者说是从一种意识形态落入另一种意识形态的框架之中；再到后来所谓的"寻根文学""先锋小说"，多数也是年代不明、对象模糊的一种幻想生活，而非转向"人"的内面，进行文学性的探索，此处要而言之，不作详细展开。
④ 冷霜. 分叉的想象［M］. 北京：光明日报出版社，2016：40.

意义上说，现代小说是对日常生活的奇迹性的发现，在那些最普通、最平凡的日常生活中小说找到了它的叙事空间。"[①] 当先锋小说家们正在如火如荼地展开形式的探索时，李洱一边研究着海明威、博尔赫斯、马尔克斯的创作，一边打量着身边的知识分子，倾听他们的声音，剖解他们的行为，观察他们应对庸常复沓的琐碎日常的状态。或许在李洱看来，只有真正进入"人"的日常生活，用恰如其分的文学语言去呈现一类人（知识分子）的存在状态，才有可能避开"灯下黑"，在"险中求胜"；触及当代知识分子的精神"内面"，付诸创作之中，则是形成一整套在当代文学人物画廊中辨识度颇高的人物谱系，知识分子叙述的声音样态亦是围绕他们言语、行动乃至叙述、结构等层面渐次展开。

二、"日常生活"中的知识人谱系建构

从印象式批评的角度谈李洱早期创作的观感，王鸿生教授有一个相当精当的比喻：就像听"供热装置发出的哼哼声"（《悬铃木枝条上的爱情》）[②]，震颤中低沉回旋的音响效果似乎要令人下一秒便想不起上一秒发生了什么事情。一如《午后的诗学》《饶舌的哑巴》《错误》等篇章中午后的知识分子，他们用舌头制造出盘旋良久的嗡嗡声，看似意涵深远，最终却难以抵达自身存在意义的确证，每当那些矫健的舌条间蹦出下一句格言、诗句的瞬间，上一句便化为言辞的泡沫，消解于无形。卡夫卡（Franz Kafka）曾在日记本中倾诉衷肠："无论什么人，只要你在活着的时候应付不了生活，就应该用一只手挡开点笼罩你命运的绝望……同时，你可以用另一只手草草记下你在废墟中看

---

① 李洱. 问答录［M］. 上海：上海文艺出版社，2013：71.
② 王鸿生. 被卷入日常存在——李洱小说论［J］. 当代作家评论，2001（4）.

到的一切，因为你和别人看到的不同，而且更多；总之，你在自己的有生之年就已经死了，但你却是真正的获救者。"① 不敢肯定李洱知识分子叙述中形塑的如费边、孙良、华林、应物兄等人是否能够"获救"，但有一点是可以肯定的：他们疲于应付位置不明、目的涣散的琐碎生活，20世纪90年代"悬浮"于半空中的他们，到了21世纪的第一个十年，如应物兄、文德斯、费鸣等人，依然未能找到精神的栖息地、言辞的话语场，随物赋形、因地制宜地虚己应物是他们为了生存的无奈之举。而有着自觉知识分子写作立场跟认同的李洱，决定拿周围最熟悉的"费边、费定、张建华、许世林、应物兄"们"开刀"，其实也就等于拿自己"开刀"。李洱在看似没有时间刻度，找不到固定框架，情绪亦晦暗不明的日常生活的巨大陷阱边上，暗自充当着絮絮叨叨的观察者跟记录者的角色，尽管它们可能只是一些混乱的线条和色块，或者游离于朋友、家庭之间的鸡毛蒜皮，抑或是悬浮在人生旅途中的心理摩擦。但是，在李洱的体察中，这种"无序"跟"无目的性"本身便是展示知识分子在当代日常生活中必须要面对的生存现实，当然，这也是小说之于当下现实所得以存在的意义。

从1987年在《关东文学》发表处女作《福音》，到2018年《收获》秋冬卷初刊的《应物兄》，伴随当代日常生活在线性时间秩序下的推进，李洱塑造了众多知识分子形象，如熊山、费定、费边、孙良、华林、丁奎、费鸣、应物兄等，形成颇具特色的人物谱系。有时，同一人物会在不同时间发表的小说中亮相，如《缝隙》《鸡雏变鸭》《喑哑的声音》《悬浮》中的孙良，《黝亮》《午后的诗学》《喑哑的声音》

---

① 卡夫卡：《日记》，1921年10月19日，转引自［德］本雅明（Walter Benjamin）：《发达资本主义时代的抒情诗人》，张旭东、魏文生译，北京：生活·读书·新知三联书店，1989年，第14页。

中的费边；在不同时期的作品中知识分子形象还会以"血缘"为纽带勾连起他们之间的亲属关系，如《从何处说起呢》的叙述人"我"（费鸣）则是《午后的诗学》《喑哑的声音》中费边的弟弟，而后费鸣又作为应物兄的朋友出现在《应物兄》中，李洱巧妙地勾连起应物兄和20世纪80年代成长起来的知识分子的精神血脉。另外，《应物兄》中筹建"太和研究院"的校长不仅是应物兄的领导葛道宏，还是《花腔》中所找寻的"个人存在之花"葛任的后人，代际知识分子殊异的行为实践方式、精神价值追求，亦折射出时代更迭下知识分子的精神变迁史。通过知识分子人物谱系的勾连，不难发现小说家或隐或显的良苦用心：从共时性的角度考察，作为"同代人"的知识分子在学养背景、精神气质层面有着诸多相似或相通之处；从历时性的角度考察，知识分子的代际差异则相当明显，随着时代的更迭，似乎理想主义者追寻的人文精神跟现实境况形成了巨大的反差，亦凸显了渐行渐远之势。此外，如果说李洱早期的知识分子叙述大多困囿于家庭（私人领域）、学院（公共领域）"两点一线"的范畴，那么到了《应物兄》中，不仅跳出了高墙或封闭的空间，甚至牵涉出政、商、学等多领域的上百位人物，"知识"生活已然成为知识分子生活中相当局限的一小部分或者说是整个日常生活的点缀物，世俗的洪流则将他们卷入旋涡之中，在更多的时候，他们都只是一个普通人。可以说，李洱小说知识分子叙述脉络由此人物谱系徐徐推开，他们在相互独立的文学空间中担负起"看"与"被看"，"听"与"被听"的角色，他们的言语是小说中最为值得关注且流动感最强的声音，也是勘探李洱知识分子叙述中"声音"艺术的绝对主角。

在文学研究者的研究地图上，研究对象首篇正式刊发的作品中具有某种神秘的象征意味：他们总是冀图在对原点的回望中，寻找某些值得申说的蛛丝马迹。《福音》之于李洱而言，便是这样一篇有着特殊意义的作品。在《福音》中，借叙述人"我"之口，第一次提到了知识分子"熊山"的名字。从标题到题记，李洱发表的处女作萦绕着《圣经》的语调和基督教的宗教感，从内容上的亦真亦幻、频频乍现的神秘语词上升到人类普遍的困惑感，又不禁令人联想到博尔赫斯、马尔克斯等人的姓名。小说篇幅短小精悍，故事亦简洁明了："我"之生和接生婆之死。逻辑上，它们之间并没有深刻的纽带，故事的某些细节乃是"我"于奶奶处得知，并转告给熊山的。因为不断的讲述和发声，整个故事便呈现出碎片化的状态，进而凸显了叙述的声音。

不同于华林教授提笔便是"分号之前的话来自奥古斯丁的《上帝之城》，分号之后的话来自莎士比亚的《哈姆雷特》"[1]（李洱：《葬礼》），亦不类于"蜂一张嘴吐出来的就是蜜，我的朋友费边随口溜出来的一句话，就是诗学"[2]（李洱：《午后的诗学》）。这位"正勃起的城市诗人"[3] 熊山在文本中从未真正发出自己的声音，一切皆因"我"在《凯里晚报》看到的两行诗，即"蝙蝠纷纷扰扰抽象成意志／如同瓣瓣梅花开放在腰间"引起的回忆："为了爱情，他浑身颤抖地夹带着一篓爱情诗去了云南"[4]。除了凝结着熊山"声音"的两行诗，"我从他含糊的语言中隐约听到这几句"[5]，是由诸多关键词串联起来的一截不知所云的语段："挑战者号"、人类的意志、爱（艾）滋病患者、外星人、诺达拉斯先生、混沌的水、《诸世纪》、年

---

[1] 李洱. 鬼子进村 [M]. 上海：上海文艺出版社，2013：84.
[2] 李洱. 午后的诗学 [M]. 上海：上海文艺出版社，2013：3.
[3] 李洱. 儿女情长 [M]. 上海：上海文艺出版社，2013：207.
[4] 同上。
[5] 同上。

青的地球、年迈的月亮、三流影星、皮影戏。在"生"与"死"的大故事中,这些杂乱无章的语词像诸多含糊不清的知识符码,使本来就断断续续的故事更加支离破碎,似乎在虚构中嵌套了另一层虚构,强化了小说的虚构性,很容易令人联想到先锋小说家们擅长的叙述圈套。此外,从卡尔维诺所强调的小说繁复性以及"知识密码"多层次的关联性来看[1],李洱在《福音》中便开始尝试百科全书式的语言样态,尽管这种尝试似乎不太成熟,带有某种实验性质,但他一开始便瞄准并试图突破单一的、坚固的、稳定的知识结构或者说统一的声音系统,意在寻找被掩藏在背后的、多声的、动态的,甚至是充满怀疑的、纯粹的虚无。

熊山的声音仅仅是通过"我"的转述间接昭示于读者的,主体声音处在一种隐匿的状态。此外,熊山的声音在被转述的过程中,不可避免地造成某种模糊性,与读者之间产生了一种隔膜感或是距离感。可以说,熊山这一知识分子形象的塑造在李洱小说的知识分子叙述中是颇为特别的,一方面,他的话语方式、精神气质和李洱之后塑造的知识分子形象相连通,另一方面,独特的声音位置又曲折地反映出作家的创作心路与年代定位。"夹带着一箩爱情诗"去云南支边的熊山或许还依稀可以窥见知识分子在1980年代怀揣的某种理想主义情怀。到20世纪90年代,李洱笔下的费定、费边等诸多知识分子则回归学院、回到客厅,陷入喋喋不休、"话在说我"的境地。从"被转述"到主动发声,知识分子的声音由幕后移至台前,李洱笔下的知识分子形象也逐渐清晰起来。在学院的讲台上,他们被语词控制,不断"饶舌"却鲜有回应,陷入前所未有的虚无境地(如费定);日常生活

---

[1] 卡尔维诺. 新千年文学备忘录[M]. 黄灿然,译. 南京:译林出版社,2015:105,112.

中，或是话语的无力伴随着行动力的消弭，或是熟练地通过不断重复精致文雅的话语以达成猥琐无耻的目的。所有这一切，都昭示李洱笔下知识分子内心的悬浮跟精神的空虚。"饶舌"便成为定义20世纪90年代以来李洱知识分子叙述声音样态的关键词。

所谓"饶舌"，便是指称一种不停说话、用不同方式重复相同表达内容的言语症候。"哑巴"则是指代因某种缺陷导致无法正常开口说话的人，在具体的语境中，通常指称以沉默的姿态表示拒绝交流或沟通的状态。"饶舌的哑巴"既是李洱一篇小说的标题，也是他第一部小说集的题名。当不停开口的状态作为沉默不语之人的修饰语，强烈的悖谬之感便产生了：一个不停说话、不断重复无意义言辞泡沫，但却令人听不清/听不懂的人。在李洱的第一部小说集中，所选的中短篇小说，几乎都是围绕现实知识分子庸常琐碎的日常生活所展开的叙事作品。"饶舌的哑巴"用以指称他们工作以及生活的状态可谓恰如其分。《饶舌的哑巴》里的大学讲师费定面对的是日复一日要站上去，但是早已没有新鲜感的讲台，教书只为稻粱谋的他依旧秉持着某种传统人文知识分子的精神理想，源源不断地输出"主谓宾、定状补"等知识话语，他是为数不多可以连上四节课的老师，倾泻而下的言辞泡沫是他确证自我价值的方式。《错误》里的社科所副研究员张建华因陌生女人的来信而陷入声音的回忆中，他多到连自己都记不清的性爱经验让他记不住一张张具体的脸，现实中的声音是叩响他回忆阀门的钥匙，也是他陷入"饶舌"症候的导火索，叙述上的"饶舌"症候也让张建华的回忆更多了一层荒诞之感。《暗哑的声音》中的孙良，大学工作之余的"猎艳"，是他让自己抽离无意义生活的一次次刺激旅程，而同为精神流浪汉的电台女主播邓林，私底下的声音却是暗哑的，与其说是孙良的"猎艳"，不如说是天涯沦落人的相逢，而作为双重隐喻的"喑哑的声音"却隔绝了两人对话的通道,当邓林低声哭泣时,孙良只能陷入哑巴的境地。

从时间维度观照,"费边、费定、张建华"们已然跨过激情澎湃的 20 世纪 80 年代,跟"熊山"们相比,高扬的理想主义旗帜已然偃旗息鼓,知识分子在社会结构中被嵌入不上不下的尴尬境地:他们既疏离于以政治意识形态为要的权力机构,又不能在工作、生活中找到自我价值的确证,主体身份、个人意识、精神境况皆笼罩着空前的危机感。从活动空间上观照,"费边、孙良"们从"广场"退回到自家的"客厅"、学院的"讲台",或是开起了所谓的文化沙龙,或是履行着教书育人的职责,不断试图重新确认自身存在的意义。话语声音成为他们最后的自留地。《午后的诗学》中,费边家的客厅是知识分子聚会的地点,他们"在那里谈亚里士多德,谈米沃什,谈布罗茨基,谈学生们送给阿多诺教授的两样礼品:粪便和玫瑰"[1],似乎超脱于世,暂时处于一种"高贵"的悬浮状态,一张口便是诗学:"写作就是拿自己开刀,杀死自己,让别人来守灵。"此外,"费边"们又对同类人的话语高度敏感,"就像一条经过特殊训练的警犬,听到一点声音,闻到一点气息,就会条件反射地作出分析和判断"[2],甚至为自己开脱的借口都引经据典、头头是道。然而,"费边"们却难以突破宿命般的困境:似乎所有精彩的格言、警句皆被大师们说尽,只有在不断地"引用""模仿""饶舌"中,才能短暂地麻痹神经、抵抗虚无,此时此刻,声音似乎成了一剂迷幻药。偶尔也乍现出自嘲,如《喑哑的声音》中关于孙良和情人邓林问答的描述:

---

[1] 李洱. 午后的诗学 [M]. 上海:上海文艺出版社,2013:6.
[2] 李洱. 午后的诗学 [M]. 上海:上海文艺出版社,2013:23.

第一章　知识分子叙述声音的生成与运作机制

　　她问他最近写了什么文章，她想带回去看看。他说好长时间没写了，不是没东西可写，而是觉得自己写下的每一句话，别人都写过了。说这话的时候，他抬头看了看那顶到天花板的书架。①

　　现实中的境况使得如孙良者意识到，赖以确证存在价值的"知识"，不过是反复把玩的文字游戏，无法介入现实的"悬浮"之感，使得知识分子对"知识"本身的价值产生了极大的怀疑。短暂的麻痹并不能令在日常生活中身陷囹圄的他们真正摆脱精神的困境。工作中持续性地输出，也并不能得到正常的回应，甚至老师/学生的关系也在社会结构的剧变中畸形起来，本所谓传道授业解惑的师者，亦成了讲台上"话在说我"的小丑：

　　"讲台上站着费定"这句话就无法用"主""谓""宾"来分析，"因为我不是宾语，我怎么会是宾语呢？我显然是主语，但我又不像是主语，我是个中心词……"他的话题绕来绕去，到最后，他连他是谁都不知道了。他问下面的学生："我是什么？"
　　"你是人。"有个同学冷不防地冒了一句。②

　　讲台上的费定，持续地输出着知识，甚至拿自己"开刀"、举例，不断地输出知识话语，自然也期待得到学生的回应。然而，一番"绕来绕去"的饶舌版的传道授业却最终被一句"你是人"的嘲弄点醒：这不过是一场作为"老师"角色的饶舌表演秀，费定如 AI 程序控制的机器人，声音语流中本不该夹带情感、温度、情绪等"人"的

---

① 李洱. 暗哑的声音 [M]. 上海：上海文艺出版社，2013：17.
② 李洱. 暗哑的声音 [M]. 上海：上海文艺出版社，2013：51.

79

证据，现实境况下，讲课者和知识话语之间的本质，不过是相互控制又互相剥离的关系，"话在我说"便是既定的结局。正所谓"一语点醒梦中人"，叭叭讲述着的费定又恍惚了，巨大的虚无感再一次笼罩了他，本以为讲台是他逃离庸常生活的栖息地，然而现实的"对话"又一次击中费定灵魂的深处："我"不过是反讽世界里的一个反讽主体而已。维特根斯坦（Wittgenstein，L.）在《逻辑哲学论》的序言中，如是总结此论著的全部意义："可以言说的东西都可以清楚地加以言说；而对于不可谈论的东西，人们必须以沉默待之。"① "可以言说"跟"不可谈论"之间似乎还存在一个"神秘的事项"——"不是世界是如何的，而是如下之点：它存在。"② 或者可以将之理解为"日常生活的神秘性"③。李洱笔下的知识分子大多希图通过不断地"饶舌"以获得某种存在的确认，事实上却陷入更严重的失落境地，动作/行为皆产生某种扭曲或变形，最终返回自身，便不免于陷入虚无的境地。

时间流转到20世纪的第一个十年，同样是大学时代沐浴着20世纪80年代乍现曙光的一代莘莘学子，应小五同学在自身勤奋和日常生活的神秘性合力之下，成长为应物兄教授，如今的他，既是大学里的中流砥柱、博士生导师，也是学界泰斗所信任的爱徒，还是导师女儿乔姗姗女士的丈夫。时移世易，当年在大学里他也是最新思潮的逐浪者、学界大牛的追随者，李泽厚先生到济州大学讲学时的情景，他至今历历在目。1990年代"费边、费定、张建华、孙良"们在"午后"

---

① 维特根斯坦. 逻辑哲学论 [M]. 韩林合，译. 北京：商务印书馆，2013：3.
② 维特根斯坦. 逻辑哲学论 [M]. 韩林合，译. 北京：商务印书馆，2013：118.
③ 此概念由敬文东在《小说与神秘性》一书中提出并展开论述，参见敬文东：《小说与神秘性》，2016年未刊稿。

的时光里，悬浮于半空中的焦虑感、错位感使得他们返回头去，在中西并举的知识话语堆里，找寻确证存在的证据。暧昧不明的时代光景暂时迷蒙了他们的双眼，用言辞泡沫和反复饶舌抵抗悬浮的焦虑感，似乎是他们为数不多的选择。持续性的确认动作便是持续性的发声行为，然而得不到回应或者"答非所问"便是注定的结局，"饶舌的哑巴"是当时知识分子的时代症候，伴随着行动力的消弭和对于日常鸡毛蒜皮的无力感都在加剧焦虑，使之陷入虚无。时间的力量可谓强大，改革开放和全球化的浪潮深入推进，政治经济体制、社会伦理结构也已朝着不可逆的方向前行，正所谓"长江黄河不会倒流"，一如《应物兄》里对丁九曲黄河的描述："缓慢，浑浊，寥廓，你看不见它的波涛，却能听见它的涛声。"① 主动或被动地适应当下的时代节奏和氛围，似乎是多数现实知识分子的唯一选择。《应物兄》开篇不久，便是应物兄一番自言自语、自问自答的对话：

"就这么说，行吗？"他问自己。
"怎么不行？你就这么说。"②

"他"便是应物兄自己，在整部小说中，诸如类似这样的对话，可谓不胜枚举。每当应物兄面临知识、道德、做人原则、他人花腔表演等情境时，他自言自语的声音便会像另一个"应物兄"出现一般，跟他展开情感、态度、意识形态等层面的搏斗。时光流转，跟"费边、孙良、许世林"们主动发声、沉浸"饶舌"和语义空转的快感，通过制造声音的行为方式与巨大的焦虑和虚无抗争有所不同，此

---

① 李洱. 应物兄：上 [M]. 北京：人民文学出版社，2013：818.
② 李洱. 应物兄：上 [M]. 北京：人民文学出版社，2013：3.

时的应物兄,已然领会了自己的博士生导师乔木先生的告诫:俄语中的语言跟舌头是同一个语词。"管住了舌头,就管住了语言"。应物兄的导师自然是委婉地教导他应对当下社会的法则,不应该再像"费边、孙良"们那样沉浸于倾泻从象牙塔获取的一鳞半爪的知识碎片所获得的空虚的快感,一如卡尔·曼海姆指出的,个人话语并不是真正意义的自我言语,而是同代人或先贤们所构筑的语言系统的结晶。① 乔木先生的教诲既是他老人家人生经验的总结,也是对时代脉搏的犀利洞见。此时此地的应物兄,正如同时代的知识分子一道,或心甘情愿,或迟疑不定地应对这个瞬息万变的世界。李洱小说知识分子叙述中人物谱系的变迁昭示着发声方式、话语模式的转变,亦折射出在深刻上演时代之变的大荧幕下,知识分子何以自处、何以应物的行为模式的转变,而在从小说叙事结构的角度看,作者、叙述者、小说主人公乃至读者之间,又是如何形成一套李洱式声音装置的呢?这或许是打开李洱知识分子叙述声音生成机制的又一重要问题。

第二节 发声位置:"出圈"的叙述人

一、重审叙述人的位置

鲁迅的《阿Q正传》作为中国现代文学的经典文本之一,其读解

---

① 卡尔·曼海姆.意识形态与乌托邦[M].姚仁权,译.北京:中国社会科学出版社,2009:2.

第一章 知识分子叙述声音的生成与运作机制

过程亦随时代之变不断地引向深入。肇始于周作人之见，"中国一切的'谱'"①几乎奠定了这篇小说"国民性批判"的阐释氛围。正因如此，《阿Q正传》开场的一段叙述人的声音，很容易被忽略：

我要给阿Q做正传，已经不止一两年了。但一面要做，一面又要回想，这足见我不是一个"立言"的人，因为从来不朽之笔，须传不朽之人，于是人以文传，文以传人——究竟谁靠谁传，渐渐的不甚了然起来，而终于归结到传阿Q，仿佛思想里有鬼似的。②

这段话，通常被论者认为是模拟说书人口气的"开场白"，乃是鲁迅欲营造为听众们讲故事的预热氛围。但是，通过细读不难发现，一上来"我"便单刀直入，"我"为何人？自然不是作者，也不是小说中的主人公之一，乃是为阿Q立传者，是文本的叙述人。此番开场，俨然不同于传统说书艺人讲故事前"花开两朵、各表一枝"的口语节奏，也没有蓄意制造轻松欢脱的气氛，更没听见皮笑肉不笑的、貌似庄重严肃的几句定场诗来奠定全场讲述的情感基调，反而是"我"的语调在几句话间，凸显出犹豫不决，"一面要做，一面又要回想"，甚至于否定自己的讲述能力，乃至讲述动机，"渐渐的不甚了然起来"，反讽意味随之而来，足见浓重的小说的现代性色彩。有学者考证，小说的开篇跟果戈理介绍小说主人公阿卡基耶维奇的方式颇为相似，作者通过东拉西扯、极具现代表达习惯的营造方式，以叙述人的视角故意戏谑身处民间底层的小人物，从而打破所谓庙堂之上的古典严肃文学的桎梏。当叙述人对作家笔下形如阿Q者评头论足

---

① 鲁迅.阿Q正传［N］.晨报副刊，1922-03-19.
② 鲁迅.鲁迅全集：第1卷［M］.北京：人民文学出版社，2005：512.

时，叙述人本身的形象亦大打折扣，落入轻浮，形成生动且有效的双重反讽效果，也因此合成"反讽的复合视角"①。这个叙述声音的介入，使得《阿Q正传》跟传统古典小说严格区别开来。同时也抛出了鲁迅的困惑：是"我"为阿Q立传，还是让阿Q发声，自行讲述？作为"我"这一给阿Q立传的知识分子形象，在能否替阿Q发言这一重大问题上，鲁迅显然是持怀疑态度的，这也在开场白中通过叙述人的矛盾心态淋漓尽致地展现了出来。"我"的声音和阿Q的声音何以平衡？或者说，"我"的声音能否覆盖阿Q的声音？从这段文字的曲折表达中能看出鲁迅在如何形塑现代中国不同位置的主体时所面临的犹疑和困惑，也将小说中叙述人位置的焦虑直接呈现出来。

如果说肇始于"五四"新文化的文学样态，是中国文学由古典走向现代的一次"大变革"，那么1980年之后，从发轫于政治、经济领域的改革先声，再到文学共同体接收到时代的脉搏，就迅速由一种意识形态转换为另一种意识形态的努力，终又朝向文学主体性的思考，将所谓"先锋"的姿态投射进文本结构、语言等维度的变形，或亦可被视为又一次变革的试探。在那样一个文学试探期的尾声，学生时代的文学爱好者李洱奋力消化各种思潮、经典、异域文化带来的震撼与冲击，游走于校园、宿舍、图书馆的他，一边在细致地观察着周遭的一切，一边酝酿着自己的小说园地。以"李洱"之名刊发的处女作《福音》有一段颇为曲折的"故事"：即将于华东师大毕业的李洱本以为投送至《关东文学》的小说已然石沉大海，不料半年之后，不仅收到主编宗仁发的回信，还收到一份赠刊，翻开刊物，《福音》赫

---

① 谢俊. 启蒙的危机或无法言语的主体——谈《阿Q正传》中的叙事声音[J]. 中国现代文学研究丛刊, 2019 (1).

然在列，惊喜不已。这篇颇有宗教感的小说，语调虔诚而柔缓，有意跟读者拉近距离："奶奶向我讲述这件往事时，满脸的皱纹被天真和神气充溢，像秋日阳光下的菊花瓣。"① 在回忆奶奶的过程中，又不断强调小说叙述人"我"作为记录人的身份："我尽可能真实地记录下奶奶的故事，并且不认为奶奶是在虚构……""我在实录这个故事的晚上，或者说，我在体验这个晚上的故事的时候……"以及"这篇小说的结尾是我在一个舞会上想到的……"②。短小的篇章中，叙述者跳进跳出，大有直接跟读者对话之势，时空交错中提醒读者小说真实跟生活真实之间的复杂关系。

由于在相当长的时间段内，叙述人几乎扮演了作者"代言人"的角色：他们在小说中肆意地宣传、说教，甚至背诵文学体裁难以承载的连篇累牍或是条条框框，以至于"蒙蔽"了许多人的眼睛，似乎作者应该对叙述者的行为承担全部责任。然而，事实并非如此。《福音》中，叙述者在不断点明身份的同时，意在提醒读者："我"（叙述人）对我的叙述行为"担责"，"我"（叙述者）的观点、语气以及应对世界乃至万物的方式，包括跟小说一起诞生的诸多要素，皆是"我"的专属。不得不说，李洱打一开始，便在看似不纯熟的"少作"中廓清了作者、叙述者、小说人物以及读者之间的关系，尽管在相对稚嫩的声音装置中，依稀可见叙述人流转于神性与日常之间的困惑。

在古典小说时期，相对稳定的社会结构、情感价值秩序以及线性时间观念决定了叙述人几乎跟作者是合二为一的存在，无论是传奇故事、帝王将相，抑或是市井人情、才子佳人，叙述声音的首要目的都是保持故事的完整性，它往往处于隐匿的状态，跟随故事的推进维护

---

① 李洱. 福音［J］. 关东文学，1987（12）.
② 同上。

着情节的连贯性，小心翼翼地将故事的起、承、转、合呈现于读者面前。近现代以来，"欲新一国之民，不可不先新一国之小说"（梁启超语）的观念，一方面将小说被传统轻视为"小道"的定见进行了某种观念更新；另一方面则是赋予了小说在"新道德""新宗教""新政治""新风俗""新学艺""新人心""新人格"等某种意义上来说事从权宜的难以承受之重。在特殊年月里，被赋予了教化功能的小说体裁，需要担纲的是为特定意识形态代言的任务。其间，多数写作者必须祛除以自我意识为表象的"小我"，并将个人意识融进更加恢宏壮阔的时代"大我"之中，自然而然，在小说文本之中便表征为叙述者跟作者的合二为一之倾向，叙述者的声音以及身份跟作者高度重合，小说文本所传达的声音需要具备单一性跟纯洁性，方能更具备穿透力和感染力，强化文本的高音量，需要警惕的是偶有个人意识的渗出所产生的杂音。例如在《青春之歌》中"人生初见"卢嘉川便被深深吸引的林道静，顿觉生活的悲哀跟沉闷，情不自禁且不切实际地说："你介绍我参加红军，或者参加共产党，行吗？我想我是能够革命的！要不，去东北义勇军也行！"可以说，林道静激越而天真的革命理想，在过于平滑的话语中丝毫没有龃龉，此处作者跟林道静可谓形神合一，林道静的心声便是叙述人的声音。

二、"出圈"的叙述人

"出圈"在时下的流行语中意味着某种东西的影响力之大，甚至外溢到一些以往"八竿子打不着"的系统当中，而这样的效力扩散过程，除了有事物本体的"过人之处"外，更有一些"时也运也"的神秘学色彩。在相当长的时间段内，小说承担着诸多文学功能之外的难以承受之重。然而，时移世易往往就是多个重要事件共同"合谋"的时间表象。20世纪80年代以后，小说写作者将创作意识聚焦于形式的探索之上。"我就是那个叫马原的汉人"的直接陈述句曾经名噪一时，作家用全新的叙述形式将真实与虚构的位格转换，尽管在今天看来那时风靡一时的元小说更像是几个故事单位的刻意组合，并没有真正打开跟世界的对话关系。韦恩·布斯（Wayne Clayson Booth）在小说修辞学中谈道："自觉的叙述者，意识到了自己作为作家的特殊身份，超越了旁观者，也超越了叙述代言人。"① 这种强调叙述者跟作者之间有所区别的情况，不禁令人想到被命名为先锋小说家们的叙述形式探索。叙述人公然跳出来暴露写作者身份，从而产生某种"间离"之效，故意给读者泼一盆冷水，似乎在提醒读者：暂时放下感性的"共情心"，请用理性思维严肃地走进叙述人的经验世界，在弱化读者感性心理之同时，强化了叙述人的"自我意识"，从而照见写作行为本身。诚如托多罗夫（Tzvetan Todorov）所言："我们从来无法确切知晓某个虚构作品中的陈述是否道出了作者的心声。"② 然而，需要指出的是，"我是马原""我就是那个叫马原的汉人"，以及"我尽可能真实地记录下奶奶的故事""我在实录这个故事的晚上"诸如此类不加处理的"声明"在相当大的程度上忽视了读者的感受，过分暴露叙事密码的同时，会破坏小说虚构本身带来的文学审美价值和虚构跟真实之间张力带来的文学意味，从而极大地削弱了小说跟读者之间的对话性。

如果说《福音》作为"少作"，或多或少仍夹带着先锋小说的某些缺陷，并未更多地注意到语言和形式的局限性，那么《午后的诗学》《鬼子进村》等篇章则是李洱在"怎么说"和"说什么"，即形

---

① 韦恩·布斯. 小说修辞学 [M]. 华明，胡晓苏，周宪，译. 北京：北京大学出版社，1987：145.
② 托多罗夫. 日常生活颂歌 [M]. 曹丹红，译. 上海：华东师范大学出版社，2012：91.

式与内容之间求得平衡、寻找知识分子叙述"发声"位置的重要写作实践。《午后的诗学》开篇便道:"事隔多年,有一天,我和费边谈起我们初次见面的情景时,我们的回忆竟然大相径庭。我记得第一次见到他,是在八十年代末,地点是济水河过的小广场……"[1],叙述者"我"在肯定了"我"和费边是朋友关系的同时,留了一个悬念,即回忆中地点的分歧。一番叙述之后,到第二节的开头,又云:"认真回想起来,费边对我们初次见面的时间、地点的说法,也不是完全站不住脚。他确实是在一个朋友家的客厅里,知道我的名字的,直到这个时候,他才知道我是个写小说的。他大概认为,这次才算是真正的见面。"[2] 两次回想之间的推进式叙述,像一个巨大的缓冲带,将叙述人跳脱出来反复指认的"真实情况"缓冲开来,并留给读者思考的时间,而非妄下断语。小说主人公之一的费边,作为"我"的朋友,在小说陈述"事实"的过程中,将其回忆的正确性以及人物存在的"真实性"进行了双重肯定。如此一来,读者在明晰虚构成分的同时,亦葆有对于小说进一步推进的阅读期待,"技巧"跟"故事"之间巧妙地达成了某种平衡,也使得后文中费边与韩明之间的故事——费边为了妻子杜莉得奖而不惜放下知识分子的清高去找陈维驰投其所好的事件——在叙事过程的推进中显得真实且合理。《鬼子进村》里,丁奎之死颇有几分荒诞的意味,而他的死却成为枋口人和知青们连接在一起的"桥梁","他的死,也促使我写这篇小说,从某种意义上说,他的死,构成了这篇小说的一个动机"。[3] 作为小说中的重要情节,叙述人以儿童的视角观照,幼稚的语调中极其"冷静"地将丁奎的死叙述

---

[1] 李洱. 午后的诗学 [M]. 上海:上海文艺出版社,2013:1.
[2] 李洱. 午后的诗学 [M]. 上海:上海文艺出版社,2013:4.
[3] 李洱. 鬼子进村 [M]. 上海:上海文艺出版社,2013:20.

出来，增强了年代的荒诞感，而对于读者而言，甚至于冷漠的叙述中似乎意在还原叙述人童年时期的刻骨记忆，从而使得虚构多了一层真实性的外壳，进而增强了叙述的可靠性。

在李洱 1990 年代的知识分子叙述中，"出圈"的叙述人既是先锋思潮的某种"冲击—回应"的余绪，亦凝聚着李洱在知识分子叙述发声方式上的思考，而到了被评论家赞为"先锋文学的正果"、先锋文学"还继续有推进的一个见证"[①] 的《花腔》，第四叙述人"我"，不仅承担着"出圈"的叙述人的角色（作为"葛任"的后人），更是在文本中发挥着考证、辨伪、记录、拼贴，以及擘画全景"大历史"的关键作用。"我在迷雾中走得太久了。对那些无法辨明真伪的讲述，我在感到无奈的同时，也渐渐明白了这样一个事实：本书中的每个人的讲述，其实都是历史的回声。"[②] 这位葛任的后人，在得知葛任生命思考的蛛丝马迹散布于斑驳混沌的报纸、书籍、方志、照片、旧杂志、回忆录中时，决意做起档案管理员跟历史大侦探的工作；区别于波德莱尔（Charles Pierre Baudelaire）笔下的业余探子，"我"不仅如严谨缜密的学者一般细致甄别各式各样的材料，还要无限接近葛任的心灵，力求去伪存真，拨开历史的迷雾。有趣的是，一方面，"出圈"的第四叙述人语调严肃、呼吸平缓，从身份到投身的工作，乃至用"材料"跟三位叙述人对话，皆向读者表明一个事实："我"的行动是为了破解历史的真相，还原葛任之死的原貌。李洱的用心良苦之处在于，他精心设计了第四叙述人"我"，仿佛"我"便是作者的代言人和化身，但事实上，这位"出圈"的叙述人非但不是李洱本

[①] 首届"21 世纪鼎钧双年文学奖"：李洱《花腔》——评委会推荐理由 [J]. 作家，2003（3）.

[②] 李洱. 花腔 [M]. 上海：上海文艺出版社，2013：392.

人，反而他更像是另外三位叙述者的"帮凶"，只不过在看似真实可靠、以文字为证的历史文献、方志古籍、新闻报刊为载体的文字化的外衣包裹之下，"我"严肃而学术化的历史考据显得更加真实可靠。在《花腔》卷首语中，狡猾的小说家用一部严肃的学术论文《后记》的模式呈现出第四叙述人"我"想说的话，这对于初读小说的读者而言，是极具混淆性的，一不小心便会落入作者的"陷阱"，将一番感谢看成是作者在小说之外的余音。李洱设计这番言说的高明之处也在于，"出圈"的叙述人更加隐蔽了，他悄然藏身在严肃的考据之下，似乎为寻找葛任做着严整细密的工作，甚至包括整理三位叙述人的对话，他的陌生感对于初来乍到的读者是有着相当强的吸引力的，他的"出圈"，更增加了小说推进的动力，引起读者意欲在后文中参与考辨工作的强烈欲望。

巴赫金视小说为最古老且本质的对话场域，在巴氏眼中，传于后世的小说既要涵盖作者与叙述人、主人公们的对话，也要容纳叙述人之间、主人公之间的对话，还要包含读者跟作者、叙述人、主人公之间的对话，也就是说，小说文本的极致敞开状态才是对话关系真正生成的状态。①《花腔》的卷首语中，上来便诚意满满地向读者介绍了《花腔》成书的目的、写作的过程，乃至于考证的经历以及最后的结论，并向读者"告知"阅读《花腔》的"方法"，不吝坦诚个中辛酸滋味。可以说，第四叙述人"我"的陈词将先锋小说家的形式探索往前推进了一大步："我"的出现非但没有破坏小说整体营造的历史氛围，还在自我剖析、倾诉内心独白的过程中与读者和世界之间建立了某种互信的基础。对话园地的敞开或许相对而言并不困难，而将对话引向互相体认的深度之关键必须是以相互信任为基石，否则所谓的敞

---

① 张皓涵. 巴赫金小说"声音"理论研究［J］. 长城文论丛刊，2018（2）.

开对话，不过是一厢情愿的事情。《花腔》中的第四叙述人的设置乃是李洱知识分子叙述发声机制中的一个重要推进。"我"是文字历史的整理者，也是对于声音历史的诘问者，他们从不同的维度开展同样的工作：寻找个体存在的秘密之花葛任。白圣韬、范继槐、赵耀庆的言辞泡沫在跟第四叙述人的碰撞中，既是去伪存真的过程，又是相互证伪的过程，那么文字化的历史便比声音化的历史更可靠吗？或许在包裹着严肃外衣下的第四叙述人的工作所证明的恰是与其目的相悖的答案。"出圈"的叙述人告诉我们，历史的绝对"真相"不可获得，义正词严的高音调和不苟言笑的冷冰冰的文字同样不值得信任，所谓的真实或许只存在于声音碰撞后一鳞半爪的语音碎片和记录中无人问津的只言片语。

第三节　视点"内""外"与腹语术的诞生

　　李洱知识分子叙述的声音生成机制中，聚焦视点的变化，常常左右着小说情节的推进和读者意识的渗入，亦牵涉小说的意旨和事境、情境的走向。与"出圈"的叙述人所承担的任务有所不同，聚焦视点的"内"与"外"，往往跟小说所要呈现的生活剪影密切相关：当视角朝内时，小说情节的推进便受限于向内聚焦的视角选择，同时发现的其他事件便不能以全知全能式的形式来展开，而时常到了小说的尾声，给人以恍然大悟之感，它更便于呈现出某位主人公情感或现实的困惑；当视角朝外时，以一种"他者"的眼光，打量着主人公的行动，则阅读者或许可以获得一种相对冷静的观照态度，一方面拉开了跟主人公之间的距离，另一方面则是对故事所呈现的侧面有一种局外人的观感。当然，视点的"内"与"外"并不是截然两分的关系，它们需要根据具体的作品而被进行有效的设置，以便于我们观察知识分子叙述声音的变化。

一、视点向内聚焦

视点是感知文本的方式。中篇小说《导师死了》是以向内聚焦的学生"我"的视点去观照两代知识分子的死亡过程，即死于浴池中嬉戏的常同升教授和从教堂的两个圆顶之间坠落的吴之刚教授。而"我"所能"看"或"听"的内容是相当有限的，甚至他们因何而死都充满着神秘而略带宗教仪式感的气息。诚然，叙述人"我"尽管不得而知个中缘由，却也无力、无心揭开这一切的谜团，亦为两代知识分子之死蒙上了一层浓重的象征意味。

长篇小说《石榴树上结樱桃》便是以村支书孔繁花的视点向内聚焦，来推进围绕官庄村选举的一系列事件。作者形塑的叙述人几乎依靠孔繁花的"眼睛"来观察在政治经济体制改革深入推进、全球化潮流不可逆转的时代背景下，以及在官庄村的本土文化和外来文化的激烈碰裂碰撞中，围绕关键词"权力"而展开的一系列畸变，透视新奇的权术伎俩与人情法则。现任村支书孔繁花女士作为下届村委会选举的最大热门，她自然是小说进入这场权力斗争最好的视点聚焦选择，她的一举一动以及目光所及便是时下官庄村最为显在的具象形式。作为现任村支书，孔繁花女士的目标自然是在即将到来的村委会选举中胜出，实现连任。小说以孔繁花的视点向内聚焦，铺陈开她为了接下来的选举所作的一系列"努力"：上行下效地开会，给村民们做思想工作；将丈夫殿军从深圳带回来的新鲜物赠予街坊邻里；寻找雪娥，保证计生工作不出纰漏；言之凿凿给农民们许诺新建学校；想尽办法跟县里联系落实招商引资政策；等等。当然，从孔繁花的视角出发，仍然能够"看见"或"听见"她选举路上的"威胁"并发挥她行事果断的作风予以处置，例如：做小生意摆摊的祥生借机拉拢村里曾经受到孔繁花处理的妇女，以图收买人心。孔繁花以金钱为诱饵，借机将祥生引诱去负责村里的招商引资工作，接待来官庄村考察溴水的外国友人，设下圈套让祥生留有把柄在自己手中，使其远离选举。再比如，怀孕的雪娥莫名消失，自作聪明的孔繁花以为自己掌握了雪娥的动向，故意派庆书去找她，以达到分散庆书对于选举注意力的目的。然而，李洱有意设置的视点向内聚焦，便是将另一线暗流涌动的权力竞争故意隐匿起来：此时孔繁花自以为得力的助手、自认为退休后的接班人——村团委书记孟小红女士——已然开始行动。当孔繁花女士正在如火如荼、大张旗鼓地开展工作之时，心思细腻、作风狠辣的孟小红同志已然将雪娥悄悄转移，让她生下了孩子，甚至想到让没有生育的祥宁来领养。当孔繁花打着自己的如意算盘，想要在村委会选举之后重新收回纸厂时，孟小红同志在竞选会上已然棋高一招，当场表示要对工厂进行股份制重组，并且早已在私下成功地动员村民们入了股。当孔繁花想要拉拢人才，暗示李浩做自己的财务工作人员时，孟小红则暗地里从私人感情上突破，相当体贴地为李浩张罗找对象的事情。可以说，在小说推进的过程中，乡村权力斗争的惊心动魄被孔繁花的内聚焦视角暂时性地掩盖住了，小说尾声的翻转令人恍然大悟：原来孟小红才是这场权力斗争"螳螂捕蝉、黄雀在后"中的黄雀一般的存在。然而，在小说叙述的过程中，孔繁花的内聚焦视角自然也察觉到了某些蛛丝马迹，例如在第 2 部分中，有这样一段繁花和小红的声音交流：

繁花说，小红啊，你可以把名字改了，改成孟昭红。听听人家小说是怎么说的？小红说："旧戏里的小红都是丫鬟，我就是个丫鬟命。在咱们班子里，我就是你使唤的丫鬟。"这话说的，谁听了不高兴？这可不是拍马屁，因为人家是这样说的，也是这样做的。跟小红一比，别的丫头就低了一个档次了……①

甚至将旧戏的内容都加进了对孔繁花的深情表忠里，不得不令人感慨孟小红的城府之深。然而，从孔繁花内聚焦的角度来看，孟小红不仅在言语上处处显得弱势，不断表明对孔繁花的忠心，在行动上也是相当地精明强干：当孔繁花还在为了钱的事和造纸厂僵持不下时，孟小红早已"身先士卒"，用自己情商和智商解决了燃眉之急，造纸厂不仅帮官庄村修了桥，还给了补贴。在具体推行计划生育政策之时，孟小红甚至能找准村民贪小便宜的心理，做通了傻媳妇的工作，她用圆熟的话术告诉琳娜嫂子，带环"不是从你身上取东西，那是往你身上添东西"②，并且铁的、银的、金的任意挑选。这样便做通了琳娜嫂子的工作。从孔繁花的角度来看，孟小红不仅在工作上能为自己分忧，言语上还对自己忠心不二，实在没有不信任她的理由，甚至想到将来孟小红便是自己的接班人。孔繁花的人物视角，在看清现代化进程中乡村权力斗争新业态的同时，小说叙述人持续不断地埋着伏笔，直到最后选举的时刻，孟小红主动出击，一切事件才真相大白，乡村权力斗争也在此处达到了顶点。由于内聚焦叙述模式的选择，孔繁花的声音总是向外放的，而接收到的也只是相对有限的声

---

① 李洱. 石榴树上结樱桃 [M]. 上海：上海文艺出版社，2013：85.
② 李洱. 石榴树上结樱桃 [M]. 上海：上海文艺出版社，2013：86.

音信息，因此，在很大程度上保持了读者的好奇心和阅读的快感。内聚焦的声音模式亦更加深刻地将农村被迫融入全球化、现代化过程中造成的价值观的混乱、道德感的丧失、人性的扭曲等症候凸显出来。通过孔繁花的眼睛和耳朵，透过冷静清晰的文字，我们可以看到想象中的原乡秩序已然不复存在，当代乡村已经在被迫全球化、现代化的不可逆的进程中发生了某些畸变，亦提醒着更多的乡村书写者：小说对于乡村的映射必须进入一个全新的书写模式。

二、视点内外相携及其"腹语术"

如果说视点向内聚焦所呈现的内容是作者有意形塑的限制性视角，更加偏重于将某一主人公或叙述者的所"看"和所"听"陈列于读者面前，倚重的是一种相当主观或故意设置悬念的方式的话，那么在李洱的发声系统中，亦常常会因叙述之需而跳脱出有限的视阈，从一种"他者"的视角对事境或情境加以省察。在内外相协的视点中，叙述人往往充当着半个参与者的角色或者是完全观察者的身份，在《悬铃木枝条上的爱情》中，"我"既是王菲的情人，也是王菲整个爱情故事的参与者之一，一如"我"既是视点向内的叙述人，也是作为"他者"观照整个情感游戏的局外人，仿佛"我"就像一面镜子，既照见自己，又呈现着王菲的生活。"我"总是听着王菲不断的讲述：无论是生活的细节，还是她曾经恋爱中的点滴。"我"的冷眼旁观自然可以承担起叙述故事的任务，然而有限的视角却不允许"我"知道得更多，因此，"我"才无可奈何地冷眼旁观着她的爱情游戏，在极度冷静的叙述中，将荒谬感进一步凸显了出来。同样，在姊妹篇《破镜而出》中，"我"也是女主人公王菲所描述的爱情游戏的"他者"，正如"我"在小说中所言："王菲的谈话总是有着隐隐约约的自我反讽。明修栈道，暗度陈仓，反讽是这个时代最容易上手的修辞学。"① 相较于上一篇，《破镜而出》更具有浓厚的抒情意味，在"我"的注视下，王菲流转于多个男人的家庭和身体之间，而"我"作为"他者"，却无法知悉这场爱情游戏的真相，只能跟读者一道，在庸常琐碎的生活中看到知识分子的无力感和情感生活的荒谬感。当视点由内而外转换之际，小说主人公们亦悄然跟读者拉开了一定的距离，"我"的叙述便显得更加客观且冲淡了叙述的节奏，使得"无事之事"多了几分层次感。

到了《应物兄》，李洱知识分子叙述的视点切换变得更加复杂，其中，腹语术的诞生既是叙述视点的一种创新，也是知识分子发声机制的一次新突破。正如小说标题所暗示的，应物兄既是这部长篇小说中最核心的主人公，也是搅动各个叙事环节的核心人物。对于传统的第一或第三人称小说而言，叙述节奏或是跟随主人公的行动而渐次展开，或是以一种全知全能的俯瞰姿态，揭开小说中众生的生活画卷。在《应物兄》的声音生成机制中，李洱设置了一种以应物兄为主的叙述视点，但又并不局限于应物兄的视阈的这样一种声音模式，其中有应物兄本人的声音，也有"我们的应物兄"这样的第三人称指称，还有像小说结尾时那样以应物兄为第二人称叙述视角的描述。《应物兄》的开篇便这样写道：

应物兄问："想好了吗？来还是不来？"
没有人回答他，传入他耳朵的只是一阵渐渐沥沥的水声。他现在赤条条地站在逸夫楼顶层的浴室，旁边别说没有人了，连个活物都没有。窗外原来倒是有只野鸡，但它现在已经成了博物架上的标本，看

---

① 李洱. 导师死了 [M]. 上海：上海文艺出版社，2013：224.

第一章　知识分子叙述声音的生成与运作机制

上去还在引吭高歌，其实已经死透了。也就是说，无论从哪方面看，应物兄的话都是说给他自己听的。还有一句话，在他舌面上蹦跶了半天，他犹豫着要不要放它出来。他觉得这句话有点太狠了，有可能伤及费鸣。正这么想着，他已经听见自己说道："费鸣啊，你得感谢我才是。我要不收留你，你就真成了丧家之犬了。"①

对于刚进入小说的读者来说，可能会有点费解，这位名字奇怪的人怎么一出场就是对着空气提问？继续读下去才恍然大悟：应物兄并不是在跟他者进行对话，他的声带并没有颤动的迹象。表面上这是应物兄对费鸣的问话，他正在为葛校长安排的这个筹建"太和"研究院办公室的秘书人选而耿耿于怀，然而实际上，他是在肚子里同自己对话。跟经常在小说中出现的心理活动描写不同，应物兄的"腹语"不完全是无声的心理活动，在文本中的呈现是，有时他会把"腹语"吞下去，而有时它们会不由自主或主动地蹦到舌尖上，造成声带的震颤，形成实际的言语声音。这是一种非常特殊的话语形式，叙述人有意模糊了心理活动和真实发声/制造话语的区别。通观小说全貌，尽管是以应物兄的"腹语"开场，以一场车祸终结，但是小说无意呈现应物兄的个人命运，实际他充当的作用更像是一根引线、一双眼睛，串联起神秘无边的日常生活以及活色生香的各圈层人物。庞大无边的现实生长使得应物兄这个人物尤其关键，对于筹建"太和"研究院来说，当代儒学大师程济世乃是搅动这一切尘埃的未至的东风，而极少在小说中直接露面的他，总是在应物兄穿插的回忆、讲述中将故事情节往前推进，甚至生长出一段新的故事，从这个意义上来说，应物兄又扮演着全知型叙述的任务。王鸿生教授也注意到应物兄复杂的叙述设置，他认为

---

① 李洱. 应物兄：上 [M]. 北京：人民文学出版社，2018：1.

小说所设置的是"三层嵌入式的叙述视角：叙述者隐身在人物背后；隐含作者隐身在叙述人背后；还有一个'谁'却隐身在隐含作者背后"。[①] 可以说，《应物兄》的叙述视点变换之复杂超越了李洱以前的所有作品，但是，复杂的视点变化始终是为小说的情节推进和读者的阅读服务的，很大程度上来说，这种复杂的叙事样态并没有影响到读者的阅读，相反，有时还因某种疏离或跳脱产生了奇妙的趣味体验。

《应物兄》中，诸如"他听见自己说……"这类的句式俯拾皆是，事实上，这类介于心理活动和言语声音样态的"腹语"便是来到崭新的21世纪的第一个十年以后，应物兄先生应对这个世界云谲波诡的事境、情境的话语方式。所谓"腹语"，类似于《天龙八部》中延庆太子的话语模式，不过到了应物兄这里，却是分为"有声"或"无声"两种形式。它们是应物兄会意了自己的博导乔木先生对自己的告诫："在公开场合就尽量少说话，甚至不说话"[②]，正所谓日发千言，不损自伤，乔木教授深谙应物兄这一代知识分子受惠于中西知识话语潮流的滋养，走过激情洋溢的20世纪80年代，乐于沉浸在高蹈的理论中进行语义空转的游戏。而进入社会以后，过度的言辞并不能够帮助"应物兄"们应对人情世故、社会现实，甚至会因为多言而导致失言，酿成难以挽回的后果。刚开始接受了乔木教授建议的应物兄，奇怪地发现，当他不说话的时候，脑子仿佛便不转动了，他很担忧没有语词在舌尖上舞动，他会提早患上老年痴呆症。为此他想了一个办法："可以把一句话说出来，但又不让别人听到；舌头痛快了，脑子也飞快地转起来了；说话思考两不误。"[③] "腹语"的诞生就

[①] 王鸿生. 临界叙述及风及门及物事心事之关系［J］. 收获，2018年长篇专号（冬卷）.
[②] 李洱. 应物兄：上［M］. 北京：人民文学出版社，2018：7.
[③] 李洱. 应物兄：上［M］. 北京：人民文学出版社，2018：7.

是应物兄暂时性的"分身术",导师的告诫自有其人生经验和对当下境况的反思,聪明的应物兄意识到,"腹语"既可以充分地"做自己",还能适应这个反讽的世界。"腹语"为应物兄提供的,是一种交杂的话语方式,而对于叙事本身而言,则意味着应物兄身上分裂为两个甚至三个叙述视点,彼此辩论、碰撞、诘问,有时迷离的叙述声音甚至让我们难以分辨到底是应物兄的心之所想还是作者蓄意介入的叙事声音。小说主人公之一的文德能有一个精当的说法:Thirdxelf,即所谓的第三自我。在面临具体事境之时,应物兄有时既充当着"听者",也充当着"说者",有时甚至是第三人称的"他者"。在不同的事境或不同的主人公面前,应物兄的声音是复杂的:"我"不是"我","我"又仿佛是"我",甚至于"他"才是"我"。叙事的缠绕使得事境、情境在言说的过程中产生了间离效果,虚己应物的应物兄也在不同声音的形塑下,产生着悲伤与愤怒、羞耻与世故、浪漫与现实等复杂交织的情绪。殊异于传统长篇小说的叙事节奏,应物兄的"腹语"将内外视点融会贯通,文字上滔滔不绝的他,实际上的言说却少得可怜,但是叙事的节奏却由此改变了,同时,也使得作者对于小说整体的掌控力增强了。

第四节　延宕的声音：叙述慢速度的生成

在李洱知识分子叙述声音运作机制中,速度节奏之慢乃是一个重要却极易被忽略的问题,它关涉着叙述人形塑的知识分子的生存状态、精神境况,亦牵扯着小说本体论层面的意义探索。通观李洱的小说创作，可以发现，琐碎的状态呈现出两方面的症候：一是知识分子叙述细节的琐碎化，即知识分子日常生活中的浮光掠影、无事之事成为小说叙事重点凝视的内容；二是叙事时间的碎片化，即叙述人有意无意地打破线性时间的推进节奏，破坏故事的完整性，以至于延伸出大量的文本细节，从而造成叙事节奏的延宕。

一、琐碎的"日常生活"

瓦尔特·本雅明（Walter Benjamin）曾经犀利地预言，在现代性之花盛开的今天，远航的水手返还时带回的遥远的故事和经验，不得不面临"贬值"的危险，以讲故事为业的人，亦将逐渐远离于人们的生活。[①] 自现代传媒业诞生并发展至今，不消说报纸、电视等传统媒体，如今而言，以手机为载体的微博、微信、快手、抖音等新兴自媒体更是以迅雷不及掩耳之势，每天将海量的新鲜资讯爆炸式地推送到个人面前，正所谓"阳光之下，再无新事"。对于当代人而言，手机无疑成为人体新生的"器官"，它架起人与世界之间的桥梁，似乎每天清晨的第一件事，便是打开手机，与世界不间断发生的新鲜事进行接收与碰撞。对于今天仍然坚持写作的小说家而言，用小说故事的传奇性或经验的新鲜感跟新兴自媒体所传递的短视频、新闻资讯"硬比"，似乎显得有些不自量力。充满新鲜感、通体透明且能够在短时间内获得快感的短视频、新闻资讯仿佛一张纸巾，它及时、准确地擦拭掉现代人的空虚、无聊以及焦虑，完美契合于经济全球化浪潮下个体对于速度的追逐与痴迷，正如《应物兄》中有言："GDP 是这个时代的金科玉律"，对于个人来说更是别无选择：速度便是效率，效率

[①] 汉娜·阿伦特. 启迪：本雅明文选 [M]. 张旭东，王斑，译. 北京：生活·读书·新知三联书店，2008：95.

便意味着收入的高低，KPI便是打工人的金科玉律。然而，庸常且无意义的重复或许才是大多数人的日常，正因为如此，现代人从睁眼开始，就要寻找足以令所有感官都可为之一振的爆炸性新闻，几番刺激过后，方能获得继续回到"无意义重复"的勇气。现实的复杂性和无限性似乎已然成为当代小说家的共识，而用小说回应现实关切以及保持小说本体的存在价值，则在不同小说家那里展开了不同层面的探索。对于小说叙事危机的降临，耿占春沿着他的逻辑进路给出了十分中肯的建议："身处其中的复杂的历史状况已经不再能够使用经典的小说叙事模式来加以描述。"① 当"故事"本身的光环褪去，以虚构为旨要的写作实践模式已然不再适应现实状况，小说家们必然需要在日常生活领域寻觅新的小说性生长点，找到别开生面的日常叙述空间。

于今而言，新闻资讯、短视频等大量承载热点、传奇事件的消息通过自媒体的形式数十秒内便能抵达个人的手机终端，很显然，在速度和传奇性两方面，小说均处下风。而李洱在其知识分子叙述中，并不着眼于对故事的传奇性等层面作过多的刻画，而是通过锐利的目光，凝视自己最为熟悉的知识分子群体的鸡毛蒜皮、庸碌日常，在看似无意义的事件中确证小说存在的意义。小说始终期待，琐碎的日常会在重复中衍生出大量的对话和细节。《奥斯卡超级市场》中的丁奎是一个热爱分析、内心活动丰富，却缺乏日常市场行动力的知识分子。他的内心有着相当丰富多姿的"饶舌"动作：手表丢了，本想着可以打117来确定时间，但又因为麻烦，他直接以街灯是否变亮来划分白天和黑夜。去超市购物时，当他推动购物车，便能在触摸的一瞬间发现购物车的毛病，尽管如此，他还是嫌麻烦，因而没有去换一辆购物车，反而将换车之事推给自己的情人小范。而当购物车中装满货品

---

① 耿占春.叙事美学[M].海口：海南出版社，2008：34.

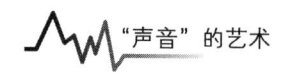

时，他竟然因为一时没法腾开手，又将食品放进了本就满满当当的购物车中。即便在跟情人吃饭的过程中，他也无时无刻不在思考如何化解钱没带够的窘境，在一系列心理活动的饶舌中，没带够钱的事实依旧暴露无遗，之前所思所想被衬托得完全没有意义。同样是主人公丁奎，出现在《遭遇》中的他，是一所高校讲授西方美术史的"青椒"（大学青年教师），他跟刚结婚不久的妻子计划着装修，各自都想按自己的想法推进装修计划，因为他俩都十分擅长美术设计，方案讨论总是陷入僵局，而被他们淘汰掉的方案，都令朋友们感到"如获至宝"。滑稽的是，当朋友们的新房纷纷完成装修，丁奎夫妇又进入了下一轮的循环中。现实生活中的知识分子看似谙熟于专业领域知识跟技能，但是却无法在实践中体现出行动能力，而是不断堕入到言辞的废墟里，最终被湮没在无用且无意义的声音中。

可以看到，给予现实知识分子庸常且重复的生活极大的关注，是李洱知识分子叙述声音系统建构的重要内容之一。新闻和短视频自然不会记录日常生活中重复、无意义的碎片，因为它们无法带来相应的流量和经济利益。而对于知识分子而言，人生状态本来的面目便是日复一日的生活，进入到重复、琐碎的生活中，并照见生活的本质或许才是小说之于当下的语境应该做的事情。与此同时，知识分子的心理活动、精神面貌、感情生活、人格畸变便在"无事之事"中水落石出。当真正进入日常生活的内容，则昭示着大量心理活动、言语交流、细节描写的出现，"无事之事"也在衍生的声音中舒展开来，叙述的节奏平和下来，叙述的速度亦自然变得缓慢了。

二、碎片化、模糊化的时间状态

在李洱小说的知识分子叙述中，小说叙事的时间线索跟小说故事本身的时间线索通常是被打乱的，例如在《现场》这篇小说中，故事讲述的马恩本来是高中里的好学生，却因纠结于没有考上大学这件事，以至于一系列的冲突由此疯长爆裂，最终将他引向抢银行甚至杀人的人生悲剧。马恩杀人事件的线索本该是：非法获取枪支、回学校找老师、作案前的狂欢、4月9日犯罪、携爱人一起逃亡、最终被抓获。但是在实际叙述中，叙述者却故意颠倒了时序，首先被叙述的时间点是犯罪当天，即4月9日的情况，游离到几天之后，然后又拉回核心事件当天，再到回校找老师，又跳脱到出事后，再返回到找老师当天的情形，而后是出事前的狂欢、获取枪支、作案、逃离，最后被逮捕。时序的混乱使得读者产生一种事后恍然大悟之感，不断跳脱又回到"事件"推进顺序的过程，使得故事乱中有序。然而，在被故意打乱的时间顺序中，叙述人"我"和马恩之间的对话却显得耐人寻味：杀人犯马恩的语调中并没有展现出心理上的劣势，而"我"也悬置了道德判断，作者让叙述人把马恩的言语展示在读者面前，再由读者自身的经验和情感自然地介入整个"事件"，而不单单是将他视为一个犯罪分子。就这样，在叙述的过程，不断扰动的叙事过程使得整个故事变得破碎却呈现出更多的侧面和细节，叙述人将判断的权力交给读者，使得读者的声音可以有效地参与叙述过程。时间的乱序带来的是更加丰盈的叙述细节和更多侧面的主人公形态展示，由此虽亦导致了叙事速度被拖慢，却也意外地令对话空间充分地敞开了。

在李洱的知识分子叙述中，时间这个相对形而上的概念往往在小说叙事中关系重大，经由李洱之手形塑的文本样态中，时间顺序是相当多样化的。在先锋小说的文体实验中，对于时间处理的探索一直是先锋小说家孜孜以求的关键点之一。而对于李洱来说，小说的时序等问题依然要围绕其知识分子叙述的声音机制展开，它关系着形塑知识分子日常生活的有效性，以及小说承担的发掘日常生活奇迹性的任务。在前边的章节中，可以相对清晰地看到，20世纪90年代以来的知识分子成为社会结构、政治经济生活中的"悬浮者"，正午的阳光偏移之后，他们来到了慵懒涣散、意义消解、精神失落的"午后"，时间对于知识分子而言，亦呈现出一种迷离分散的样态。李洱在形塑小说时间之时，通常是将时间置于一个暧昧不明的节点上，并没有十分确切的时间。例如在《午后的诗学》中，开头便是"时隔多年，有一天，……"[1]，《喑哑的声音》中，则是"每个星期六，孙良都要到朋友费边家里去玩……"[2]，《错误》中的张建华对"一九九七年的春天到来之际"[3] 充满期待。类似于"有一天……"这样的开头在李洱的小说中相当常见，与其说是叙述人的记忆力不大好，不如说是叙述时间起点被有意淡化跟现实时间的碎片化密切相关：时间的范围被无限压缩，仅仅代表一个事件起始的刻度。在叙述的行进过程中，也会经常出现类似于"很多天之后""这一天中午""那天下午"的宽泛而模糊的时间词。大多数情况下，时间作为一个线头，将叙述拉进一个空间之中，叙述人则更像是一个饶舌的言说者，不断地抖落出小说杂花生树般的细节，客观上将叙事的节奏变慢，在各式"声音装置"的轮番登场中，故事的速度便被延宕开来。传奇性消退之后的知识分子的日常生活，本就是各色"无事之事"的合集，而模糊且碎片化的时间配合着故事性的消退，将大量的言辞、声音泡沫推到读者的面前，细节成为小说的主角，也成为叙述速度被延宕的关键法门。在《午后的诗学》中，口力劳动者聚集到费边家的客厅，便深情而煞

---

[1] 李洱. 午后的诗学 [M]. 上海：上海文艺出版社，2013：1.
[2] 李洱. 喑哑的声音 [M]. 上海：上海文艺出版社，2013：1.
[3] 李洱. 喑哑的声音 [M]. 上海：上海文艺出版社，2013：59.

有介事地开始了语义空转的舌尖表演，在文本中，可以看到马拉美的诗句、海德格尔的格言、阿多诺教授和学生的知识生活，甚至对于《分析》杂志命名问题的"分析"。在《应物兄》中，时间更是呈现出一种全面的破碎化症候，研究者甚至从物象的角度来判断事件的年代，整个故事以及不断由线头牵扯出的横跨政商学多领域的细枝末节也在模糊且破碎的时序下发生。偶尔虽有透过主人公记忆回溯年代的描写，但具体是哪些日子也都是被模糊掉的。当代儒学大师程济世的"回归"，是"应物兄"们筹建"太和"研究院的关键，也是政治权力、经济权力、话语权力等竞相争夺的焦点，而他何时到来这个关键时间点，却被一再延宕。"东风"不至，便使得整个事件悬浮起来。小说的叙事节奏也随着时间的碎片化、模糊化而不断延宕。程济世念兹在兹的仁德丸子、仁德路、"济哥儿"等荡漾开了巨大篇幅的知识话语、鸡毛蒜皮乃至各色人等纷繁细密的声音碰撞，似乎情节在不断衍生的细节中被淹没，时间变得更加破碎了，由此一来，叙述的速度被一再放缓，小说的时间也柔顺起来。

第二章　知识分子叙述中的对话性形式

在中国古典小说的脉络中，话本小说之所以被冠以"话本"之名，不单因其乃是"说话"的直系血亲，更在于它从未完全摆脱"说话"的表达方式，并始终奉"说给人听"为其遵循的"第一法则"。[①] 话本小说因袭的说书形式极大地影响了中国的文学传统，它通过将无声的文字转化成带有"个人经验"的有声形式，传递一种分辨善恶、忠奸、美丑的具有"稳定结构"的价值判断与历史认知，从而实现对人的教化，在某种程度上压抑了作者/读者、说者/听者之间的对话性，弱化了小说与读者/听者之间的对话关系。自现代小说诞生以来，无声的阅读便成为读者攫取小说内面"风景"的主要方式，而通过活的言语营造并实现对话的"场域"亦成为小说家创作的重要任务。在李洱看来，"现代小说，如果仅仅是作者在絮絮叨叨地说自己的话，小说的意义就丧失了大半"[②]，此外，他认为小说家需要通过"寻求这个世界赖以存在的各个要素之间的对话"，以"激活并重建小

[①] 石昌渝. 中国小说源流论 [M]. 北京：生活·读书·新知三联书店，2015年：264-265.

[②] 李洱. 贾宝玉长大之后怎么办？[J]. 扬子江评论，2016 (6).

说与现实和历史的联系"①，易言之，便是以强调小说的对话性来拒绝只存在单一话语的世界，打破单一的"声音"格局，在作者、文本、读者之间形成对话关系外，还要跟时代、社会以及世界形成一种对话关系。

就李洱的小说创作而言，从历史、现实、文化等维度打开知识分子的叙述空间，并"凝视"知识分子的日常生活，观照知识分子的命运以及跟时代的秘密关联乃是其一以贯之的写作追求。与此同时，李洱相当重视小说的对话性，并在创作中加以实践。不妨借鉴巴氏的说法，如果一个小说家对现实中正在形成或尚未形成的语言所具有的天然的双声性和内在的对话性充耳不闻，那么"他永远也不会理解、也不能实现小说体裁的潜力和任务。……他准得在文体上跌跤。我们便会看到一种自信幼稚的，或者自信却呆板的统一的光滑纯粹的单声语（或者带着一点极起码的、人为的、杜撰的双声性质）。"② "双声"，即两个声音（甚至"多个声音"），便成为巴赫金小说声音理论的另一个重要范畴：它既是一名优秀小说家所要达到的驾驭文学话语的方式，亦是一部优秀小说在语言或者结构上所呈现的面貌。从语言哲学的角度来说，活的言语乃是小说文本结构的基础，故而李洱小说知识分子叙述的对话性形式经由活的言语蕴藏于小说的表层/深层结构之中，浸透于结构中的声音问题便由此显现出来。

---

① 李洱.为什么写，写什么，怎么写——在苏州大学"小说家讲坛"上的讲[J].当代作家评论，2005（3）.
② 巴赫金.巴赫金全集：第3卷［M］.钱中文，译.石家庄：河北教育出版社，2009：110.

第一节　对话性形式的可能性

一、对话性形式的"先决条件"

在20世纪之前，颇具影响力的实证主义思潮与传记式文学批评聚焦的目光主要投射于作者身上。20世纪20年代开始，俄国形式主义率先将注意力转移到文本上来，至此之后，结构主义、新批评、文学符号学等进一步推进文本内部的研究工作。韦勒克（Rene Wellek）、沃伦（Austin Warren）在《文学理论》第十二章"文学作品的存在方式"中指出："读者的心理无论何等有趣，或者在教学上何等有用，它总是处于文学研究的对象（具体的文学作品）之外的，不可能与文学作品的结构和价值发生联系。"[①] 一定程度上反映了传统文学理论对于读者与作者之间相互关系的某种割裂感。从这一点来看，接受美学的出现似乎对这种"割裂"进行了恰当的"纠偏"。依接受美学之见，文本的"空白"（vacancy）和"空缺"（blank），即"文中悬置的联系性"和"存在于移动视点的有关视野中的非主题部分"[②]，使文本产生了极大的不确定性，从而形成了文本的"召唤结构"。如若这些"空白"和"空缺"没有读者去填补，那么故事将无法形成完整

---

① 雷·韦勒克，奥·沃伦. 文学理论 [M]. 刘象愚，邢培明，陈圣生，李哲明，译. 北京：生活·读书·新知三联书店，1984：154.
② 沃·伊瑟尔. 阅读行为 [M]. 金慧敏，张云鹏，张颖，易晓明，译. 长沙：湖南文艺出版社，1991：254–255.

的文本。作者创造的"召唤结构"即在召唤"隐含的读者"（implied reader）：一种可能出现的、跟文本意旨方向所暗合的读者。"隐含的读者"这一概念的出现，对于文本多重意义的实现提供了更多的可能性，基于此，有学者延伸认为，创作过程是艺术家与读者不断交互作用的动态过程①，一定程度上突破了接受美学划定的界限。事实上，接受美学乃是从文本与读者的两极关系出发，并试图明晰文学文本动态的、交流的结构特征。在作者与读者的关系中，他们将重点置于读者一端，完全颠覆了实证主义、传记式批评奉作者为圭臬的批评姿态，在批评实践中，难免出现矫枉过正等问题。

早在20世纪二三十年代，巴赫金便独立地、系统地展开以"作者↔文本↔读者"为中心的对话性理论研究，其乃是小说声音理论的重要环节。诚然，作者/读者在创作/阅读时，大多数情况下双方都是处在缺席的状态之下，作者无法听到读者的反馈，读者亦不会得到作者任何阅读提示，仅能以文本为中介进行交流。在《长篇小说的话语》《长篇小说话语的发端》等文章中，巴赫金清晰地描绘出说者与听者对话关系的形成过程，明确了作者在进行创作时，已经揣摩过读者的"统觉背景"②，强调一种文本的"及物性"，与后结构主义者如罗

---

① 此推进由苏联学者梅拉赫（Meilakh）于1968年发表的《综合研究艺术剧作的途径》等文章提出，参见朱立元：《接受美学》，上海：上海人民出版社，1989年，第34—35页。

② 通常意义上，"统觉背景"指蕴含着人们已有的经验、知识、兴趣、态度的知觉内容和倾向。巴赫金强调的统觉背景，分为"所知"和"所设"两部分，它们乃是阅读的前提，并在一定条件下可以实现相互转化。二者与其说是参与阅读过程，不如说是一种心理过程、思维过程，甚至推理过程，易言之，即阅读文本时的心理审美过程。"统觉背景"的获得是逐步完成的，可能随着生活经验、阅历、学识等方面的增长而发生改变，并且因人而异。此外，巴赫金相当重视文本的社会指向性，强调文本与现实的联系，因为"统觉背影"乃是对于作者、读者双方的共同"契约"。参见董小英：《再登巴比伦塔：巴赫金与对话理论》，北京：生活·读书·新知三联书店，1994年，第88-95页。

兰·巴特所强调的文本的不及物性——叙述作品中"'所发生的'仅仅是语言，是语言的历险"①——有所殊异。因此，文本中凝结的作者声音的话语形态在一定程度已发生改变，这一过程中，便形成了所谓的召唤结构。客观上，它要求读者具备相应的"统觉背景"，并拥有一定的能力进入作者建构的对话性形式之中，共同完成"悬置""互文""复调"等文本结构设置，促成多重对话的实现。

李洱的主要创作资源和知识积累是在1983年进入华东师范大学中文系之后开始并逐步完成的，而对作家身份定位的体认、学院内生活的敏锐观察以及对知识分子群体的格外关注决定了其小说的主要叙述内容和摹写对象。李洱曾说过，他熟悉校园生活，也颇为了解知识分子的"知与行"，并相当坦率地承认："我写他们有如写自己"②。李洱一直密切关注知识分子的生活，"想用小说的方式探究知识分子的历史和现实中困境，探究个人存在的意义"③。当然，李洱也会写别的故事，但知识分子题材小说则像是他的"根据地"，使得他不会在其他主体的创作上逗留太久，即便涉足中国当代乡村题材，背后往往亦隐匿着知识分子的视角跟关怀。乔纳森·卡勒（Jonathan D. Culler）提道："文学既是文化的杂音，又是文化的信息。它既是一种制造混乱的力量，又是一种文化资本。它是一种召唤阅读、把读者引入关于意义的问题中的写作。"④ 值得注意的是，李洱的小说在"指向"知识分子日常生活的同时，文本的召唤结构亦期待知识储备、学习能力均处在相对较高层次的读者群体去填补跟完成。无论是《午后的诗学》中

---

① 罗兰·巴特. 符号学原理 [M]. 沈阳：辽宁人民出版社，1987：114-115.
② 李洱. 问答录 [M]. 上海：上海文艺出版社，2013：197.
③ 李洱，马季. 探究知识分子在历史和现实中的困境 [J]. 作家，2007（1）.
④ 乔纳森·卡勒. 文学理论入门 [M]. 李平，译. 南京：译林出版社，2013：43.

随处引用的诸如加缪、帕斯捷尔纳克、马拉美、博尔赫斯的格言或诗句，还是《遗忘》中后羿射日、嫦娥奔月的神话传说、典籍记载，甚至是《花腔》中细密的史料考证或是知识考古，《应物兄》中驳杂的典故引文与注释材料，若是没有一定程度的知识储备跟阅读经验，无法跟小说中的知识话语产生同步有效的共振的话，便很可能在阅读的过程中因层层"阻碍"而给审美体验带来极大的破坏，从而无法在点亮叙事结构完整性的层面与作家形成一种对话关系。当然，李洱或许并不希冀他的小说能够取悦所有读者，相反，很有可能作家在创作过程中已然对读者的"统觉背景"有了某种标准或是要求，只有拥有一定层次的"统觉背景"的读者才能被李洱的小说击中，乃至被激发出"慧心"，才有可能进入小说家建构的双声甚至多声的文本结构，从而通过小说实现说者与听者之间对话的意图。

二、内在的对话性

在现代小说中，作者很少以说书人的口吻直接同读者讲话，人称和视角的复杂变换，这样的叙事"约定"既是小说艺术发展的现代化标志，也是构成文本内部声音多样性的原因之一。福斯特（Edward Morgan Forster）曾转引珀西·勒伯克（Percy Lubbock）先生《小说的技巧》中的意见，认为"叙事角度的问题——就是叙述者和故事之间的关系问题"[①]。而有待补充的是，它同样也涉及叙述声音的关系问题。鉴于现代性带来的复杂人际关系与自我分裂的种种症候，即使是以第一人称出现的叙述者也不会再被追认为是作家本人，"我"不过是经由作家之手形塑的叙述人（第一章中有所涉及）。隐含作者意味

---

① E. M. 福斯特. 小说面面观［M］. 朱乃长，译. 北京：中国对外翻译出版公司，2002：205.

着，讲话者往往不以真面目示人，"我""我们"也只是叙述者的众多面具之一。而隐含读者意味着，作者可以虚构想象中的聆听者，甚至对着空白地带讲话。同时，作者不再拥有绝对的权威和决断力，很多时候作者也与笔下的人物保持距离，遵从人物自身的意愿，并使这种距离也成为读者和人物之间的视觉鸿沟，以此激发文本内容更多的可能性。固然，文本召唤读者与作者保持一种对话关系，但这种关系再也不是直截了当、边界分明的，有时甚至是交织、混合的。现代小说呈现了更复杂、更深层的对话结构，不仅追求文本与读者、作者的连接，更追求文本与更广阔时代、世界的连接。因而，在作者的主观介入降低之后，对话性更多地仰仗于一种相对性意识。

巴赫金说得非常精妙："从这个世界来说，也不存在绝对不可逆转的'我与所有其他人'的关系；从认识上来说，'我与他人'是思考的对象，从而也是相对的和可逆的关系，因为所谓认识主体本身，在存在中并不占有确切的具体位置。"[1] 在本身具有建构性的叙事中，"你""我""他"的关系更是既不确切又可以相互转化的。在李洱的小说《应物兄》中，"镜子"便作为相对关系的转化中介承担着重要的功能：

替葛道宏冲水的时候，他通过洗手间的镜子，看到有一束微妙的光射向了自己的脸。镜子中的他，颧骨略高，鼻梁笔直，而且意外地显得年轻。他听见自己说："我不需要人陪。我自己去。"[2]（第18节）

后来，洗手池上面的镜子，照见了他那张困窘的脸：我该怎么向

---

[1] 巴赫金. 巴赫金文论选 [M]. 佟景韩, 译. 北京：中国社会科学出版社, 1996：363.

[2] 李洱. 应物兄：上 [M]. 北京：人民文学出版社, 2018：141.

栾廷玉回话呢？说子贡不愿起来，还是说我没见到子贡？当然不能说子贡不愿意起来。不能把这个责任推到子贡身上。人家本来就不该负这个责任。①（第64节）

镜子的映照功能，能够将自我对象化。在镜子中，我们照见了另一个自己，即使它只是一个影像，也往往被视为一个期待中的理想对话者：既能够充分理解说话者的意思，也能够及时给出妥当的回应。对着镜子自语，也因此具有了对话的意味。无论是上述引文呈现的，还是小说中所写到的——北岛对着镜子说中文，都展示了与镜中人对话的场景。如拉康所说，镜像是认识他者、确立自我意识的中介，而在李洱的小说中，镜子不仅呈现了我与我、我与他人之间的相对性关系，还在说话者自问自答、自我确证的过程中参与构建了声音的多样性。或许正是基于这种相对性意识，即使在独白中，也可能存在某种对话性。在巴赫金看来，对话可以是独白，独白也可以是对话。对话与独白的分野并不对应于叙事与戏剧中直接与间接（独白与对话）之间的区别。比起俄国形式主义者对对话与独白间的区别之解读，巴赫金赋予这二者的区别意义就更加广阔。② 卞之琳的《候鸟问题》一诗如此写道：

多少个院落多少块蓝天
你们去分吧。我要走。
让白鸽带铃在头顶上绕三圈——

---

① 李洱. 应物兄：下 [M]. 北京：人民文学出版社，2018：556.
② 朱莉娅·克里斯蒂娃, 祝克懿, 宋姝锦. 词语、对话和小说 [J]. 当代修辞学，2012（4）.

"声音"的艺术

可是骆驼铃远了,你听。

抽陀螺挽你,放风筝牵你,

叫纸鹰、纸燕、纸雄鸡三只四只

飞上天——上天可是迎南来雁?

而且我可是哪些孩子们的玩具?

且上图书馆借一本《候鸟问题》。

且说你赞成呢还是反对

飞机不得经市空得新禁令?

我的思绪像小蜘蛛骑的游丝

系我适足以飘我。我要走。

等到了别处以后再管吧:

多少个院落多少块蓝天?

我岂能长如绝望的无线电

空在屋顶上伸着双臂

抓不到想要的远方的音波!

很明显,在这首诗中,独白中出现了对白,一如对着镜中人自语,说话者的声音中也出现了他者的声音。江弱水一针见血地评价道:"《候鸟问题》一诗的独白,典型表现了当前自我意识的矛盾与主体声音的分裂。"[1] 弗莱(Northrop Frye)有言:"诗歌以超然的态度运用语言:他不直接对着读者说话。"[2] 张枣的诗歌中也存在基本的对话结构:他总是以假设的语气幻化出一个说话者,甚至虚构出对话者的声

---

[1] 江弱水. 卞之琳诗艺研究 [M]. 合肥:安徽教育出版社,2000:89.
[2] 诺斯罗普·弗莱. 批评的解剖 [M]. 陈慧,袁宪军,吴伟仁,译. 天津:百花文艺出版社,2006:6.

音和语气，或者直接对着空白地带说话。张枣经典的诗作《何人斯》，便将《诗经·小雅》中原本的怨诉之词一变为温柔、甜美的询问之语："究竟那是什么人？""你此刻追踪的是什么？"正如诗中所写，"一片雪花转成两片雪花"，张枣在文本的延展中嵌入了对理想听者的寻找，一面看不见的镜子隐藏在诗行中，那个温柔的追寻者亦如镜中自语一般缓缓地拟设并展开了对话。在张枣后期的诗作中，由于对理想倾听者、对知音的寻觅所构建起来的对话结构，增加了中西文化碰撞冲突，使得思考、反思的维度显得愈加深邃、复杂。钟鸣则更进一步凝视到对话的"内面"："对话毕竟不光是技巧问题，而是关怀和自由的张力。"[①] 张枣在文本中实现了中西文化的深层对话，他的对话诗学便不止于形式的构建，不止于打破文本中的单一声音，而是以不断的追寻打破唯我论的迷圈，真正打开了与广阔世界的对话关系。

当然，并非只有引语的插入才标志着对话的展开，对能够作为幻化成不同形式和样态的文学而言，小说本身便是一个对话性的场域，权且将之落实到形式上的对话性视为小说本体论层面上的某种"反意识形态"的意识形态之实存。在现代诗歌与现代小说中，对话的形式十分丰富，也因此它们并不明朗易辨。尤其在体量较大、头绪纷繁的小说架构中，叙述者和叙述视角的多样复杂性，使得作者有心设置的对话形式更加不易察觉。并且，在同一个文本内部，也经常存在多重对话重叠、交织的状态。文本内面的声音和内在的对话性或许更值得关注。李洱的小说也十分强调对话性。他直言道："小说现代性的最重要的标志就是对话性，它包含着作者和读者的对话、作者和作品中人物的对话、作品中人物之间的对话，以及读者和作品中人物的对话。所有的对话都伴随着争议、质疑，而争议和质疑会打开小说

---

① 钟鸣. 秋天的戏剧[M]. 上海：学林出版社，2002：20.

的空间。"① 尽管作家的夫子自道乃是我们文学研究推进中所要审慎辨析的言辞，但这份"表白"仍然不妨碍我们从小说的风景中寻找蛛丝马迹。

小说《花腔》中，三位叙述人白圣韬、赵耀庆和范继槐，充当着"说者"的角色，大量的声音跟言辞泡沫从他们的口中生产出来。然而，此时此刻的说话者滔滔不绝，而引号却经常找不见踪影。引号既有区分叙述者、叙述层次的功能，也有调节叙述节奏的重要作用。在李洱这里，他似乎经常有意地模糊引号的界限：它的存在并非一种规范或约束，甚至于也不怎么在说话的内容或故事的结构上发挥作用。但是，如果从俯瞰的角度观之，在小说本身的形式层面，小说家似乎更愿意以引号的使用或省略来调整对话的声音层次。正如格非所洞察到的，引号的丢弃会造成人物的话语、人物的内心、作者的介入描述等叙述层次、概念界限的模糊与混乱。② 这固然会对读者作出一定的误导，但与此同时，引号的舍弃也在话语的紧锣密鼓中营造了声音的混响效果，让人物之间的声音界限不再分明。比如："什么，白日梦？也可以这么说吧，因为天已经亮了。我梦见了葛任，他脸上挂着幸福的微笑。什么意思？那还用问，他正在感谢我对他所做的一切。我这个人听不得别人表扬，连忙说，别客气，别客气，这都是我应该做的。"③ 与其说是叙述人模拟跟葛任的对话，不如说是叙述人在进行自我的声音演绎、饶舌的表演。然而引号模糊了它们的界限，使得叙述人讲述的声音姿态凸显了出来。还值得申说的是，李洱格外注重声音的碰撞和复合作用，在《应物兄》这部小说中，叙述者反复以"我们

---

① 李洱. 熟悉的陌生人 [M]. 郑州：河南文艺出版社，2020：106.
② 格非. 记忆与对话——李洱小说解读 [J]. 当代作家评论，2001 (4).
③ 李洱. 花腔 [M]. 上海：上海文艺出版社，2013：406.

的应物兄"召唤隐含读者,似乎有意或无意地拉近读者跟应物兄之间的距离,引发读者对于应物兄的共情之感,并且赋予叙事以现场感和生动性;也偶尔以"瞧"等指示动词引起对象注意,在文本中插入与隐含读者对话的声音。除此之外,小说内部还存在着更细腻的声音设计与更深层的对话结构。总的来说,李洱擅长在小说内部设置不同人称、不同视角、不同文体、不同语气的交锋与互动,来丰富小说声音的层次,形成独特的互文和复调效果。同时,李洱也以此避免了小说声音呈现的单一性,打开了小说更为丰富的解读面向,拓展了小说内容的深度跟广度。

第二节 双声的内结构

一、悬置的开头和结尾

在古典中国,小说作为一种正史的补充性文体,创制已久。但从文学的意义上讲,魏晋南北朝时期的志怪/志人小说仅仅是隶属于子部或史部的一类文体,属于小说的"胚胎形态",兴于唐的传奇小说才真正翻开文学小说的第一页。[①] 传统小说一般采用"线性"叙事模式,尽管事件的推进时有曲折,情节亦常常出现"嵌套因果"等情况,但故事的完整性和情节的逻辑严密性始终被重点突出和强调,"起、承、转、合"的内在要求跟小说的开头、发展、高潮、结尾相

---

① 石昌渝. 中国小说源流论 [M]. 北京:生活·读书·新知三联书店,2015:1-14.

对应，是不容忽视的方面。在以欧洲为策源中心的西方文学传统中，《圣经》可以视为"有头有尾"叙事的标准秩序，从开端到结局均在"神性时间"的覆盖之下，暗含着对于终极真理的向往跟敬畏。传统的小说叙事青睐于全知全能的第三人称视角，在线性推进中往往暗示出人物命运与故事情节的走向，从声音的角度来说，作者透过"活的言语"所昭示的情感、态度、意志天然形成了某种优势性话语，在很大程度上削弱了文本的对话性，压抑了读者声音介入的可能性。李洱认为："完整地呈现一个故事，也就是人们常说的要有头有尾，在我看来是滑稽的。小说中故事的有头无尾，并不代表小说没有结尾。……只是它还敞着，朝着真实的焦虑和迷惘。裸露着我们内心深处的无能。"[①] 李洱在背叛了小说开头、结尾的原始功能之后，或许尚未道出另一半的实情：无论是悬置的开头抑或是结尾，它们都在日常生活的神秘性中悄然打开了对话的通道，让读者在怅然若失之余不自觉地将另一个声音纳入进来，重新赋予小说文本新的意义与生命。

对于读者而言，李洱早期的知识分子叙述（尤指短篇小说）经常截取日常生活的横截面，并无过多所谓的背景铺陈。小说情节的推进更像是编织和描绘"一些混乱的线条和色块"（李洱：《白色的乌鸦》），平淡却又合乎逻辑。李洱并不刻意追求小说的传奇性，相反，读者的期待往往在游弋于"无事之事"之间被击得粉碎，最后陷入跟小说主人公（知识分子）相似的虚无、焦虑、迷惘的情绪之中，沉浸在对于个人、存在以及命运的思考。李洱"拒绝"小说结尾使"一切神秘难解之事均真相大白"[②] 的既定任务，结尾时常在一个

---

① 张钧.知识分子的叙述空间与日常生活的诗性消解——李洱访谈录 [J].花城，1999（3）.
② J.希利斯·米勒.解读叙事 [M].申丹，译.北京：北京大学出版社，2002：51.

动作、一句独白或是一个转折迹象出现之时戛然而止。将故事的结尾作"悬置"的处理，人物的命运、故事的结局均呈现出不确定的指向。如在《奥斯卡超级市场》中，身无分文的丁奎和情人小范在超市约会购物，几经周旋后，丁奎和小范又回到超市挑选商品，"堆得冒尖的购物车"不断接近收银台，此时丁奎"扶着身边的不锈钢栏杆喘气的时候，他又感到空气不够用了，仿佛自己已经灵魂出窍"。[①] 小说至此便戛然而止了，一连串的疑问无从解答，读者陷于无限的困惑之中虽是情理之中，然而丁奎心脑力活动的"过剩"以及行动力的消弭却因无疾而终的结尾而被凸显出来了。

布鲁克斯对读者欲望导向结局等问题有所研究，"我们按照对那些结局中结构性权利的预期来阅读它们，这些回溯性的结局赋予情节以秩序和意味"[②]。在现代小说中，"悬置"的结尾不仅在形式的敞开中，推翻了作者的权威，呼唤读者参与其中，还以不确定性加深了小说的问题意识。在沈从文的小说中，也常常能见到这种"悬置"的结尾。比如，在他经典之作《边城》中，那个人可能回来也可能不回来的开放表述，便悬置了人物命运的最终走向。在《丈夫》这篇小说中，沈从文给出了夫妻二人共同返回乡下的美好结局，同时又以叙述视角的转变来砍削、瓦解叙述话语的真实性。作者不但省略了两人回乡前后的细节描写，而且没有交代回乡之后，两人所面对的一系列生存问题究竟该如何解决？深层的小说结局仍然是开放式的，而这种开放，不仅仅关涉小说的技巧问题，还在文本深处豁开了裂隙，激发了张力。有理由认为，沈从文无意说明、有意悬置的部分，在一定程度

[①] 李洱. 儿女情长 [M]. 上海：上海文艺出版社，2013：178.
[②] 安德鲁·本尼特，尼古拉·罗伊尔. 关键词：文学、批评与理论导论 [M]. 汪正龙，李永新，译. 桂林：广西师范大学出版社，2007：53.

上也显示了作者本人在构建乌托邦时的困惑和犹疑状态。而这种对现实的刻意回避，又以一种暧昧的冲突和微妙的反讽效果，赋予小说以内蕴的复杂性和深刻性。类似的悬置结尾在李洱的小说，比如《悬浮》《悬铃木枝条上的爱情》《喑哑的声音》《饶舌的哑巴》《抒情时代》《二马路上的天使》《故乡》《遭遇》《应物兄》等中也均有展现。一方面，李洱希望通过结构形式的设置来呈现出小说的"未完成"、开放性状态，丰富小说作为一种文体的秩序想象；另一方面，悬置的结尾使得知识分子日常生活的神秘性与不确定性变得愈加深刻。在自觉纳入读者声音的过程中，知识分子生存境况的危机，也在此种互动机制中显示出一种颇具反省能力的对话状态。

在《错误》这篇短小精悍的小说中，某社科院副研究员候选人张建华被一封匿名女人的来信打开了记忆的潘多拉魔盒，他"曾多次想过，他很可能和这个女人有过交往，说不定还在一起躺过"[1]，遗憾的是，翻检记忆也没能弄清楚"她"是谁。小说的开头，似乎营造出一种脆弱而又充满期待的氛围：一九九七年的春天、即将到来的"副研究员"职位、一首名曰《期待》的旧作以及"在早班公交车刺耳的鸣叫声中"才进入"脆弱的睡眠"的夜晚。这一切，似乎跟"错误"毫不搭界，"悬置"造成的错位感与陌生化效果不断逗引拉扯读者的好奇心。结尾处如是写道：

从某个地方传来一阵锉刀的刮磨声。他逃进了房间。在影影绰绰的昏暗中，他期待着捕捉那个声源。他再一次没能如愿以偿，因为他没有料到那声音就发自他的脑壳，就像源于梦境的最深处。[2]

---

[1] 李洱. 喑哑的声音 [M]. 上海：上海文艺出版社，2013：63.
[2] 李洱. 喑哑的声音 [M]. 上海：上海文艺出版社，2013：67.

在跟"现实"与"记忆"不断缠斗的过程中,张建华最终并没能找到那位"匿名的女人",结局在被悬置的同时,读者追寻真相的"阅读期待"似乎也遭遇挫折,跟主人公张建华一样,被强烈的虚无感、失败感包围。在被悬置的结尾中,生活与记忆的真相被小说"双声"的结构提示出来:脆弱的记忆在无意义重复的生活的消磨下,总是难逃失效的命运。这便是李洱对生存困境的一种细腻捕捉和表达。《从何处说起呢》这篇小说,不仅在标题层面通过"命名之难"暗示出知识分子从"广场""客厅"到"医院"再到"市场"的尴尬境况,还在开头便将知识分子面对现实难以言说的无力与痛感或隐或显地揭示出来。小说开篇即言:

从何处说起呢?一时间我还真不知道该从何说起。①

悬置的开头以如此"纠结"的口吻发声,不难让人感受到作家在面对复杂、荒谬、变幻莫测的现实之时,在行将发言那个当口所撞见的难以言说的尴尬。同时,也将故事场景做一种敞开式的处理,使读者在犹疑之余得以充分地介入到小说结构的"内面",形成一种声音的摩擦跟碰撞。小说的结尾中,"我"面对"横陈于床"的导师应物兄"也感觉到了沉重,明白接下来的活可不轻松,不知道给应物兄的那部传记,该怎样拿捏"②。悬置的结尾没有交代沦为商业"噱头"、将死未死的应物兄最终的命运,亦没有交代"我"如何去"书写"导师的传记。"无头无尾"的结构安排与难以命名的小说标题共同指向

---

① 李洱. 从何处说起呢 [M]. 武汉:长江文艺出版社,2015:179.
② 李洱. 从何处说起呢 [M]. 武汉:长江文艺出版社,2015:216.

"声音"的艺术

当下知识分子尴尬难安的处境的深刻复杂性。在《应物兄》中,以应物兄本人的一段自问自答(腹语)开头,而以一场突如其来的车祸结尾:

应物兄问:"想好了吗?来还是不来?"

没有人回答他,传入他耳朵的只是一阵淅淅沥沥的水声……(第1节)

……

起初,他没有一点疼痛感。他现在是以半倒立的姿势躺在那里,头朝向大地,脚踩向天空。他的脑子曾经出现过短暂的迷糊,并渐渐感到脑袋发涨。他意识到那是血在涌向头部。他听见一个人说:"我还活着。"

那声音非常遥远,好像是从天上飘过来的,这是勉强抵达了他的耳膜。

他再次问道:"你是应物兄吗?"

这次,他清晰地听到了回答:"他是应物兄。"[1](第101节)

当读者刚翻开《应物兄》时,或许会略显疑惑:周遭无人,何人在说话?小说在开头就一口气将整个事件悬空,应物兄是何人?他自言自语是何意?当读者的声音逐渐介入到小说中时,诸如此类的谜团或毛线球方才一一得以解开。甫一开篇,作者形塑的叙述人便有意将读者带入一个对话的声音语流之中,并在阅读的过程中,随着应物兄的言辞、行动以及一系列的知识话语、人物对话,形成自我的文本世界观。经过散开的语词、声音以及情节,来到最后,呈现给读者跟世

---

[1] 李洱. 应物兄:下 [M]. 北京:人民文学出版社,2018:177.

界的，依然是一个悬置的言说空间：在这场车祸后，应物兄还活着吗？"太和研究院"落成了吗？以及小说中其他人物的命运将会随着时代的洪流走向何处呢？似乎全是问号，而答案却又在每位读者的心中自然生长。忙活在八十多万字的声音中的各种人物，亦随着一声巨响而风流云散，有的人或许认为，结尾暗示着一个巨大的虚无：应物兄的生命终结，"太和研究院"树倒猢狲散……也会有人认为应物兄只是短暂的休息，还不像葛任那般进入了一个"大休息"的状态中，故事未完待续……而所谓悬置，便是成功地营建了小说文本的对话性，它能吸纳各种声音，让它们自由地流淌、生长。李洱的小说结构也如同韩炳哲理想中的超级倾听者：他将听觉主动赠予他者，为了他者，他将自己完全撤回。他全神贯注地倾听，不插一言。……热情好客的倾听者将自己放空为他者的共振空间，将他者搭救进来。[①] 或许严格说来的话，李洱小说应该是这样的他者和倾听者的复合，他们一体两面，保持着李洱小说那种谦虚又良善的开放。

二、互文的设置跟运用

互文性理论乃是经由结构主义、后结构主义思潮不断酝酿、逐渐形成的一种文本理论，具备强大的跨学科包容力及颇广的指涉范围。克里斯蒂娃（Julia Kristeva）明确地将文本的对话性称为互文性（intertextualité），"并将语言及所有类型的'意义实践'，包括文学、艺术与影像，都纳入了文本的历史"[②]。"依法国人萨莫瓦约之见，互

[①] 韩炳哲. 他者的消失 [M]. 吴琼, 译. 北京：中信出版集团, 2019：107-109.

[②] 朱莉亚·克里斯蒂娃. 主体·互文·精神分析 [M]. 祝克懿, 黄蓓, 编译. 北京：生活·读书·新知三联书店, 2016：11.

文性已然成为文学言论中含混不清的一个概念……人们通常更愿意用隐喻的手法来指称所谓文中有文的现象……它是一个中性词……囊括了文学作品之间互相交错、彼此依赖的若干表现形式。"[1] 在这种理论的视阈下，文本（text）本身不再被视作"意义明确、自给自足、自现自明的封闭单元"，而呈现为一个意义不断游移、变动的开放性结构，"其间渗透着仿似海市蜃楼般带着无尽'印迹'的别的文辞的回响"[2]。其实刘勰也一早有言："文情之变深矣"，"夫隐之为体，义主文外，秘响旁通，伏采潜发，譬爻象之变互体，川渎之韫珠玉也。"[3] 刘勰在讨论文章"隐秀"问题时言及的"秘响旁通"之说，也在一定程度上点明了文学作品中文辞互为指涉、互相生发，声音交织叠变、延展回响的互文状态。

广义地来讲，互文性乃是所有文本皆具备的一种特性。而对于文学体裁来说，互文性则将落实到文本的细部之上，呈现出明显的互文特色。艾略特（Thomas Stearns Eliot）的长诗《荒原》，完全可以被视为充满互文精神的经典之作。诗人引经据典，在诗中嵌入了多达几十种不同作家作品或流行歌曲的片段。而艾略特的高明之处在于，他将这些未必有关联的典故、引文出神入化地融入自己诗歌的肌理，凝结为协调统一的整体，既增加文本的层次性和复杂性，也在紧凑的经验叠加中引人联想，充分调动读者的情感体验。互文手法的运用，实际是将文学与历史、世界及其本身悠远历史纳入一种相互关系之中，呈现出它们纵横蔓延、相互孕育、汲取、滋养的潜在对话过程。对话性可视为互文性的核心要义。如果从声音的角度观之，互文性的实质便

---

[1] 萨莫瓦约. 互文性研究 [M]. 邵炜，译. 天津：天津人民出版社，2003：1.
[2] 叶维廉. 中国诗学 [M]. 北京：生活·读书·新知三联书店，1992：129.
[3] 刘勰：《文心雕龙·隐秀第四十》。

是将他人的话语、词句、意识、情感,甚至结构纳入文本,使一种声音跟另一种声音之间发生摩擦、碰撞却始终保持不相融的状态,呈现出一种双声甚至多声的结构形态。

从李洱的创作来看,他相当重视互文在小说叙事文体中的运用,诚然,这跟他长期博览群书的知识积淀密不可分。从写作实践的角度来说,李洱对于寻章摘句、穿插文体是颇为审慎的,他拒绝纯粹的"掉书袋"或是拼凑式的旁征博引,与广义上文学文本的互文性写作又形成了某种有意识的疏离。在李洱的小说中,引用的文本囊括了所有文本类型,就知识分子叙述而言,古典、现代诗词、历史典籍、哲学话语、新闻报道、上古神话、报刊、历史人物言论、广告语、学术论义皆在其小说中崭露头角,此外,甚至李洱自己杜撰的历史、文化方志、材料都会以不同面貌出现在小说文本中,令人叹其为一座带有李洱标记的"图书馆"。在李洱的知识分子题材小说中,各类"互文性"文本以不同的形态——或直接引用,或化用,或模拟式的仿写——出现在小说文本之中,并联系各自语境承担着不同的作用,巧妙地勾连起李洱对于历史与现实的思考,映照出知识分子的尴尬处境与精神内面。

以"凹凸文本"[①] 刊发于《大家》1999年第4期的《遗忘》是李洱继《导师死了》之后,又一知识分子题材的重要力作。《遗忘》中,历史学博导侯后毅通过对学生冯蒙"悉心"指导,意欲以炮制博士毕业论文的方式使其"进入"历史,得以"正名",由此铺陈出一连串与知识、性、权力有关的盘根错节的闹剧,揭示出现实知识分子处境的荒诞跟面对历史困境的无奈。在导师侯后毅的"教诲"下,冯

---

① 《大家》设"凹凸文本"专栏,旨在刊发当代小说中富于问题实验意味的作品。

蒙对研究生的"三大传统"——"首先密切联系导师，其次再密切联系美国；不但要做表扬和自我表扬，还要做批评和自我批评；既要理论联系实际，又要理论联系实践"① 早已"耳熟能详"，而杜撰史学论文的合法性，按照导师侯后毅的说法，则是："历史是一条长在嘴巴之外的舌头，和一块石头没什么两样。它无法言说，它需要借助别人的嘴巴确证自身。"②《遗忘》所涉及的，仍未超出李洱最为关注的当代知识分子日常生活的范畴，而整部小说的结构是在跟上古神话传说的连通中建构起来的"历史叙事"，以达至李洱用"现实"来"反历史"的叙事模式，虚实之间更强化了小说的虚构性并加强了对于现实的批评力度。与此同时，浓重的互文色彩亦是《遗忘》的显著特征，并带有某种"探索""实验"的意味。从内容上来说，李洱巧妙地将上古神话、诗词文章、文学典籍、知识话语等融入小说，开篇便以李商隐的诗篇《嫦娥》介入"遗忘"的"本事"：

云母屏风烛影深，

长河渐落晓星沉。

嫦娥应悔偷灵药，

碧海青天夜夜心。

甚至不吝篇幅，在"参考书目"一章节中，罗列了侯后毅欲使冯蒙熟悉"有关他（后羿）和嫦娥的故事"③ 的"典籍"：

《诗经》《尚书》《左传》《庄子》……《帝世王纪》《华阳国志》

---

① 李洱. 午后的诗学 [M]. 上海：上海文艺出版社，2013：71.
② 李洱. 午后的诗学 [M]. 上海：上海文艺出版社，2013：80.
③ 李洱. 午后的诗学 [M]. 上海：上海文艺出版社，2013：93.

《山海经图赞》《神仙子》《搜神记》《搜神后记》……《文献通考》《芸窗私志》……《三国演义》《汤显祖集》《红楼梦》《女神》《鲁迅全集》《毛泽东诗词选》《历史考》等等。[①]（共计八十三种）

数十种典籍似乎是作者故意呈现的真实文献，它们是冯蒙撰写论文、获得学位的必经之途，某种意义上来说，它们通向时空的深处，传递出历史的声音。从小说虚构的现实层面看，知识本身的严肃性和神圣性遭到了不留情面的破坏，知识本身亦成为知识分子建构自我神话的附属品、残余之物或只剩虚空的欲望罢了。从小说的结构出发，对于更为广阔的历史而言，强烈的互文色彩更是一种对于正史言说的不信任的声音，它们天然具备的权威性自然压抑了其他的声音。或许对于李洱的小说而言，正史典籍的"历史真实"只是一种真实，它融入小说言说的现实之中，助力更多的真实发出各自弥足珍贵的声音才是它得以存在的意义。

在《午后的诗学》《葬礼》《饶舌的哑巴》《夜游图书馆》等篇什中，小说的互文色彩又呈现出另一种形态。小说人物在直接引述或"抄袭"格言警句、诗词文章或是相关事件的过程中，本身便与引述对象的声音之间形成了某种碰撞跟摩擦，甚至直接介入到自我的声音之中，跟所处时空、生存状态，甚至是人物命运之间发生某种秘密关联。例如，在费边家的客厅，知识分子"都有一套俏皮而又中肯的格言，大多数人，连自己的墓志铭都构思好了"。[②] 在这种"墓志铭意识"的作用下，既有海德格尔的"向死而生"精神，亦有但丁（Dante Alighieri）《神曲》里的诗句："时间就在这只器皿里有它的

---

① 李洱. 午后的诗学 [M]. 上海：上海文艺出版社，2013：93.
② 李洱. 午后的诗学 [M]. 上海：上海文艺出版社，2013：5.

根，而在其余的器皿里有它的枝叶。"这一切，都似乎成了20世纪90年代知识分子的奇妙隐喻。在博学的费边口中，亚里士多德的理论可以成为杜莉比赛获得优异名次的华丽借口；知识分子各抒己见为杂志命名的同时，戴上"镣铐"的知识依旧跳起精致冶艳的舞蹈，不时迸发出富有哲学意味的话语："蛋黄可以孕育新的生命。由蛋黄可以想到鸡蛋。任何事物都可以比作一只椭圆形的鸡蛋，它有两个确定不移的焦点。这是个致命的隐喻：一个焦点可以看成是我们占有的事实本身；另一个可以看成是我们对占有的事实的批判。这两个焦点隐藏在脆弱的蛋壳之内，悄悄发力，使你难以把它捏碎。"[1] 日本研究者竹内好曾用一个相近的比喻来评价鲁迅的小说，在他看来，鲁迅小说里仿佛有"两个中心。它们既像椭圆的焦点，又像平行线，是那种有既相约，又相斥的作用力的东西"[2]。这个比喻很适宜形容小说内部的双声结构，李洱的小说又何尝没有设置这样一个开放且富有张力的结构呢。在前、后现代荒谬交织的时代里，李洱小说中的知识景观更多地呈现出荒诞不经的一面，在跟裹挟着不同情感、态度、意识的声音的左右互搏中，烛照出知识分子空虚乏力的精神内面。

在李洱最新的长篇小说《应物兄》中，多种知识材料、八卦秘史的穿插交错，再次形成令人目眩的互文效果，极大地增加了小说的复杂性和阅读难度。小说的情节并不曲折，李洱也并不满足于讲故事。正如李洱在小说中借应物兄之口说出的："生旦净末丑，神仙老虎狗，什么都谈。"[3] 这部小说也在话语的一次次冲锋中，纳入丰富且驳杂的知识话语跟由其生长而来的大量知识对话，谈论内容可谓囊括四

---

[1] 李洱. 午后的诗学 [M]. 上海：上海文艺出版社，2013：9.
[2] 竹内好. 鲁迅 [M]. 杭州：浙江文艺出版社，1986：91-92.
[3] 李洱. 应物兄：上 [M]. 北京：人民文学出版社，2018：58.

海，即使是风马牛不相及的知识话语，也能够在儒学等主体框架下、有意设置的对话中勾连，交汇相合，相互生发。尤其值得注意的是，小说中充斥了篇幅颇多的原始材料，即一种知识性的说明材料，有的的确是历史实存，而有的乃是作者形塑的叙述人刻意的虚构。它们既在正文中随时现身延宕故事情节，又以脚注的形式对正文中提及的某个概念、某句引文或某种观念作爬梳式的整合、追溯式的补充。这种注解基本不具有文学性，却摆出一副学术著作的谨慎和严肃姿态。例如，在小说的后半部分，栾廷玉因贪腐出事，在家中搜到一部《毛泽东诗词手迹》时，李洱便在脚注里附上了一则《南方日报》关于这本诗词手迹的详细报道，一时间使人忘却了小说的情节和语境。不止于为叙述情节服务，小说中的这些知识叙写和注释，反而有意地打断了叙述的进程，制造了读者与文本的疏离状态。不过，这种疏离也将读者拉入更大的文化语境和更广阔的世界，并使其在朝向现实的短暂驻足中，获得多样的观察角度和独立思考的空间。可以说，李洱在此做了超越一般叙事模式的实验和探索，小说也的确在独特的叙事形态中形成丰厚多义，趋于深刻跟复杂。

值得一提的是，正如沈从文的湘西小说并非简单的单独个体，而是构成彼此参照、相互贯通的整体，李洱不同的小说文本间也具有这样错综复杂的互文形态。《应物兄》中葛道宏的后人，乃是《花腔》小说的主人公葛任。一场巴士底病毒的传播，便将两个文本关联起来。互文性"不仅指明显借用前人辞句和典故，而且指构成文本的每个语言符号都与义本之外的其他符号关联，在形成差异时显出自己的价值"[1]。在李洱的小说中，互文性既赋予单篇小说不同程度的开放与延

---

[1] 张隆溪. 二十世纪西方文论述评 [M]. 北京：生活·读书·新知三联书店，1986：159.

伸，又使得李洱的知识分子写作渐成体系，在整体上更具深度与表现力。

第三节 对话性声音实验

一、复调与《花腔》

维特根斯坦曾在《逻辑哲学论》的第五章中有言："我的语言的诸界限意味着我的世界的诸界限。"[①] 诚如此道，语言的界限亦决定了声音的界限。对于现代小说而言，双声甚至多声的语言以及小说文本整体的结构形式，或许在某种意义上为手握生杀大权的小说家提供了消弭单一声音的突破点与创造更复杂声音的写作可能性。

《三死》乃托尔斯泰一篇篇幅不长、由三条线索组成的小说，是由三条生命编织成的故事线索组成：有钱的地主太太、马车夫和大树的死。三个故事相互封闭、彼此无关，只存在表面上的联系：马车夫谢廖沙为一个生病的地主太太赶马车，他在驿站的小茅屋里，从另一个濒死的马车夫那里拿走了一双靴子，马车夫死后，他在林子里砍了一棵树，用它在坟前做了个十字架。小说家采取一种带有超脱意味的俯瞰姿态，来理解和完成它们，每一个角色生死的总体以及最终的意义，仅仅在作者的视野中被揭示出来。巴赫金敏锐地发现："他们的

[①] 维特根斯坦. 逻辑哲学论 [M]. 韩林合，译. 北京：商务印书馆，2013：92.

声音有时几乎与作者的声音融合在一起"①。并由此作了一番大胆的想象：如果让陀思妥耶夫斯基来创作这篇小说，会发生什么样的"化学反应"？诚然，巴赫金认为陀氏会让三条线索相互交织，并且"用对话的关系把它们联系起来"②。巴赫金把《三死》看作是独白型小说，是跟他在《陀思妥耶夫斯基诗学问题》开篇便赋予了"术语意义"的"复调"概念相对举而凸显的。所谓复调，由 polyphony 翻译而来（本义为复合声响，又作多声，通译为"复调"），即一种相较于单声部音乐的多声部音乐形式，是"建立在横向思维基础上，将具有独立意义的多层旋律线，按照对位法则加以纵向结合而构成的多声部音乐结构"③。就西方音乐发展史而言，"复调"多指巴赫以前的多声结合现象。巴赫金借复调以概括陀思妥耶夫斯基创作的基本特征，指出：

有着众多的各自独立而不相融合的声音和意识，由具有充分价值的不同声音组成真正的复调——这确实是陀思妥耶夫斯基长篇小说的基本特点。……这里恰是众多的地位平等的意识连同它们各自的世界，结合在某个统一的事件之中，而互相间不发生融合。陀思妥耶夫斯基笔下的主要人物，在艺术家的创作构思之中，便的确不仅仅是作者议论所表现的客体，而且也是直抒己见的主体。④

---

① 巴赫金. 巴赫金全集：第 5 卷 [M]. 钱中文，译. 石家庄：河北教育出版社，2009：93.
② 巴赫金. 巴赫金全集：第 5 卷 [M]. 钱中文，译. 石家庄：河北教育出版社，2009：94.
③ 于苏贤. 复调音乐教程 [M]. 上海：上海音乐出版社，2001：15.
④ 巴赫金. 巴赫金全集：第 5 卷 [M]. 钱中文，译. 石家庄：河北教育出版社，2009：4.

彼此独立而又产生某种对话性的声音，被巴赫金以音乐术语复调蔽之。小说家在支配各种声音的过程中，小说人物在被表述中亦是各自独立世界观与价值意识的承担者，与此同时，在这种相互碰撞、斗争、摩擦且互不相容中诞生了一个完整的小说艺术世界。究其实质，乃是"不同声音在这里仍保持各自的独立，作为独立的声音结合在一个统一体中，这已是比单声结构高出一层的统一体"。[①] 诚然，依巴赫金之见，独白型小说作者的意识掌控一切，在思想层面大都不够深刻，从声音角度则呈现出单声性，没有两种甚至多种声音、思想、意识的碰撞。独白型小说省略了意识的多样性以及更为复杂的社会性，它被压缩进一个单一的、同一的作者意识之中，从这些层面来看，复调型小说则具备容纳复杂声音的条件以及实现多重对话的可能性。

作为中国第一篇现代白话小说，鲁迅的《狂人日记》已经以非常成熟的手法再现了陀思妥耶夫斯基所崇尚的艺术品格。文言与白话两种叙述话语，首先奠定了小说的对话结构。严家炎教授很早便指出，小说中回荡着两种声音，一种是激昂、愤怒的控诉，另一种则是沉痛而无奈的深思与自我反省——"战斗感与赎罪感同时并存"[②]。而小说中存在的不同叙事者"我""余""兄"构建出的交叉话语体系，又继续在文白的对话结构深处建立起多声部的复调形式。若权且将复调视为一种建构小说的特殊模式，那么此种对话性的声音实验，也在李洱的长篇小说《花腔》中付诸了充分且颇有建树的写作实

[①] 巴赫金．巴赫金全集：第5卷[M]．钱中文，译．石家庄：河北教育出版社，2009：26.

[②] 严家炎．复调小说：鲁迅的突出贡献[J]．中国现代文学研究丛刊，2001(3)．

践。这部接近李洱"小说理想"① 的长篇小说纯粹是声音构筑的文学世界。"花腔"本义便是指称"一种带有装饰音的咏叹调"(《花腔》文中语),外部含义则指耍花腔、说谎、试图掩盖真相的言说。小说的三大部分由三位讲述人白圣韬(抗战年代,1943 年)、赵耀庆("文革"期间,1970 年)、范继槐(新世纪初,2000 年)分别"讲述"完成,他们构成了小说最重要的叙述本体。他们从各自的观点、立场以及讲述的时代背景出发,以亲历者的历史身份,通过声音的形式,清晰地指认出一段感性的、湿润的、有质感的"历史",在葛任生与死的张力中,呈现出历史的多种可能性。

与此同时,小说的每一部分又分为正文"@"和副本"&"两个版块,形成了正副两套话语系统。从叙述人的角度看,副本"&"似乎是"我"为了接近真实而作出的考证,"我"亦是第四叙述人。其中,"我"依然具备双重声音:自称葛任的后代,介入其质疑的声音;相对冷静的叙述人,常常展现出令人战栗的"沉默"与"严谨"。小说副本埋设的乃是另一条重要的叙述线索:对三种声音的考证、辨伪、注释以及补充,跟正文"@"所裹挟的声音之间形成了一种既摩擦、碰撞,又平行发展、彼此互义的奇特文体面貌,从线性的历史叙述到共时的细致考证,时空交错亦使两种声音形成互诘的关系,从而使小说具备某种形而上的意味,历史在不断清晰地呈现中又悄然被解构,读者似乎在不断接近"真实"的过程中,又一次次被推进历史的渊薮之中,空余一地迷惘跟无奈。

《花腔》的主人公葛任便是在四位叙述人——白圣韬、赵耀庆、范继槐,以及第四叙述人"我"的复调中成形的。前三位各自携带着

---

① 李洱. 问答录[M]. 上海:上海文艺出版社,2013:38.

不同年代的声音跟话语系统，进入用言辞对葛任表达"爱"的声音之旅，第四叙述人"我"则用文字的砖墙拼凑出先辈葛任的形象，并跟三位叙述人的声音进行"左右互搏"，仿佛一场声部极其复杂的交响乐盛宴。毋庸置疑，在李洱的声音实验中，葛任的诞生甚至成了每一位读者的事——必须有读者声音的融入才能看清葛任的脸。《花腔》第二部分的副本"&"中一段葛任的"自述"乃是整部小说葛任声音的"逗露"——更像是作者的一次疏忽。这位李洱笔下唯一颇具理想知识分子色彩的人物形象明确属于自己的声音乃是一首反复改写三遍的小诗（仅存后两个"版本"），一如葛任本人的命运（"因为人的命运，就是文字的命运。"《花腔》文中语）。出生于"戊戌变法"之后、进过育婴堂，而后东渡日本结识"南陈北李"的葛任昭示出那个时代知识分子的时空关键词："五四"、"新文化"、延安、抗战、国共合作等。葛任一生的形迹以及他模糊不清的脸，像线索不清的羊皮卷轴或是年代久远的古画，在多重声音的包裹下，不断地被涂抹，又不断地被勾勒，甚至色块脱落，然后修复。对读者而言，如果尚对"真相"还抱有某种幻想——多重声音产生的虚幻效果，那么到头来往往陷入一种无疾而终的怅惘跟迷失的境地。面对葛任，亦是面对每一个镜中的个人，更是一种试图窥探知识分子命运的努力，几欲饶舌，却终究是一个哑巴。

二、语气与《应物兄》

在对话性的声音实验中，抽象且不易捕捉的语气跟读者之间的互动，是研究者经常忽略的问题。因为在语言的声音问题上，语气是很容易被人忽略的一个言语向度。它虽不易察觉，细微隐幽，但是具有相当重要的作用，对语言的形塑（to form）有极大的影响。诗人余光中提供的一则观察颇能说明这个问题:"因为公文用了白话,那种衙门在上刁民在下的训诲语气,就用不上来了。同样,报纸改用平易的白话后,不但可以普及大众,更可以在民主意识的培养上,收潜移默化之功。"[1] 而在小说叙事中,语气往往能够带出并昭示说话者的神态、情绪乃至形象。小说家李洱显然对这个问题了然于心,也对语气的运用之术得心应手。如果说李洱早期的知识分子叙述已经初步被形塑出一种李洱式的腔调跟写作姿态的话,那么到了《应物兄》则是相当纯熟地流转于特殊的语气跟语言肌理之间。在这部长篇巨制中,众多"口力劳动者"侃侃而谈,他们之间频繁展开的对话与讨论本身,就在小说中占据了相当大的体量,在某种意义上说,《应物兄》便是一部说话体的小说。[2] 而在对知识分子群像,或者说"口力劳动者"进行摹写时,不止话语的内容与人物的身份、性格密切相关,话语的方式也同样是塑造人物的重要手段。在写到仁德路工作小组副组长董松龄的发言时,李洱用了一个颇为有趣的形容——一个低烧者的语言。嗓音不高,语速不快,有时像喃喃自语,介于宣讲和独白之间。李洱正是在语气的层面细细描摹出这种声音的特质:既不坚定也不无力,既不居高临下、操着训诫式的口吻,也不甘心于默默的自白。董松龄这种语气的中间性质,跟他毫无疑问之意的口头禅——"对不对"也甚为匹配。虽然乍听上去颇有不确定的姿态,但又根本不涉及说话方式和语言、事物之间的关系,只倾向于"对"的意思,他自己已然是"看破不说破"罢了。

语气的微妙变化不仅投射人物的性格特征,暗示特定的情绪与心理状态,更为重要的是,它还与语言根本的质地有关。语言学家张世

---

[1] 余光中. 翻译乃大道 [M]. 北京: 外语教学与研究出版社, 2014: 66.
[2] 李彦姝. 《应物兄》中的人物声音及其他 [J]. 当代文坛, 2020 (6).

禄先生认为:"汉语句子的根本性质及其所以成立的要素不是结构形式问题,而是语气问题。语气在汉语表达中,其作用要超过西方语言中的语气。这和中国语言不是一种科学性语言,而是一种艺术性语言,偏重心理感受、情感、联想是有关系的。"[1] 敬文东教授在《李洱诗学问题》中敏锐地指出,在李洱的写作谱系中,语气实为其中极为重要的一个方面。在《1919年的魔术师》《花腔》和《应物兄》中分别呈现出的笃定语气、花腔语气和被重塑的感叹语气,被视作李洱迄今为止全部的语气财产。[2] 依敬文东之见,笃定语气的真实出处在于:"尊重汉语高度视觉化后获取的求真伦理,在非实用的文学性语言当中,融入了说明性语言;尽可能利用说明性语言自带的匀速语气,稀释、缓解和冲淡了文学语言在语气上本该拥有的起伏和错落,获取了对所叙之物、事、情、人的准确与清晰"[3],颇具科学色彩;所谓花腔语气,则是笃定语气与作为音容的巧言令色的两相混合,担负着叙事学上的重要任务[4];《应物兄》中重塑的感叹语气,则是诚与真的联结,是滔滔不绝而非巧言令色与羞涩感的深度叠加[5],具有向传统汉语回归的意味。在敬文东构建的写作谱系中,的确可以窥见李洱小说语气的转向与变迁。还应该注意的是,语气的叠加与混合,实际上也在文本内部产生了一种对话的效果。

当小说中的"口力劳动者"源源不断地输出长篇大论,喋喋不休地纠缠于金钱、权力、伪学术之间时,无论是"掉书袋"、打官腔、商量事宜、讨论学理,抑或是在日常生活中的某种稀松平常的行

---

[1] 莫林虎. 中国诗歌源流史 [M]. 北京: 中国社会科学出版社, 2002: 110.
[2] 敬文东. 李洱诗学问题 [J]. 文艺争鸣, 2019 (7, 9).
[3] 敬文东. 李洱诗学问题 [J]. 文艺争鸣, 2019 (7, 9).
[4] 敬文东. 李洱诗学问题 [J]. 文艺争鸣, 2019 (7, 9).
[5] 敬文东. 李洱诗学问题 [J]. 文艺争鸣, 2019 (7, 9).

动，都免不了一种说明性的笃定语气。理由其实也是明晰的，因为在这种知识分子话语中，即使所谓的知识在事实上谬误百出，空洞无物，也总是需要被尽可能地准确表述，以显得一本正经，有理有据；行动上的迟滞和无力，亦要被话语的笃定性包围，以确证自身存在的价值跟意义。这些话语实际上被求真的意志收编，服务于言说行为而绝不遵从于内在的"心"。但是，在应物兄以"哦"开头的自白或腹语，比如："哦，世上唯一能理解我的，就是芸娘"；"哦，死去的人是认真的，活着的人已经各奔东西"；"哦，那是他第一次听到仁德丸子的做法"中，却承载着一种源自内心深处的真挚情感。从意义的角度看，"哦"这个词似乎可有可无，丝毫不影响语义的理解与表达；但作为语气的小小标记，这一声短小精悍，没有多少表情的"哦"，却从声音的层面丰富了文本意义。值得注意的是，李洱不止一次地让他笔下的人物以第三人称开口讲话。人物以第三人称谈论自己，享有专门的英文名词——"illeism"。在一些场景中，这种方式的确因为形式上的置身事外而显得格外庄重、严谨，客观且不容置疑。比如，小说中的电台主持人，名为朗月者在介绍完自己后，又用第三人称的口吻继续说道："朗月与在座的一些大师有过合作，合作得很好。朗月代表广大听众朋友，感谢你们。"[1] 不过这种表述也颇有反讽效果，李洱早在小说起始处就暴露了所谓"illeism"中内含的危险：

或许是这个传统太悠久了，太伟大了，他置身其中，有时候难免有些晕晕乎乎的。以至每当想起此事，他会不由自主地用第三人称发问："是他吗？这是真的吗？"然后是第二人称："你何德何能，竟得

---

[1] 李洱. 应物兄：上 [M]. 北京：人民文学出版社，2015：206.

先生如此器重？"然后才是第一人称："这说明我还是很优秀的嘛。"①

置身于知识的泡沫和话语的废墟当中，每个说话者与聆听者都很有可能晕头转向，以至于要刻意地变换身份，来询问一个究竟。时而第三人称，时而第一人称，就像两个人同时在说话。然而从第三人称的貌似客观，转向第二人称的怀疑、反诘，最终落脚到第一人称的全然肯定，看上去更像是自我说服乃至自我欺骗的过程。这其中所暗示的问题或许是，纷繁的信息极易让人迷失，生活当真令人恍惚，似乎只有借助语言才能让自己得到确证。就像应物兄所思考的那样：

只有说出来，只有感受到语言在舌面上跳动，在唇齿间出入，他才能够知道它的意思，它才能够在这句话和那句话之间建立起语义和逻辑上的关系。②

从第三人称转渡到第二人称，再落到第一人称的自语过程，正是这样一个通过建立逻辑联系来进行自证的过程，如同有序地推演一道数学题。这种有意构建他者，发明分身的话语方式，尽管貌似客观，但也终究只是貌似而已。唯有不假思索，不兜圈子，混合着些许感叹的"哦……"，才是应物兄对事境作出的最直接、最朴素、最真诚的反应，才真正与真实的自我相关。江弱水在分析卞之琳的诗歌时指出，在卞之琳的诗中，语气变化十分丰富，总是以大量的疑问、感叹、祈使、反诘来侵削单向直白的陈述，赋予诗歌声音的对话

---

① 李洱. 应物兄：上 [M]. 北京：人民文学出版社，2018：7.
② 李洱. 应物兄：上 [M]. 北京：人民文学出版社，2018：8.

性。① 同样地，在小说中，或亦可作如是观。在《应物兄》这部小说本身的叙述层面上，被重塑的感叹语气也潜藏其中，暗自侵削了笃定的知识性叙述。这更多地体现在情节停滞，语言朝向自然景观，或是时间慢下来的时刻——"共济山提前进入了深秋。深秋的感觉，是树叶传递给你的"②。正如面对缓慢、浑浊的黄河，时间的悠久与空间的寥阔竟让应物兄突然想哭。由物起兴，因时而感，语气便也沾染了沧桑之味。不同的语气交织所暗示的，或许是一种文化意义上的对话性，就像应物兄与乔木先生有感于韶华易逝之时，物理学家双林院士只会不以为然，因为在科学精神的光辉中，"有关过去、现在和将来的普通观念，其实是陈腐的"③。海德格尔认为："对话不仅仅是语言如何实行的方式，毋宁说，只有作为对话，语言才是本质性的"④，李洱有意地借用语言物质，来进行有关语言自身和文明交汇的思索。"西学进不去，为何进不去？中学回不来，为何回不来？"⑤ 文德能那个包含知识、故事与诗的"沙之书"，济州大学中那个以"巴别"（象征语言交流与文明交汇之地）命名的学术报告厅，相较于李洱早期知识分子叙述中常常呈现的知识分子在中西话语之间的矛盾感上，将思考的深度跟对话的广度往前推进了，亦显示出作家对于更深层次的中西语言、文化等问题的种种关切与求索。而在具体的知识分子叙述中，语气的杂糅与变化已然从声音的角度，在小说的形式层面实现了感与思、中与西的对话。

---

① 江弱水. 卞之琳诗艺研究 [M]. 合肥：安徽教育出版社，2000：92.
② 李洱. 应物兄：下 [M]. 北京：人民文学出版社，2018：965.
③ 李洱. 应物兄：下 [M]. 北京：人民文学出版社，2018：819.
④ [德] 海德格尔. 海德格尔选集 [M]. 上海：生活·读书·新知三联书店，1996：315.
⑤ 李洱. 应物兄：下 [M]. 北京：人民文学出版社，2018：880.

第三章　知识分子叙述的语言问题

哲人马丁·海德格尔（Martin Heidegger）早有名言："语言是存在之家。人居住在语言的寓所中。"① 对于任何跟文学相关的创作体裁而言，由"活的言语"凝结而成的语言是思想的策源地，承载着声音所能抵达的最高限度。在不同版本的文学理论剖析中，研究者几乎不约而同地都将文学视为"语言的艺术"，其审美蕴藉、思想、情感等的传递及实现皆仰赖于语言这一媒介。小说作为文学体裁中容纳性最强、篇幅差异最大、表现形式最为多样的复合型文学样态，无论是作者的声音、叙述者的声音、人物的声音，还是对话过程中读者的声音，起点都是语言，也难怪苏珊·桑塔格（Susan Sontag）与人对谈时半自言自语式地说道："总是一个声音。总是语言表达。前两天，我听到一句话，我写了下来，然后我知道那是一个故事的开头。"② 一个声音，便是一个思想、情感、价值乃至意识形态的集合体，桑塔格与其说"听到一句话"，不如说是在与自我意识之外的交锋中，诞生了一个声音，它们在游离、拆解、重组的过程中借由作者之手，荡开了一个新的故事或是"无事之事"。对于小说写作者来说，演绎"声音"

---

① 海德格尔. 关于人道主义的书信 [M]. 孙周兴, 译. 北京：商务印书馆，2001：366.
② 苏珊·桑塔格. 苏珊·桑塔格谈话录 [M]. 姚君伟, 译. 南京：译林出版社，2015：146.

的艺术，在相当大的程度上是在长时段的写作中，不断探索文学语言的奥义，不断跟无趣的、干瘪的、枯燥的、乏味的语言搏斗，追寻着语言之美以及语言直达人类精神、灵魂的无限可能性。单就体裁而言，小说语言并不如诗之语言那样直观，但是，这也变相地对小说家提出了更高的要求，即一位具备"体系性"写作能力的小说家，必须在小说语言这一向度上，无限接近甚至超越诗语言，不仅如此，更需要建构整体性跟局部性语言特色相融合的小说语言系统，只有如此，方能创造烙有独一无二印记的小说声音面貌。

纵观当代数量惊人的小说生产能力，不可谓不繁荣，然而细察之，具备语言自省意识跟建构自身语言体系的作家却寥寥无几。乔治·斯坦纳一以贯之地将语言看作是"有机体"，语言乃是"有生命的"，其自身就有一股生命之力，有"一种特殊的吸收和生长的力量"，同时，乔氏相当清醒地认识到，作为有机体的语言，必然也跟其他生命之物一样，"也会衰败，也会死亡"。[1] 在相当长的一段时间里，中国当代小说被赋予了特定意识形态的任务，承载了自身难以承受之重。外部覆盖性的不可抗力，将随时间自然生长的小说语言进行拉扯、撕裂乃至于畸形生长，本该是直抵灵魂的文学语言，却在强大功能性指向的哨声中，开始新一轮的"语言内部的堕落"[2]，卷帙浩繁的、找不见自我灵魂的声音占了上风，即便是分寸感再强的写作者亦

---

[1] 乔治·斯坦纳. 语言与沉默——论语言、文学与非人道 [M]. 李小均，译. 上海：上海人民出版社，2013：110.
[2] 乔治·斯坦纳. 语言与沉默——论语言、文学与非人道 [M]. 李小均，译. 上海：上海人民出版社，2013：35.

逃不脱时代的经验底色强大的渲染力。① 日常经验以及常识告诉我们，污染一汪清泉是一件相当容易的事情，保持清泉之纯净，则需排除一切污染源并耐心地以时间守护。伤痕累累的文学语言，在某种程度上丧失了对于"人"情感结构的呈现力跟反应力；反过来，却会最终指向我们日常生活的语言实践、行为实践乃至情感实践，最终叠加的负面效应具备相当强的隐蔽性跟不确定性。瓦尔特·本雅明（Walter Benjamin）所言深刻："在对事物的观照中将事物的语言传给人，一旦人破坏了名称的纯粹性，那么完全偏离对事物的观照就只是会剥夺人类已然动摇了的语言精神的共同基础。在事物盘根错节的地方，各种符号必然变得混淆不清……"② 语言，尤其是文学语言，它的存在本身便是在跟声音的内含物不断地碰撞、交融，无序的混乱之态所伤害的远不止文学本身。

现代文学以降，诸如鲁迅、茅盾、沈从文、萧红、孙犁者，为人所念兹在兹的缘由，不外乎他们用语言，不仅照亮了自身的意识存在，确证了主体位置，亦通过语言创造了一整套镌刻有个人印记的声音系统，并以此为根基，形塑了许多有血有肉的文学人物形象，围绕着声音的主体，不同的意识、情感、态度、价值等跟读者产生对话关系，最终进入经典文学人物长廊。当时代的裂缝透出了一缕光线，20世纪80年代开始，回望文学之初衷，为人之再解放的呼号重新走

---

① "北上的列车开过去了，章波……看着车站，又看着北方的星辰：'北京，祖国的心脏，如果您一定需要我，我会马上奔到您的身边，为您献出我的一切……总有一天，我会看见汽车在站上飞奔……亲爱的呀，什么时候，我一定要去看看您，我在这里，保证让通向您的列车一路平安。'（陆文夫：《平原的颂歌》）对语言把控能力极强、节奏感、分寸感极好的如陆文夫者，创作时都难免留下时代意识形态的深刻烙印。

② 瓦尔特·本雅明. 本雅明文选[M]. 陈永国，马海良，编. 北京：中国社会科学出版社，1999：288.

近广场的中心，甚至有写作者发出了诸如："除了语言，小说就不存在""写小说，就是写语言"① 此类于今而言看似略带武断又颇具抒情性质的声音，传达出一时代人被压抑的个体意识和个人情感结构，亟待冲破强大的意识形态束缚，重新唤回语言的纯粹，弥合语言跟思想的裂隙。

小说语言是小说叙述声音最直观的展现，它们既包括小说各色主人公的言语，亦纳进小说交织着不同意识形态的话语内容，它们作为小说声音的重要组成部分，乃是经由作家之手创造的叙述人所形塑的艺术形象、社会生活乃至宏大历史。李洱知识分子叙述的语言始终是敞开的，始终"传达符合它的思想存在……（该存在）是在语言之中而非通过语言传达自身"。② 德籍汉学家顾彬曾指出，他没有发现去探究语言内部价值的中国当代作家，他们"只不过随意取用任何随处看到、读到或听到的语言"，因为他认为"中国的作家既无法驾驭好自己的语言"，也"难以创作出伟大的作品"。③ 此番言论尽管暴露了海外汉学家对于中国当代社会现状之"隔"，但也有一种可能便是缺乏对于汉语本身的了解以及文学观照视阈的局限。作为当代优秀小说家的代表，李洱对于小说语言以及构建其声音系统的重视，堪称典范，由此问题生发开来，本章将从体系性语言的两种面貌、细部语言的复杂性观察以及对于知识性话语的精深探索及小说中的使用三个切入点打开李洱知识分子叙述的声音面向之一——小说中的语言问题。

---

① 汪曾祺. 汪曾祺全集：第 4 卷 [M]. 北京：北京师范大学出版社，1998：81，103.

② 瓦尔特·本雅明. 本雅明文选 [M]. 陈永国，马海良，编. 北京：中国社会科学出版社，199：276.

③ 顾彬：我们的声音在哪里？——找寻"自我"的中国作家 [J]. 扬子江评论，2009（2）.

第一节　体系性的语言风貌：
　　　"杂语"式的语言呈现

　　沿着现代语言学的进路，语言系统乃是一套独立运作的符号系统，它与生活深度有染却又不只是附庸于生活的存在物。在语言跟生活联系尤为紧密的今天，文学语言承载了相当一部分记忆或是遗忘生活的功能。从语言哲学的视角看，有什么样的语言便会呈现出什么样的生活。落实到小说这种文学体裁上，巴赫金的洞见直接且犀利："小说中应该体现一个时代所有的社会意识的声音，也就是一个时代所有较有分量的语言；小说应是杂语的小宇宙"[①]，"小说正是通过社会性杂语现象以及以此为基础的个人独特的多声现象，来驾驭自己所有的题材、自己所描绘和表现的整个实物和文意世界。"[②] 当然，巴氏的标准相对而言并不低，不是每一位小说写作者都能创造出个人烙印鲜明的"杂语的小宇宙"。文学语言是小说的基础，而具体的小说语言以不同文学体裁或形式在小说中加以呈现。所谓"杂语"的定义，或许不必完全参照巴赫金的阐释，在优秀小说家的文本中，并不难发现各种样式的社会性杂语呈现，而李洱的知识分子叙述何以能够呈现出独异的杂语样态？在其小说杂语的生成过程中，其背后又隐含怎样的声音价值？

---

　　① 巴赫金.巴赫金全集：第3卷 [M].钱中文，译.石家庄：河北教育出版社，2009：198.
　　② 巴赫金.巴赫金全集：第3卷 [M].钱中文，译.石家庄：河北教育出版社，2009：38.

观照中国现当代小说创作，杂语式的写作样态自然不是李洱的独家"秘籍"。作为现代文学史上语言感觉极佳并擅长在小说创作中使用各式各样新鲜语体、语词的老舍先生，曾谈到"用字"的问题。他认为："与其俏皮，不如正确；与其正确，不如生动。小说是要绘声绘色的写出来，故必须生动。"① 在长篇小说《四世同堂》中，吸纳了诸多地道的北京方言，如"坐窝"（意为"压根儿"），"嘎杂子"（意为心眼子坏，鬼点子多的人），"琉璃球儿"（意为圆滑奸诈的人），觉乎着，过门，抓瞎；还有诸多外来词，如"乌托邦""摩登""韩尼布尔"（为老舍自创的"cannibal"的音译，意为食人肉者）；也有一些有意思的俗语，如"打牙祭""窝囊废""一路货""红男绿女"等。甚至日常生活中的骂人话也被老舍先生形塑的小说主人公们生动地记录下来，变成了一种富有时代意味的、可以追溯的语言材料，如"好家伙，高丽棒子不是干过吗——在背静地方把拉车的一刀扎死，把车拉走！我（小崔）不能不留这点神！高丽棒子，我晓得，都是日本人教出来的。"（《四世同堂》33）语言作为映射时代的一面奇特棱镜，在老舍先生这里，或极富地域特色，或诙谐幽默，甚至于嬉笑怒骂皆为素材，作为特定时代的语言记忆，携带特殊的文化内涵、民族性格表征及心理，逐渐进入国家民族的文化形态和情感记忆结构。当代的"人民艺术家"王蒙曾有一番夫子自道："小说首先是小说，但它也可以吸收包含诗歌、戏剧、散文、杂文、相声、政论的因素。"② 在其小说写作实践中，可以清晰地看到，各式文体因素被王蒙包纳进来，试图"融合创新"，打破原本的界限，创造一种王蒙式的话语方式。比如在《蝴蝶》《买买提处长佚事》等篇章中，叙述

---

① 胡絜青. 老舍论创作［M］. 上海：上海文艺出版社，1980：95.
② 王蒙. 漫话小说创作［M］. 上海：上海文艺出版社，1983：15.

"声音"的艺术

人有意借鉴相声这种艺术形式中的"抖包袱",将之吸纳进小说,用一唱一和的叙述方式营造轻松幽默的氛围,也让叙述松弛下来,减轻了节奏的紧张感。在当代以讲故事见长的小说写作者中,莫言的小说实践也呈现出相当明显的杂语样态。以《檀香刑》为例,三大部分十八个章节被劈成了"眉娘浪语""孙丙说戏""小甲放歌"等以"言"为要旨的单个小标题,用形塑不同语体特征的叙述人的方式,呈现各章的内容。穿插其间的,是流传于山东高密东北乡的"茂腔"(即"猫腔"),叙述人兼小说主人公的孙丙表示:"你不听猫腔,就不了解俺高密东北乡;你不知道猫腔的历史,就不可能理解俺们高密东北乡人民的心灵。"[①] 小说中,猫腔数次响起,例如在孙丙行刑这场急风骤雨式的行动中,他的弟子们用一场众"猫"喧哗的仪式,完成对抗德英雄的送别:"猫主啊——你头戴金羽翅身披紫霞衣手持赤金的棍子坐骑长毛狮子打遍了天下无人敌——你是千人敌你是万人敌你是岳武穆转世你是关云长在世你是天下第一——"厉声的猫腔在"群猫"的绝叫中,将高密东北乡这一神秘古老的民间仪式赋予了崇高感、严肃感。作为一种杂语体样态的"猫腔",一方面放慢了叙事节奏,无限延缓着读者的审美感受时间;另一方面凸显了以"群猫"为代表的民众用民间艺术形式与抗德英雄孙丙完成最后的"合唱",英雄之死与高密东北乡的生命力深度联结,亦深化了孙丙之死的悲剧色彩。在不甚全面的俯瞰中,可以管窥到,在不同小说写作者笔下,"杂语"之态各异其趣,某种意义上来说,它便是小说形态中不可或缺的重要组成部分,而在李洱知识分子叙述中,杂语样态又跟单一式的杂语有何不同呢?

在李洱 20 世纪 90 年代的创作中,退居学院高墙之内的"口力劳

[①] 莫言. 檀香刑 [M]. 北京:作家出版社,2012:349.

动者",闲暇经常用理想年代的话语方式抵抗信仰危机及身份位置的焦虑,呈现出一种奇特的杂语样态。《午后的诗学》中,费边家的客厅是失落者一逞口舌之快的乌托邦。他们在那里谈论亚里士多德、布罗茨基、米沃什、卡夫卡,谈论阿多诺教授的学生送给他的两样礼物:粪便与玫瑰。叙述人不时也会插科打诨:"如果不是因为有'君子动口不动手'的古训,这两个胖子就要像相扑选手那样扭到一起了。"① 讨论完"有趣的梦",诸如"性的深层本质""大众传媒""集体迷幻""世俗欲望",这些语词又从舌头上蹦了出来,蹦上了桌面。躲在一旁的叙述者此时露出了狡黠的笑容,说道:"就像一群猫见到了被夹住的一只老鼠,每个人的声音,都那么有力、那么欢快。刚才的不快,也就烟消云散了。"② 被世纪之交迷雾般现实境况"当头棒喝"的知识人,面对社会的总体局面和公共空间,已然处于失语的状态,位置的失衡指向精神世界的无所依傍,而远离集体意识形态、远离社会普罗大众的高蹈语词,成为他们脆弱的精神栖息地。

《花腔》中,李洱形塑了四位叙述人——主体框架是医生白圣韬(讲述时间:1943年)、劳改犯赵耀庆(讲述时间:1970年)、将军范继槐(讲述时间:2000年),以及隐匿于"普通话"中,承担着整理、分析、爬梳口述记录、各类档案、旧刊物报纸以及相关历史文献的考证者"我",经他们之口,"溯源"在二里岗战役中罹难于日本鬼子枪弹之下的共产主义者葛任,四位叙述人用各自"爱的辩证法"共同演绎了一场声音的狂欢。白圣韬的口头禅是"有甚说甚",阿庆则动不动便脱口而出"向毛主席保证,俺没耍花腔,说的都是大实话,哄你是狗",供职于部队的老将军范继槐对着白凌色眯眯地讲述

---

① 李洱. 午后的诗学 [M]. 上海:上海文艺出版社,2013:7.
② 李洱. 午后的诗学 [M]. 上海:上海文艺出版社,2013:7.

时，时不时便会保证："小姐，我没耍花腔吧，说的都是掏心窝子的话吧？"① "可为了实事求是，我不得不这么说。"② 与时俱进的范老，还时不时蹦出一个"OK"，以便行使引领叙述过程的权力，姿态跟白圣韬反复用"有甚说甚"、小心翼翼观察对述人、表明真诚态度全然不同。无论是白圣韬的方言土语，还是赵耀庆的革命话语，抑或是范继槐语体交织的领导口吻，或低入尘埃，或信誓旦旦，抑或高谈阔论，都被赋予了符合各自人物身份、年代特质以及情感结构的言说方式。而第四叙述人"我"，则褪去了地域、性格、语种等不同的声音特质，专注于用看似最科学、稳定的现代汉语（普通话）沉入故事堆，通过梳理"真实"的历史文献佐证或辨伪白圣韬、赵耀庆、范继槐的讲述，其严谨程度宛如历史学论文，如：

二里岗战斗最早见于1942年10月11日《边区战斗报》，文章的题目叫《敌后铁流》。这篇文章的作者黄炎，当年曾与葛任以及本书第三部分的叙述人范继槐，乘坐同一艘邮轮到日本留学。在《敌后铁流》的第三段，黄炎这样写道：

此次反扫荡战役，中华民族的许多优秀儿女英勇牺牲，为国捐躯了……在麻田战役中，我副参谋长左权同志指挥所部，向敌军反复冲杀，激战竟日，敌伤亡甚重……③

有论者指出，李洱式的考证乃是化用了实证主义式的考证之名的"考证"，第四叙述人类似于吉尔·德勒兹（Gilles Deleuze）所谓的

---

① 李洱. 花腔 [M]. 上海：上海文艺出版社，2013：405.
② 李洱. 花腔 [M]. 上海：上海文艺出版社，2013：368.
③ 李洱. 花腔 [M]. 上海：上海文艺出版社，2013：9.

"新质保管员"。① 第四叙述人"创造"的真实记录、档案、文献、方志等作为小说杂语样态的一部分,负责证实或证伪白圣韬、赵耀庆、范继槐的叙述,用文字化的各色杂语体式,参与到将声音化的历史抽丝剥茧的过程之中。很显然,所谓真实的历史文献亦是第四叙述人"我"用科学、严密的普通话所形塑的无声的历史,它们在跟其他三位叙述人构建的声音泡沫的相互触碰与参照中,如"严谨的""科学的"等形容词似乎凸显出更多的是对文字化历史的讪笑,也如后历史主义者的观察那般,文字化的历史亦是一种语言的虚构物,它不过是换了一副面孔,只为了说明一件事情,便是:真实其实是一个虚幻的概念。

格非在谈李洱的小说创作时指出,探讨他跟知识分子写作之关系时,首要的并不是"说什么"的问题,而是"怎么说"的问题。② 质言之,从小说题材上并不能准确划定李洱的知识分子叙述的边界,因此应当深入小说内面,在语词、语态,甚至语调等声音中确证某种特殊的知识分子言说方式。

《石榴树上结樱桃》是以中国当代乡村为背景的小说。20世纪八九十年代以来,中国农村经济体制改革及市场经济体制的确立,悄然影响着中国当代农村的权力体系、风俗习惯、精神结构乃至意识形态。制度改革带来的经济红利暂时性地压抑了权力结构内部潜存的风险与问题,如《平凡的世界》等小说对于农村改革的批评主要停留在乡村干部的品行道德层面,主流观点仍是肯定基层干部对于推动农村经济社会发展的正向作用。进入21世纪以来,随着政治经济体系的逐步稳定及时间的推衍,中国当代乡村根深蒂固的传统痼疾跟新时期权力关系

---

① 敬文东. 历史以及历史的花腔化 [J]. 小说评论, 2003 (6).
② 格非. 记忆与对话——李洱小说解读 [M]. 当代作家评论, 2001 (4).

的转换杂糅,在某种意义上形成了畸变,产生有如杜赞奇(Prasenjit Duara)所说的"内卷化"[1],导致了基层农村展开了新一轮的权力角逐,小说标题"石榴树上结樱桃"在某种程度来说便是这种畸变的隐喻。小说以官庄村的"村委直选"为事件中心,通过暗处的叙述人,即全知视角,讲述了主人公之一的女强人孔繁花为了达到赢得此次选举的目的,展开了一系列"精明强干"的选战操作,她费尽心机俘获民心,最终却被自己"钦定"的接班人孟小红女士螳螂捕蝉、黄雀在后的"骚操作"打败的故事。摹写农村,自然需要熟悉地道的农村土语、俗语、小调、土歌谣等。"石榴树上结樱桃"便是在政治经济体制改革之前便流行于官庄村的"颠倒话":颠倒话,话颠倒;石榴树上结樱桃;兔子枕着狗大腿,老鼠叨个花狸猫。[2] 临近故事的尾声,当孔繁花意识到雪娥的消失是孟小红想出"万全之策"得以保全的结果,一切逻辑都理顺了:当她使出浑身解术,把所有精力投入选举,一面事无巨细地调查走访、深入群众;另一面恩威并施,给村民赠送殿军打工带回来的香烟,筹划改造官庄村的基础设施时,小红在"正面战场"辅佐繁花,总能恰到好处地处理好各种事务时,暗地里还波澜不惊地安顿雪娥、"劝"没孩子的祥宁领养雪娥的二胎,最后小红往庆刚娘坟里的一跳,赢得了村民的心。此时此刻,老人宪法的快板又响上了:

---

[1] 与时下流行的批评各类体制中无谓竞争的,即与费力争取的"躺平"相对的"内卷",杜赞奇的"内卷"乃是指一种没有发展的增长,见杜赞奇:《文化、权力与国家:1900—1942年的华北农村》,王福民译,南京:江苏人民出版社,1994年,第68页。

[2] 类似的在小说中还有:太阳从西往东落,石榴树上结樱桃;从来不说颠倒话,聋子听了笑吟吟;等等。

石榴树上樱桃熟/玉兔西升落东方/老少爷们听仔细/姑娘媳妇也听端详/北京城里人如潮/我心时刻在官庄/抬头看来没有星/低头看来有道坑/那坑就叫地铁站/地铁站里栽着葱/葱上看，冻着冰/墙上看，点着灯/灯泡后面有颗钉/钉上看，挂着弓/弓上看，卧着鹰/老鹰展翅回官庄/进村遇到大姑娘/姑娘姑娘真好看，就是口罩戴了反/姑娘名叫孟小红/舍生忘死跳墓坑……①

官庄村的小调"颠倒话"在宪法老人苍老而不失活力的声音的演绎下显得缠绕且复杂。快板响起之前，繁花的脑子"嗡"了一下，耳朵也"嗡"了一下，按照叙述人的说法，"那嗡声就不走了，就住她的耳朵里了"②。这个声音，使得繁花为了此次选举所做的一切精心策划、拉拢以及务实的、务虚的铺垫工作顷刻之间化为虚无。作为杂语出现的"颠倒话"瞬间被赋予了隐喻跟讽刺双重内涵。现代文学以降，"乡村"母题一脉源远流长。沈从文笔下的湘西，因其民风淳朴、景色旖旎而被赋予了美好的原乡想象，莫言小说中的高密东北乡，亦因其别具一格的风物乡俗，生于斯长于斯、拥有旺盛生命力的人民而备受歌颂。长久以来，"乡村"这一语词便跟淳朴、自然、民族苦难、童年、故土等紧密相连，既是作家安放灵魂的港湾，也是读者获得心灵安慰的净土。然而，李洱立足时代的变化，勇敢地把握当下的现实，并没有继续沿着乡土文学的套路，再对乡村进行一番虚假的想象。《石榴树上结樱桃》中的故事场域虽然在官庄村，但是此农村已非彼农村，中国的政治经济体制改革在十余年后已然真正抵达了广大的乡村土地，甚至于都市化、全球化的浪潮也悄然而至。从农村干部到普

---

① 李洱. 石榴树上结樱桃 [M]. 上海：上海文艺出版社，2013：274.
② 李洱. 石榴树上结樱桃 [M]. 上海：上海文艺出版社，2013：273.

通农民，纯净的乡村方言早已不是他们唯一的交流工具，话语体系中自觉不自觉地添入了普通话体系中有关国际政治、国内新闻、经济建设、文化领域等内容，甚至"返乡者"带回来的英文单词也进入到日常交流用语之中。"海峡那边"是自深圳打工归来的繁花老公殿军最爱看的节目，一提到"台独分子"，他便"肺都要气炸了"[1]。当豆豆怯生生地指认殿军掏出的照片是恐龙时，他"摇着一根指头，嘴里说No、No"[2]。在《石榴树上结樱桃》中，可以看到，杂语的呈现已然不仅限于对生活镜像的写照，而是指向更深刻的文化碰撞与乡村精神生活的裂变。诚然，现代性的启蒙任务于今而言依然是未完成的命题，杂语的书写展示了人们价值观念的混乱，以及在被迫融入全球化、现代化进程中语言的失调和畸变。李洱经常提到"文化的复杂性"，可以说，《石榴树上结樱桃》是他用小说实践的方式呈现文化复杂性的一次挑战。小说中，作者仿佛与小说的叙述人融为一体，用极其冷静的语言节制地倾诉一桩桩暗流涌动的农村基层权力斗争事件，叙述乡村风土人情的语言背后，仍旧是知识分子言说方式的自觉认定。这一过程中，官庄村的土语、俗语、歌谣、小调乃至粗鄙之言都在知识分子语气的形塑之下，进入《石榴树上结樱桃》的文本，形成一种既氤氲着知识分子气质，又质朴瑰丽、接地气的语言风貌。

---

[1] 李洱. 石榴树上结樱桃 [M]. 上海：上海文艺出版社，2013：4.
[2] 李洱. 石榴树上结樱桃 [M]. 上海：上海文艺出版社，2013：5.

第二节 百科全书式的语言实践

如果说"杂语"样态的语言面貌是由别具一格的语词,如方言、俚语、俗语、俏皮话等各样式文体类目,以及如诗歌、戏剧、科学论文、民间曲艺形式等各自表征的社会性话语样态所综合而成的语言风貌。它们以"个体"身份相对独立地参与李洱知识分子叙述的声音建构环节,那么百科全书式的语言实践便是一种整体性的小说写作探索,展示了声音在知识分子叙述中复杂性、多维度的音响共振。

一、被召唤的百科全书式的语言样态

齐格蒙特·鲍曼(Zygmunt Bauman)不无犀利地指出:"人类历史的连续跳跃、扑朔迷离已经与自然灾害的不可预料、难以控制不分伯仲,更有甚至,人类对历史的掌控以及由之产生的决心和希望已然消散。"[1] 肇始于现代性的发生,人类社会便踏上了"奔流到海不复回"的奇幻之旅。对于身处当代的写作者而言,承认认识的局限性、经验的有限性,在某种程度上是写作得以进行的前提。尤其是全球化深入发展、推进、深化的今天,现实的复杂性、时代的缠绕性远胜于人类历史的任何一个时期。有效、无效信息的爆炸、真假命题的混杂,甚至于国际局势的风云突变不仅是作家需要直面的挑战,也是每一位思想活跃者必须直面的现实。李洱曾经提及贾府门前的石狮

---

[1] 海因里希·盖瑟尔伯格. 我们时代的精神状况 [M]. 孙柏,等,译. 上海:上海人民出版社,2018:32.

子,将之视为传统中国社会相对稳定的伦理结构、社会结构、情感结构的象征,昭示传统重农社会经验与现实的双重相对稳定性。曹雪芹是面对数百年变动不居的"石狮子"展开其写作实践活动,而当代书写者相对来说面临着更加复杂和棘手的现实:一切都更新得太快了!新的情境和新的挑战自然对写作都提出的新要求:如何在瞬息万变的现实跟经验中找到应对之法,如何用语言抵达触碰现实的边界?

鲁迅在《中国小说史略》第二十五篇"清之以小说见才学者"中,对《野叟曝言》《蟫史》《燕山外史》《镜花缘》四部中故事主线之外,旁逸斜出的如"叙事,说理,谈经,论史,教孝,劝忠,运筹,决策,艺之兵诗医算,情之喜怒哀惧,讲道学,辟邪说"① 等相当富有专业性质的知识门类进行了某种界说,认为它们是"为皮学问文章之具者","才藻之美者","以排偶之文试为小说者","博识多通而敢于为小说者"②,是具备某种以"才学"为旨要的小说写作方式。回顾中国古典叙事传统,博物广识的叙事呈现自成一脉,自《山海经》开始,人情世故、山川地理、花鸟虫鱼经常被古典小说纳入观察系统,如张华所著《博物志》、任昉所著《述异记》等。单论知识内容,这类"以小说见才学者"的学科范围非常之广,可以说经、史、子、集,天文地理,兵农医算无所不包,较之于并不具备某种现代性内涵的西方传统才学小说,则在知识含量的层面上有过之无不及。但是,需要指出的是,"以小说见才学者"的写作实践往往是作者在科场失意、屡试不第、怀才不遇的失落情境中,所选择的才学抒发,以能够在相对自由而虚构的文学世界中找到人生的某种寄托跟价值所在。从写作动机的角度来看,传统小说中的"见才学者",因人

---

① 鲁迅. 鲁迅全集:第9卷[M]. 北京:人民文学出版社,2005:250.
② 鲁迅. 鲁迅全集:第9卷[M]. 北京:人民文学出版社,2005:251-261.

生境遇的不顺而寄情于自我书写的园地，是一种自寓自遣式的写作。而以清代为例，"一小说见才学者"的兴起，跟当时文坛以考据、训诂为主要内容的小说之风大盛有着直接的联系。从这个意义上来说，主客观两方面都导致了小说文体意识的缺失，所谓才学者，不过是借文抒怀的一种写作实践方式，因而时常会落入炫技、炫学的写作套路之中，跟卡尔维诺语境中的百科全书式的创作构想有着质的差别。但是，需要指出的是，中国小说的发展需要立足于传统小说深厚的文脉积淀与情感结构之中，"以小说见才学者"所包含的知识容量和纷繁类目，的确是今天严肃小说写作者值得关注的内容。

　　从词源上来看，所谓百科全书，乃是囊括各类学科，"具有一种大量'引用'引文的性质，而且喜欢反复、举例、佐证和引用相似的文本"。[①] 学者耿占春不无深刻地指出："百科全书式的小说是在传统现实主义叙事衰落之后，对叙事的多种可能性进行实验的一种方法，也是小说在各种各样的现代知识体系和现代传媒中寻找自身新的独立价值的尝试。"[②] 传统叙事的衰落，意味着故事的传奇性已然不再是现代小说所追求的唯一目的，更多地，现代小说要求写作者瞄向庸常复沓的日常生活，通过打开更多维度的叙事可能性和在构建个人所累积的知识脉络的基础上，完成对日常生活的无意义中的意义探寻。因此，百科全书式的语言模式，首先意味着声音系统的开放性：它朝向个人意识敞开，也就是巴赫金所强调的小说声音具有双声、多声性（复调性）。采纳"百科"，是一种知识性的声音跟意识的融合体，而小说体裁作为一种复合文本，将各种知识建立起隐秘联系，指向"一

---

① 耿占春. 叙事美学 [M]. 海口：海南出版社，2008：97.
② 耿占春. 叙事美学 [M]. 海口：海南出版社，2008：108.

种非个人化的叙事"①，从而实现建立一种繁复而全面的对话关系。

百科全书式的思想内涵乃是卡尔维诺（Italo Calvino）在《新千年文学备忘录》（另译为《美国讲稿》）中，剖析卡洛·埃米利奥·加达（Carlo Emilio Gadda）的小说《梅鲁拉纳街上一场可怕的混乱》时提出的具有首创性质的写作理念，指向"繁复"与"开放"两个关键词。所谓繁复，即小说内容的丰富性；所谓开放，即小说外在形式的开放性跟内面的延展性、未完成性互相缠绕的总体形态。卡氏认为："当代小说作为一部百科全书，作为一种知识方法，尤其是作为一个联系不同事件、人物和世间万象的网络。"②他还更进一步指出："文学的巨大挑战，是要有能力把各种知识分支、各种'密码'组合成多层次和多层面的视域，并以这视域来看待世界。"③卡氏以但丁的《神曲》为参照系，认为中世纪的文学有一套既成的神话系统和生产模式，惯性式地进入某种文学生产秩序和固定表意系统之中，久而久之便会将文学作品引向封闭性的意义空间。现代小说的诞生，则伴随着怀疑精神、反讽趣味的同步生成，其指向的小说世界必然是真实与虚构、崇高与低微、庙堂与民间混杂不清的语义空间。若是打个比方，卡尔维诺所谓的百科全书式的创作样态便如一张囊括万千世界、人情网络的"网兜"，小说家需要葆有极大的写作热情、强烈的怀疑精神才能赋予小说体裁开放性与未完成性的稳定质素。抽象地来说，卡氏理想的百科全书式的写作实践，一是要有跨学科意识，在众多学科的参差多态中体现小说的开放性；二是在无限中寻找界限，在

---

① 耿占春. 叙事美学 [M]. 海口：海南出版社，2008：94.
② 卡尔维诺. 新千年文学备忘录 [M]. 黄灿然，译. 南京：译林出版社，2015：105.
③ 卡尔维诺. 新千年文学备忘录 [M]. 黄灿然，译. 南京：译林出版社，2015：158.

内容跟形式上达至某种平衡；三是作者并非文本的"权威"，主宰小说的是借由作者之手形塑的叙述人，而非作者本人。可以说，卡氏所言的百科全书式的语言实践是一种理想型的小说声音样态，它最大程度地激活了小说的对话性，与巴赫金对于小说体裁的终极要义不谋而合。

二、一以贯之的语言实践

在李洱"初来乍到"的第一部小说《福音》（1987）中，一系列含糊不清的语词便隐隐约约地给读者奇妙联想之感，如"挑战者号"、人类的意志、爱（艾）滋病患者、外星人、诺达拉斯先生、混沌的水、《诸世纪》、年青的地球、年迈的月亮、三流影星、护士、皮影戏。这一连串的语词中，有指向地球之外空间的语词，也有指向医院空间的语词，甚至有的语词还携带着某种神秘的宗教感。语词意义跨度之大，像是一连串的"密码"，像是罗兰·巴特所谓的符号，也像是一组不同时空存在的隐秘意象，物象之间演绎着不为人知的叙事情境。但可以确认的是，作者形塑的叙述者并无意将它们强行联系起来，而是通过"我"的讲述，以及不时透露出诸如"《诸世纪》法兰西版本第一百六十六页"此类的强化"真实性"的讯息，来蓄意使得这些语词"有据可查"，使得言之凿凿的讲述跟离奇的故事（语词）之间形成了一种奇妙的张力。语词的虚构性跟叙述人讲述的真实性之间，似乎有一条意义的缝隙，而无论作者还是叙述人，都无意或者说无法跨越从而抵达语词背后的能指"声音形象"和所指"概念形象"的真实逻辑意义所在。客观地说，语词之间的张力同时会带给读者某种不真实之感，它们之间的"隐秘联系"在某种程度上，将会显得概念化，似乎仅仅变成卡尔维诺百科全书式写作实践的一个注脚。

进入20世纪90年代以后,李洱百科全书式的语言实践得以深入推进。在《午后的诗学》中,教书只为稻粱谋的如费边者,随口便是马拉美的《焦虑》,一首描述罪愆、灵魂的风暴和人性的高贵的诗篇。他们在"午后"这个暧昧的时刻,由广场退至"朋友的客厅",用喋喋不休的表达和束之高阁的知识话语确证自身存在的意义。正如费边创造的警句,"诗性的迷失就是人性的迷失"①,口力劳动者在加缪所谓"正午的阳光"过去之后的时刻,即黄昏来临前的不安、绝望、抗议,甚至毁灭一切的冲动的"午后",用马拉美的《纯洁,生动》、但丁的《神曲》,甚至于自我命名的《分析》杂志,来寄托午后的表达欲、位置不清的迷茫感以及人文精神失落的虚无感。蓬勃的表达欲望和指向明确的诗句、哲言、命名,并不能安放他们悬浮的心灵,就像费边听似精彩的发言,"其实等于什么都没说","当然,所有的人的话都等于白说了"②,刊物的命名被搁置亦是知识分子"命名"被搁置的隐喻。看似意义明确的诗句、哲言,一连串指向明确的哲人先贤的名字,尽管洋溢着诗学的意味和哲学的深思,然而越是丰富的表达内容,越凸显出口力劳动者内心的彷徨与缄默,相互缠绕且向读者敞开的文学空间里,诗学、哲学本身的内涵渐次被消解,口力劳动者对于日常生活行动力的丧失,亦使得无力感、虚无感在百科全书式的语言样态中获得某种确证。中篇小说《遗忘》则是用历史神话传说的"本事"与当下发生在学院内的导师与学生之间的"现实"进行某种隐秘的勾连。小说中叙述的现实情境是"我"(冯蒙)的导师侯后毅和师母罗宓貌合神离,前者的婚外情人是嫦娥,罗宓的通奸对象是"我",曲平(冯蒙的学生)则为了历史博士学位游走在导师的老师和师母之

---

① 李洱. 午后的诗学 [M]. 上海:上海文艺出版社,2013:1.
② 李洱. 午后的诗学 [M]. 上海:上海文艺出版社,2013:10.

第三章　知识分子叙述的语言问题

间，乱伦且乱性。冯蒙因无法写就侯后毅安排的扭曲嫦娥奔月、后羿射日的论文而被拒绝授予博士学位，最终发疯挥舞起桃木拐杖，杀死了导师，上演了"弑父"的极致景象。小说中，嫦娥、后羿、逢蒙等神话传说的历史文献的实存及神话人物谱系与现实中侯后毅、罗宓、嫦娥、冯蒙、曲平等人在杜撰历史学论文的指引下，互为镜像。小说中摘录了大量原型文本，如《太平御览》《吕氏春秋》中，孔子和鲁哀公关于"夔一足"的记载。又如历史上关于不死药的记载：《韩非子·说林上》《战国策·楚策》及张衡《灵宪》。再如关于本事的记载：《孟子·离娄下》："逢蒙学射于羿，尽羿之道，思天下惟羿愈己，于是杀羿。"《淮南子·诠言训》："羿死于桃。"语言学家许慎对此的注释是："桃棓，大杖，以桃木为之，以击杀羿，由是以来，鬼畏桃也。"[①] 诸如此类的历史文献不胜枚举，甚至在侯后毅给冯蒙所列的博士论文参考书目中，开出了上百种文献[②]。以神话传说为主，辅之以杂花生树的大量典籍构筑的百科全书式的语言世界，跟小说中互为镜像的诸人在情感背叛、学术背叛中，产生了某种相互印证又本质上毫无关联的荒诞效果。叙述人在敞开的讲述中，将整个神话历史背景全景式地呈现在读者面前，在文学阅读的过程中，本义明确的古籍文献（声音形象）在跟当代处境（具体意义指向）的对应中，某种程度上消解了神话原型，也加深了对当下知识分子生活的情感体认，更加强烈地映衬出他们的无耻、猥琐跟荒谬。各种诗词歌赋、古籍文献在叙述人变形加工的戏仿模式下，以及古今观照中，呈现出某种开放

[①] 李洱. 午后的诗学［M］. 上海：上海文艺出版社，2013：83.
[②] 包括《诗经》《尚书》《左传》《国语》《庄子》《孟子》《列子》《荀子》《韩非子》《易传》《楚辞》《吕氏春秋》《战国策》《淮南子》《史记》《穆天子传》《新语》《说文》《列女传》《说苑》等一百多种。参见李洱：《午后的诗学》，上海：上海文艺出版社，第93页。

性和未完成性的语言总体性面貌。

如果说在《福音》《午后的诗学》《遗忘》《花腔》《石榴树上结樱桃》等篇什中，百科全书式的语言样态更多地承担了叙事动力和功能的作用，"致力的并非是展示准确的知识及其价值，而是试图在各种知识中建立某种关系，这一关系背后的意义是动态的、怀疑的，甚至可能是纯粹的虚无"。[①] 通过这些小说，可以看到，传统现实主义文学的诸要素在百科全书式的语言实践中被重新审视和定义，它们或连通历史，或分析现实，以敞开声音场域的姿态，探究知识分子日常生活中习焉不察的秘密，重新激活小说与读者、世界的对话关系。到了"十三年磨一剑"的《应物兄》，李洱更是将百科全书式的文学语言实践推向极致。《应物兄》是李洱用小说回应当代社会生活、精神生活的一次全景式的文学实践，它既是李洱知识分子叙述中的重要一环，又已然超越了知识分子叙述的"框定"：它用李洱式的小说逻辑将现实逻辑、传统文化逻辑等勾连起来，以小说的"方法"回应现实的"问题"。

有论者将《应物兄》比作一部"塔楼"小说[②]，塔楼的形制特色是，既不南北通透，朝向也各不相同，出入于同一个门庭却不一定同乘一部电梯，结构上稳定性好，可以无限加盖，亦可随时封顶。小说的写作时长跨越了新世纪的第一个十年到第二个十年，这段时间，不仅是中国加速融入全球化进程、经济飞速发展的十余年，更是社会的各个层面加剧变化，现实情境变化的复杂、魔幻事件的出镜率远胜于马尔克斯笔下《百年孤独》的一个时段。置身于这样的情境，李洱自

---

① 此为对谈中的梁鸿语。李洱：《对谈录》，上海：上海文艺出版社，2013年，第142页。

② 阎晶明. 塔楼小说——关于李洱《应物兄》的读解［J］. 扬子江评论，2019（5）.

然会选择用一种更为极致的小说形态给出自己对现实的某种回应。在《应物兄》的阅读接受过程中，全景式的当代知识涉及领域之广、门类之多、品种之繁堪称前所未有，因此对部分阅读者构成了一定的难度。有论者粗略统计过小说中浩如烟海的知识意象，虚构或真实的古籍文献达四百多种，历史上实存的人物近两百位，植物五十余种，动物近百种，疾病四十余种，小说人物近百人，各类理论、学说五十余种，自然、人文空间地理环境二百余处[1]，知识领域更是横跨儒学、佛学、道学、理学、中国哲学、西方哲学、历史学、生物学、建筑学、语言学、堪舆学、运筹学、艺术学、医学等。面对知识铺陈庞杂、所涉领域众多的小说语言样态，在传播、阅读跟接受的过程中，便出现了两种声音：一种声音是赞赏小说家融会贯通百科知识，勇于挑战当下空前复杂的知识经验的艰难写作实践之努力；另一种声音则是大量陌生繁杂的知识使得小说情节羸弱不堪，被形形色色的知识话语淹没，不断挑战读者的耐心。实际上，《应物兄》并无意在"故事"本身上大做文章，或者说，在叙述人看来，"故事"仅仅是作为一个时间或事件的线头，它并没有回应变化如此之快的世界的能力，而它所能完成的，只是打开一条与现实、传统、文化、心理、情感等诸维度对话的通道，既游走在文本语境之间，又能跟文化语境、世界语境产生某种奇妙的联系。例如在小说中，"应物兄"三个字，既指称小说的书名，又是小说主人公之一的姓名，还是整个故事的叙述人（或半个叙述人）。通过小说考察"应物兄"的姓名史，颇有意趣。应物兄，乃是土生土长的农村人，出生时因其在家中排行老五，便被父亲取名为"应小五"，初中班主任朱三根老师，出于关怀跟怜爱之

---

[1] 孟繁华.应物象形与伟大的文学传统——评李洱长篇小说《应物兄》[J].当代作家评论，2019（3）.

心，为其易名为"应物"，并将"名"之来处书写下来赠予应小五：

圣人茂于人者，神明也。同于人者，五情也。神明茂，故能体冲和以通无；五情同，故不能无哀乐以应物。然则圣人之情应物而无累于物者也。今以其无累，便谓不复应物，失之多矣。①

此段奥义颇深的用典之文寄托着朱三根老师对于应小五未来人生的某种愿景："应物而无累于物"。但可以见的是，彼时年岁尚幼的应小五当然还很难"获取"朱老师寄语的厚重之感。应物兄的朋友，即在小说中极少露面的文德斯尝云，"你的名字就是你的终极语汇之一"，道出了应物兄将在成年后的人生中不断寻找"应物"之法的题中之义。事情的变化总是令人始料未及，当应物先生的大作《〈论语〉与当代人的精神处境》付梓出版后，拿到样书的应物诧异地发现，不仅书名变成了《孔子是条"丧家狗"》，就连作者姓名的字样都因编辑"粗心"地将季宗慈随口尊称的"某某兄"当作是作者真名"应物兄"。当应物先生跟"后颈肉浪滚滚"的书商季宗慈联系，告知其作者名错印的事实后，季宗慈甚至突发奇想，给出了他的解释："以物为兄，说的是敬畏万物；康德说过，愈思考愈觉神奇，内心愈充满敬畏。"②经过季宗慈一番富有哲学意味的"解读"，语词结构在"应物—兄"的基础上多了一层新的释义，即"应—物兄"。所谓"物兄"，是"以物为兄"，季宗慈解释为"敬畏万物"，即先要敬畏万物，方可从容应物。到这里，成功地粉饰了本属讹误印刷的"应物

---

① 李洱. 应物兄：上 [M]. 北京：人民文学出版社，2018：176. 据《应物兄》所引，此段文字出自于何劭《王弼传》，经查，确如小说所引，参阅：《王弼集校释》（下），楼宇烈校释，北京：中华书局，2017 年，第 640 页。

② 李洱. 应物兄：上 [M]. 北京：人民文学出版社，2018：175.

兄"，还将"敬畏万物"的哲学思考融进应物兄的姓名。而到了筹建"太和研究院"的中心人物——当代儒学大师程济世——的口中，"应物兄"三个字得以进一步阐发："物，万物也。牛为大物，天地之数起于牵牛，故从牛。以物为兄，敬畏万物，好！孔子说，君子有三畏，畏天命，畏大人，畏圣人之言。心存敬畏，感知万物，方有内心之庄严。"① 程济世在"敬畏万物"的基础上，又深化了对"物"的认识以及连通了君子"三畏"，最终得出"内心庄严"的结论。这番极富儒家强调和意涵深远的解读，颇费周章地将"应物兄"三个字的命名作出了儒学式的一锤定音的解释。按照应物兄的姓名意涵，他足以担得起程济世"最好的弟子"的期许，亦昭示出在某种儒家精神映照下传统知识分子的人格想象。但是，可以看到，应小五一路成长为应物兄，其姓名的流变史亦是各种知识的叠加史。每一次变更姓名，可以说都不是应物兄主动的行为，或出于美好的寄望，或是声音的讹误，又或是加之以各色人等的释义、阐发，"应物兄"三个字像是一个无形的枷锁又或是巨大的隐喻，与应小五的人生做了某种神秘的勾连。与此同时，无论是横肉滚滚的书商季宗慈的解释，还是满口仁义道德的当代儒学大师程济世的进一步引申，在不断赋予"应物兄"意义的同时，字词原处美好的意义也随之消解，甚至于走向反讽的境地，指向当代知识分子如何应物的精神困境。可以说，"应物兄"三个字既是各种知识碎片、意识形态话语的结晶，也是一种敞开式的声音存在物，它的既有面向是小说给定的，而更为复杂的声音面向需要在阅读跟接受的过程中不断在对话中生成、在言谈中生长。

"草蛇灰线，伏延千里"是论者提及《红楼梦》中"埋伏笔"的关节时便会想到的经典描述。同样，《应物兄》的叙述从来都不追着

---

① 李洱. 应物兄：上 [M]. 北京：人民文学出版社，2018：175.

一条线讲述，王鸿生比拟为"埋线头"：不断地丢下这个线头又岔开去捡起另一个线头。① 隐于文本背后的当代儒学大师程济世，算是贯穿全书的一位重量级人物：他是应物兄的老师，是启动济州大学"太和研究院"的最重要的"象征符号"，他的话语和记忆也是政、商、学各界争相竞逐的筹码。在为数不多的几次"亮相"中，"仁德丸子"是经常被他挂在嘴边、记在心尖的一道菜，他认为：

仁德丸子，天下第一。北京的四喜丸子，别人都说好，他却吃不出个好来。首先名字他就不喜欢。四喜者，一喜金榜题名；二喜成家完婚；三喜做了乘龙快婿；四喜阖家团圆。全是沾沾自喜。儒家、儒学家，何时何地，都不得沾沾自喜。何为沾沾自喜？见贤不思齐，见不贤则讥之，是谓沾沾自喜。五十步笑百步，是谓沾沾自喜。还是仁德丸子好。名字好，味道也好。仁德丸子要放在荷叶上，清香可口。食不厌精，脍不厌细，精细莫过于仁德丸子。②

这段颇着大儒口吻的谈论，道出了程济世心中饱含高尚儒家精神和拟人化道德标志的"仁德丸子"的精髓，也是《应物兄》中百科全书式语言风貌之一瞥。在仁德丸子的映衬下，四喜丸子之喜显得有些掉价，它跟儒家所倡的"见贤思齐焉，见不贤而内自省也"的人生哲学显然"道不同不相为谋"。叙述至 101 节，跟叙述人不断碰撞、纠缠，并使时刻重获新生的读者悄然发现：原来结尾处闪现的曲灯老人便是灯儿，也是"仁德丸子"这道儒家精神之化身的菜肴的创制者。

---

① 王鸿生. 临界叙述及风及门及物事心事之关系［J］. 收获，2018 长篇专号（冬卷）.

② 李洱. 应物兄：下［M］. 北京：人民文学出版社，2018：1035.

接着，便由曲灯老人之口相当详尽地描述了仁德丸子用料和做法①，此时小说俨然化身专业的美食知识叙事。当老更头问为何不把槽头肉一起剁了的时候，曲灯老人平静地说出："做一件事，才能忘了另一件事。"② 当重审曲灯老人的回答和仁德丸子的做法时，其内在意涵似乎已经超越了美食知识叙事本身：当面对知识爆炸、全球化浪潮席卷、社会现实剧变等境况，如何自处？曲灯老人给出了一种声音指引，而读者与之碰撞、交融过程中的对话关系所释放的声音或许才是小说真正的精神指向。

李洱在一次对话中谈道，百科全书式的小说是一种"道德理想"，"小说中，各种知识相互交叉，错综复杂，构成繁复的对话关系，万物兴焉，各居其位，又地位平等"。③ 在李洱的小说中，可以看到各门各类知识的出场几乎到了眼花缭乱的地步，它们在文本中承担的作用，已然不再是"知识"所指涉的含义本身。缤纷的知识作为一个个绵密的细节在叙述过程中俨然成为小说的一部分，被充分小说化了，它们随物赋形，应物生成。构成了小说基座的一砖一瓦，丰富莹润了小说的枝丫和肌肤，实乃小说语言最重要的组成部分。跟随李洱知识分子叙述的声音流变，可以看到，李洱在逐渐接近以百科全书式的语言创造其个人趣味充分显现的小说理想形态，在这种语言样态中，他把小说放置到一种跟传统的对话关系之中，并且以最大的真诚

---

① 如"用的不是前腿肉，不是后腿肉，也不是臀尖。是槽头肉。槽头肉，有肥有瘦。先把瘦肉一点点剥出来，一点肥星都不见的，细细剁成肉泥……再找几枚鹌鹑蛋，蛋清和蛋黄分开……把蛋清搅入瘦肉馅儿，搅，搅，搅。从左往右搅，不能搅反了……"参见李洱：《应物兄》（下），北京：人民文学出版社，2018年，第1036页。

② 李洱. 应物兄：下［M］. 北京：人民文学版社，2018：1037.

③ 李洱，傅小平. 李洱：下［M］. 写作可以让每个人变成知识分子［N］. 文学报，2019-02-21.

将小说语言敞开，在保持作家联结传统与现实的作用之外，吸纳读者跟世界的声音，不断认证小说存在的独特价值。

第三节　小说细部语言复杂性的观察

若将小说这一文学体裁视为一个话语的集合体，那么组成每一个话语的语词便可视为小说中最小的话语单位，即每一个独立的、各自为政的声音装置。在巴赫金的思考中，每个独立的声音装置便是一个自成体系的、碰撞交融的对话"语义场"。在以索绪尔为中心建构的现代结构语言学体系中，语言"能指"跟"所指"乃是一组对举的概念，统摄于"意指作用"的大旗之下。通常来说，用以表示事物（包括抽象的或具体的）声音形象的，可称为能指；而用语言符号所表示的具体或抽象的事物，即语言所反映的事物理念的，可称为所指。而当巴赫金在"超语言学"体系下，重审"活的言语"在语言结构关系中的重要意义时，各种话语的内部能量被更为充分地激发出来，"能指"与"所指"的关系亦将变得丰富与多样，正所谓"语言所投射出的，是永远不能完全统一的两种维度。"[①] 无论是在弗雷德里克·詹姆逊（Fredric Jameson）还是巴赫金的视阈下，政治话语或文学话语所指、能指的丰富性及不平衡性皆被充分地"发现"以及重视，提醒我们关注它们所呈现的声音和意指的偏移。

敬文东教授对于语词、语汇意义空间的生成有其独到且论据充分

[①] 弗雷德里克·詹姆逊：政治无意识[M]. 王逢振，陈永国，译. 北京：中国社会科学出版社，1999：95.

的阐释，在他看来，每个语词、语汇皆"倾向于是一根弹力近乎无限的弹簧、一具柔韧性近乎无限的腰肢，以便有能力尽量完好、准确地应对外部世界。"① 语词、语汇的语义弹性空间的限度，取决于它们所面临的语境/事境的大小：随着语境/事境空间大小的异变而改变着语义空间的大小。② 按照马克思主义语言哲学论的观点，语言是思维的外化表现形式，它可看作是思维的"外衣"，而作为声音装置的语词、语汇在放大、缩小或偏移的过程中，跟人的思维紧密结合在一起，因而在"人"的面前展现出文本或世界更为多声且丰富的样貌。格非曾经说过："李洱是一个对词语特别敏感的人，词语对他而言既是恩惠，也是折磨。"③ 本节中，将从三个侧面拆解李洱小说知识分子叙述"声音装置"，从语言的细部打量与探究其文学语言的复杂性。

一、"声音装置"的敞开与"多义"的生成

小说家在进行小说创作的过程中，"语言"当之无愧地成为其与世界连接最重要的纽带。诚如本节开篇所论，作为小说语言基本单位的语词或语汇，它是小说文本的寸寸肌肤、核心部件，或称之为一砖一瓦，是构筑"小说"这一建筑模式的基础元素。纵观当代诸多"著作等身"的小说家，或以植根乡土、讲故事见长如莫言者，又或以敏

---

① 敬文东. 历史以及历史的花腔化——论李洱的《花腔》[J]. 小说评论, 2003（6）.

② 敬文东认为，此为语义空间，而非实际存在的空间，它（语义空间）有一种包纳、涵括事实与事物的功能，能自动给意义留出"居住空间"。陈嘉映认为，儒家"谈到言的时候，言辞似乎只是达意的工具。后世儒学大致以此为纲，特重小学功夫，由字以通其词，由词以通其道。语言是道的途径，而不是道的体现"。大致说出了语义空间的延展性之一种，即谓之"道"。陈嘉映：《语言哲学》，北京：北京大学出版社，2003年，第1—2页。

③ 格非. 记忆与对话——李洱小说解读[J]. 当代作家评论, 2001（4）.

感事件、语言暴力美学突出如阎连科者,再或以重视先锋意识及小说文本、句法结构如余华者,对于小说基础声音装置的关注跟重视,相较于自嘲"著作等脚"的李洱而言,并未投射出足够的敏感度和穿透力。这一点,同代人的作家格非有相当清醒且诚恳的认识:"李洱显然不太愿意像传统作家那样……去刻意营造一个个明显的场景或环境……微小的方面,也可以看出作者的机智以及对文体分寸的良好感觉。"① 因此,对于李洱知识分子叙述的细部观察或许对于其声音艺术的营建将会有更为深刻的体认。麦克卢汉(Marshall Mcluhan)有言在先:"语词是一种信息检索系统,它可以用高速度覆盖整个环境和经验。语词是复杂的比喻系统和符号系统,它们把经验转化成言语说明的、外化的感觉。它们是一种明白显豁的技术。借助语词把直接的感觉经验转换成有声的语言符号,我们可以在任何时刻召唤和找回整个世界。"② 不妨从李洱知识分子叙述所呈现的语言细部特征,来观察"比喻系统"跟"符号"系统的生成,以及"活的言语"如何被李洱形塑的叙述人注入"感觉经验",从而召唤其所书写的现实知识分子的生存世界。

李洱对于语词、语汇的敏感,展示声音装置的敞开和多义的生成,首先便体现在其设定的小说标题上。题目,可看作是一篇小说的"眼睛",是小说文本呈现给读者、世界的第一组语词搭配、第一项修辞术、第一扇照进虚构世界的窗户。据不完全统计(按年代先后顺序排列),1994:《饶舌的哑巴》《动静》《抒情时代》《缝隙》;1996:《白色的乌鸦》;1997:《鬼子进村》《错误》;1998:《现场》《午后的诗学》《喑哑的声音》《悬浮》《破镜而出》;1999:《遗忘》《上

---

① 格非. 记忆与对话——李洱小说解读[J]. 当代作家评论, 2001(4).
② 麦克卢汉. 理解媒介[M]. 何道宽, 译. 南京: 译林出版社, 2011: 77.

啊，上啊，上花轿》；2000：《悬铃木枝条上的爱情》《窨井盖上的舞蹈》；2001：《花腔》《儿女情长》；2004：《石榴树上结樱桃》《光与影》；2005：《我们的耳朵》《我们的眼睛》《林妹妹》；2009：《你在哪》；2018：《应物兄》等篇章中，有的标题尚未进入文本，便呈现出某种语词意义的矛盾状态，如《饶舌的哑巴》《喑哑的声音》《石榴树上结樱桃》等；更多的标题则是在与内容形成对话关系的过程中，呈现出能指与所指的偏移，即标题语词的声音形象跟意指概念之间产生了某种放大或缩小的"弹簧效应"，甚至是完全的偏离。未进入小说《鬼子进村》之前，"鬼子"一词便让人自动联想到"日本鬼子"以及抗日战争年代等写作背景。进入文本才"恍然大悟"：所谓的"鬼子"乃是官庄村民对于"知青"的蔑称，小说背景也是发生在知识青年上山下乡的年代。"鬼子"一词能指跟所指之间发生了某种奇妙的偏移。以"抒情时代"为标题的中篇，讲述的是三对知识分子夫妇相互通奸、不堪入目的情感生活。在未进入文本时，作为语汇间固定搭配的"抒情时代"，意指通向的是充分表达情思、抒发情感的年代，带有某种文学昌盛、情感激昂年代指称的意味。而在小说主人公之一张亮的口中，便是明晰世界图景的如狗般的生活，因为"它们有固定的发情周期，每当那个抒情时代来临，它们就择优交配……当明智的社会学家预言我们人类终将过渡到这一天时，我感到简直生错了时代。"[1] 不仅暴露了现实知识分子生活的荒唐、精神世界的空虚跟贫乏，还打破了小说标题"抒情时代"的语义空间。某种意义来说，改变了声音形象（能指）对应的概念意涵（所指），将该声音装置作了敞开式的处理，先在的所指空间跟小说内容映射的所指空间形成了巨大的悖反效果，知识分子张亮口中的知识话语便成为新的所指空间的

---

[1] 李洱. 导师死了 [M]. 上海：上海文艺出版社，2013：261.

一个注脚，最终反射到小说知识分子叙述的精神空间维度之上。

对于语词、语汇多义性的激活与生成，"花腔"或可奉为李洱小说声音装置中颇为打眼的一例。作为李洱的第一部长篇，《花腔》于2001年发表于文学刊物《花城》第六期，甫一问世，便引来评论如潮。"花腔"一词，脱离小说语境，含义有两层：一是基本唱腔加花，使之成为一种特定的华彩腔调，特指抒情女高音中纤巧、灵活的声部，如夜莺般婉转的嗓音，横跨超两个8度的音域，自如、华丽地表现唱腔加花的声音特色；二是比喻花言巧语、玩弄花招。敬文东教授认为，"花腔"这一语汇对于文本所显示出的统摄力表现在："依靠'花腔'一词的'自为运作'，李洱甚至开拓出了对整部长篇小说有着特殊意味的几乎全部艺术空间。"[1] 首先，"花腔"的声音形象或称声音性质——正如"花腔"一词的本义之一——在小说中亦有所透露：女歌手口中带有"装饰音"的"咏叹调"。它曲折缠绕，用高亢婉转的歌喉人为地打破了声音的线性传播属性，声音跳动的波动获得了演唱者或歌曲本身情感或动作的加持，在"九曲十八弯"的声音回旋中，抵达或停顿被时间赋予了神秘的意味。其次，"花腔"的外显意涵再明白不过：乃是三位讲述人用各自的话语方式形成一套自洽的历史逻辑，他们无不言辞恳切，"有甚说甚""向党保证""说话给你说"是他们掩盖真相、表征谎言的话语方式的音乐变奏符，直白地说便是换着花样地说谎。而宏观地置于整体文本之下，三位叙述人的讲述是正文"@"部分，"我"的考证是副本"&"部分，层层递进中，也形成了某种花腔唱法的抑扬顿挫之态。作为第四叙述人的"我"，在探寻历史真相的过程中，担纲着严肃的信息收集者、文献整

---

[1] 敬文东. 历史以及历史的花腔化——论李洱的《花腔》[J]. 小说评论, 2003 (6).

理者、历史考古者的角色，俨然区别于三位讲述人平衡利弊、视角相异的"耍花腔"的表达方式，两个部分相互映衬，嵌套中又表征出一种花腔式的运作方式。

然而，仅仅表现"花腔"语词的外显意涵，显然还不是叙述人的最终目的。即便是"我"严谨认真地收集、整理、爬梳之后的去伪存真，试图"还原"历史的真相，依旧未能躲过"花腔"的魔咒：严肃的历史记录、文献记载、回忆传记，或许对应的，不过是包裹着另一种形式的面纱的历史实存，相比于三位叙述人的言辞泡沫，它是一种文字化的历史。而文字化的历史（记载）跟声音化的历史（讲述）相比，就一定是更真实的存在吗？在"花腔"语词的指引下，答案显然是否定的。"我"的工作便是尽力板着严肃的面孔，用严谨的学术态度使得声音化、泡沫化的历史显现出它本来的面目。文字化的历史在跟声音化的历史不断碰撞、搏斗、交融的过程中，绝对的真相已然不可获得，而当两种"花腔"经由叙述人敞开其声音装置时，对话便诞生了，同时被发现的，或许还有某些蛛丝马迹、一鳞半爪的真实，以及葛任一声被"爱"裹挟之后留下的无奈叹息。

在《午后的诗学》《白色的乌鸦》等篇章中，"声音装置"的敞开和多义性的生成，不仅体现在语词、语汇的择取上，还呈现于他们张口就来的诗句、格言以及误打误撞的评论上。《午后的诗学》中的知识分子如费边、杜莉者，在1990年代的第一个年头，精神上依然向往着文学、知识的年代、正午的时光，每每在朋友的客厅完成一次心灵的仪式跟救赎，却也难以抵挡地滑落进日常生活的陷阱。"满腹经纶的知识分子"[①] 在客厅中探讨着爱情与死亡、粪便与玫瑰，积极而无用地对抗着生活的琐碎与平庸。在最后的两次聚会中，他们尝试将

---

① 李洱. 午后的诗学 [M]. 上海：上海文艺出版社，2013：4.

思想转化为行动，决定办杂志。而杂志的命名问题，则又催生一番众声喧哗的场面：有人建议叫《远东评论》，有人建议叫《日常生活》，有人反对，便干脆叫作《反对》或《命名》，《反对》也遭到反对，又有如《企鹅》《蛋黄》《无法命名》等建议提出来。最后费边一锤定音："既然大家都在分析，那就叫《分析》算了。"① 此时费边已然活跃起来，语言跟上了思维，顺口便是一番"分析"：

"这是一个分析的时代，"他说，"所有人都在分析，什么都得分析。教师在分析学生，学生在分析校长；病人在分析医生，医生在分析医院；丈夫在分析妻子，妻子在分析情夫；人在分析枪，枪在分析人；人对灵魂作出分析，灵魂对人作出分析；天堂在分析地狱，地狱在分析天堂……"他口若悬河地说了一通，"分析"这个词就像串糖葫芦的竹签，把许多毫不相干的事物都串到了一起，然后成群结队地从他的喉咙跑了出来。他说："学生们在五月风暴中送给阿多诺教授地的两样东西也值得分析。粪便在分析玫瑰，玫瑰在分析粪便。"②

这段颇为饶舌的陈述，将《分析》杂志的命名理由作了一通延展式的阐发。当"正午"的阳光逐渐褪去，"午后"这一特殊时刻悄然到来。高昂、激情、充满诗意的年代氛围余烬未散，时间便以迅雷不及掩耳之势来到了"分析的时代"。吴亮在自己命名为《朝霞》的小说中似乎也别有用心地提到小说人物东东在一个"午后"迎着"逆向阳光，把他那架泛着银光的战斗雄鹰高高托向蓝天，沉浸在一种只有

---

① 李洱. 午后的诗学 [M]. 上海：上海文艺出版社，2013：9.
② 李洱. 午后的诗学 [M]. 上海：上海文艺出版社，2013：9-10.

他感觉得到的幻想中……"①"午后"日光西沉，在涣散四射的光线中，似乎一切都可被分割分裂，以至于吴亮的人物就似乎把一部分的自己安排到那念兹在兹的手工飞行器上，欲飞向蓝天。而当代诗人朱朱则在诗行中写下在"午后阳光"中相遇的"两个记忆"，它们在那令人昏睡懵懂的午后时刻会不会其实就是同一个呢？朱朱没有将答案挑明。诗人柏桦称正午过后、黄昏来临前的这段时间为充斥着"神经质的绝望，啰啰唆唆的不安，尖锐刺耳的抗议……以及无事生非的表达欲、怀疑论、恐惧感"②的一个被拉长的时段，当传统的价值序列被打乱、所谓"旧"的结构尚未完全坍塌、"新"的图景还未展开，似乎只有分析一切的"理性"方能应对眼花缭乱的外部世界以及进退维谷的日常生活。"分析"既是普通人苟且于世的暂时性的凭借，也是知识分子用絮絮叨叨的言辞"杀死自己，由别人守灵"（费边语）的精神寄托。所谓饶舌的哑巴，便是"费边"们身处分析时代的精神症候。他们试图分析一切，甚至分析"分析"这一语词本身，源源不断地输出声音，不停地倾诉、说话；而世界仿佛只能看见其分析的动作，而无法获取声音的意指、具体的言说，最终使得"分析"行为本身也丧失了意义。无论是世间最肮脏的事物（粪便），还是美好的象征（玫瑰），在"午后"的时光以及无意义的分析中，最终都仅剩一堆言辞的泡沫。"分析"以及知识分子在客厅中的分析话语，亦随之敞开了，它们既指向所分析的对象，更映射知识分子自身的生存境况和精神世界，隐喻了他们无人倾听、无处诉说的现实情境。亦如《白色的乌鸦》中，跟妻子陈洁身陷互相怀疑迷雾的知识分子许

---

① 吴亮. 朝霞 [M]. 北京：人民文学出版社，2016：76.
② 柏桦. 左边：毛泽东时代的抒情诗人 [M]. 南京：江苏文艺出版社，2009：3.

世林，面对黄仁宇的一幅新作，许世林"只看到一些混乱的线条和色块"①，而黄仁宇随意命名的"白色的乌鸦"反倒成为许世林"硬写"评论文章的契机，"他扯到了秩序和混乱，扯到了事物多维的内在矛盾"②，甚至将《沙漏》中的一句话"两种相悖而中和的运动，变成他物，遵循着另一种方向"穿插进他的评论文章中，而这一哲思之句跟黄仁宇画作之间到底有什么关系，许世林也想不明白，脑袋一团糨糊。《沙漏》中的哲言本身的意指也在此情境中产生了更多的读解方式，所指内涵产生了偏移甚至是逆转，更加凸显出许世林"分析"的荒谬以及知识分子行事的荒诞。

二、"反形而上"的声音装置

时间推演到21世纪的第二个十年，距离被定名为"新时期"文学的年岁已然拉开了四十余年的距离。外部环境的巨大割裂深刻地影响着文学的进程，尽管它们之间存在诸多错位甚至是谬误，但从历史长时段的眼光看，所谓的因果联系便成为一种难以否认的"史实"。政治意识形态的转折深刻改变着社会意识形态结构，单一的声音很难表达时代纷繁"杂语"的诉求，曾经看似严密的文学共同体意识亦很难继续在相对统一的规范下展开写作实践。20世纪80年代中期，时下的当代文坛应运而生了两支随时代而动的表达力量。一是以刘索拉、徐星等为代表的所谓"现代派"。他们擅长用渗透进音乐感觉的小说语言及形式结构，来凸显时代"青年"在惊涛骇浪之后渴望形塑自我意识跟个体存在意识的诉求，将此种文学思潮出现之前所热衷与

---

① 李洱. 喑哑的声音 [M]. 上海：上海文艺出版社，2013：208.
② 李洱. 喑哑的声音 [M]. 上海：上海文艺出版社，2013：208-209.

寄予厚望的"大写的人"的文学表达向前推了一步,亦契合了当时无论是心理抑或是生理处于青年躁动期的一代人渴慕新的价值秩序建构以及追求个性生活方式的心声。另一支则是以所谓"迷惘的一代",即以知青作家群体为主力的"寻根派"。时值各种思潮风起云涌,欧美理论、文学的输入,海外中国学的发轫以及国内"文化热"引发的诸多论争,加剧了迷惘者对于历史、传统、文化以及原始生命力等模糊概念的焦虑。在今天看来,夹在"历史"与"传统"缝隙间被命名的"寻根派",虽然意在触及国族历史下由文化、价值等表征现代性的概念所遭受的危机,传递国族历史的文化涵养跟谱系,但在小说探索呈现的表达上,仍显得模糊且混乱。到了20世纪80年代后期,改革开放推向深入,经济逻辑逐渐靠近社会逻辑结构的中心地带,急于回应政治意识形态的关切的文学书写暂时性地退潮,权威性的话语体系已然无法适应文学共同体的声音想象,文学体系内部亦在酝酿着新的自觉探索,被称为高度武装着"先锋意识"的写作者将重点由"写什么"转向"怎么写"。或许没人会否认,被冠之以"先锋"之名的诸多小说创造了一个连通现代文学"新感觉派"的语言世界。例如在孙甘露的小说中,清丽冗长的句子有类于骈文之感,特殊的感觉方式和大量修辞格的妙用使得小说语言呈现出某种"形而上"的特质。例如《信使之函》对于"信"这一物象的繁复比拟:"信是淳朴情怀的感伤的流亡。信是自我扮演的陌生人的一次陌生的外化旅行。信是一次遥远而飘逸的触动。信是一声喘息……信是畏惧的一次越界飞行,信是上帝的假期铭文。信是一次温柔而虚假的沉默……"叙事话语在眼花缭乱的比喻中分层敞开,"信"也在反复比拟的确认中超越了日常生活容易感知的微物的范畴,"经验"图像不再是能为观察所证实之物,一整套关于信的话语所呈现出的仿佛是叙述者的某种信仰或姿态，而非对于客观世界的某种真实呈现。

　　时间的脚步迈进20世纪90年代，过往如诗如歌的岁月与激情恍惚间已是尘封许久的旧宝匣。当年立于潮头的观察者们清醒地认识到他们尴尬的位置与处境，因此，将矛头清晰地指向对于小说语言的重新认识这一结构性行动。在上一个十年里，小说的形式探索成为反叛单一话语意识形态的先声，而在内容上，现代哲学意义层面的价值陈述跟事实陈述在小说文本中还没有非常明确的界限。独具先锋意识的书写者们注重小说形式的探索，其主要问题意识体现在如何从文本的新形式和结构的新样态中凸显"大写的人"的存在跟意识。在强烈的青春期荷尔蒙的驱动下，对于所谓"真实"或"事实"的呈现需要暂时让位于强烈的意识形态反叛之需，或者说，小说语言的目的性趋向暂时是小说声音的第一性原则。随着时代被打了一针冷却剂，对于"形而上"话语方式的思考跟质疑亦随之而来。如何在语言/声音中呈现"真实"，描画日常生活的经验图示，或许是此时此刻小说家们深思跟探索的事情。

　　《饶舌的哑巴》（1994）既是李洱早期的短篇之作，也是其第一部小说集的命名之作。文本中，以叙述人"我"（邮差）的视角，来呈现费定这一大学"青椒"的饶舌症候，语言相当减省有力，叙述人"拒绝"任何价值判断，而是在"反形而上"的语言中，将饶舌的费定如何陷入失声的哑巴状态交由读者认知。叙述人"我"从小说一开始便进入到对"过去的过去"回忆的确认之中："一段时间以来，他经常在邮局的门口转悠，嘴里总是念念有词，仿佛在盘算着什么事，或者在等待着什么事发生。"[①] 对于初次打开文本的读者而言，任谁都断然不能在"我"的冷眼旁观中得到任何关于费定为何"念念有

---

① 李洱. 暗哑的声音［M］. 上海：上海文艺出版社，2013：44.

词"的信息。而接下来"我"对于费定的观察随着时间的推移依旧保持着声音和气息的稳定性。小说形塑的叙述人"我"跟主人公之一的费定，是两个不同圈层的人：邮差和大学教师，性格及行为方式迥异："我"不善言谈，更不善于交往，费定则在课堂上滔滔不绝地输出，课后总是喃喃自语，甚至为了表达感谢在跟"我"确定约饭地点时也能陷入一番饶舌。看似毫不相干的两个人却被疑窦丛生的"信"、邮差室友的女朋友、雨天的伞这些神秘的元素联结在一起。让"我"在神秘性的指引下，成为"看见"费定的眼睛：他在课堂上滔滔不绝地饶舌，疯狂地输出知识，"他的嗓门提得很高，但是并不影响同学们睡觉。当他费劲地分析完'讲台上站着费定'这个句子时，教室外面的走廊上突然响起了一片喧哗声。"[1] 叙述人不疾不徐地"还原"着费定的日常生活，没有过多的情感介入，甚至在饭桌上也因为没有共同话题而频频陷入沉默，空余费定自言自语。当"我"问起费定与寄信人范梨花是否见过面时，费定又开始饶舌式的提问：

你说的是今天还是昨天？昨天我可没有见到她。你是瞎猜的吧？如果她是范梨花，我就不能到那里喝酒了吗？你没有吃好，真让我难受。下次我一定带你去怡香园。这是什么路啊？我们已经走到哪儿了？[2]

叙述人"我"并没有回答费定这一连串的问题，这段故事便戛然而止了。这与李洱的其他小说具有相似的特征，如《缝隙》《喑哑的声音》《悬浮》《葬礼》《应物兄》等，它们的相似之处是：当小说的

---

[1] 李洱. 喑哑的声音 [M]. 上海：上海文艺出版社，2013：52.
[2] 李洱. 喑哑的声音 [M]. 上海：上海文艺出版社，2013：58.

主人公之一进入到言语行为的饶舌状态时，叙述人便即刻地、适时地保持了沉默或隐匿的状态。叙述声音的缺席某种程度上凸显了主人公如费定、华林、孙良、应物兄饶舌之后失语的孤绝境地。《饶舌的哑巴》以"我"的眼睛，描述大学"青椒"费定先生在情感、工作、生活上均展现出饶舌的话语/行动方式，而最终无一不陷于沉默（哑巴）的境况，即不停地说话，却无人听懂/无人倾听。观照小说语言层面，正如梁鸿所言："日常生活诗意意味着首先必须把语言'祛魅'，把附着在语言上的形而上意义清洗掉。"① 在李洱的知识分子叙述中，李洱形塑的叙述人无意于牵涉宏大的政治历史背景，亦不希图介入主人公（知识分子）缥缈的情感世界、生存的现实世界，而是竭力祛除或藏匿叙述人"活的言语"中的情感、态度、价值判断的声音，以"反形而上"的声音装置呈现"事实"——现实知识分子日常生活的景象、行为及其话语症候，构建一种"反形而上"意识形态所形塑的声音样态。

可以说，"反形而上"的声音装置是李洱介入知识分子日常生活一以贯之的语言呈现。若将李洱自20世纪90年代以来的知识分子叙述所涉人物做一次谱系学式的观察，便可看到，《应物兄》出现之前，现实中的知识分子若以"个人"的身份在小说中承担主要的叙述对象，那么多半是"文革"后恢复高考进入校园并逗留于象牙塔的新兴"脑力劳动者"，如费边、费定、孙良、华林、张建华、许世林等，若以师生关系为小说叙述的推进线索，其中的老师则是上一代的知识分子，学生则是20世纪80年代之后进入校园的知识分子，如《导师死了》中的吴之刚和"我"，《遗忘》中的侯后毅和冯蒙，等等。

---

① 李洱. 问答录[M]. 上海：上海文艺出版社，2013：86.

到了《应物兄》，李洱则将视野延伸至小说所虚构的济州大学中的三代知识分子，乃至中国近现代四代知识分子。最老一辈的包括程济世以及济州大学的四大博导：哲学系的何为老太太，经济学系的张子房，考古学系教授且是西南联大时期闻一多先生的弟子姚鼒以及应物兄的导师兼岳父、研究儒学的乔木。除旅居海外的程济世外，他们都亲历共和国建立后的历史实践过程，并且见证过政治运动影响下的人生起伏，某种程度上葆有老一辈学人在学术跟品格上的坚守。小说叙述人亦不无感伤地借芸娘之口说道："一代人正在撤离现场。"[1] 其次则是包括应物兄、敬修己、文德斯、乔姗姗等，他们跟费边、孙良一样，是在20世纪80年代"人文风潮"影响下成长起来的学院派知识分子，他们除了"对西方哲学家的著作也多有涉猎"[2] 以外，在时代转折之际将视野放诸海外，有颇多往来海内外的机会。他们也是"过渡"的一代：学术逐渐成为一种谋生手段，合宜的处世、圆润的生存是他们在资本跟权力的包围中必须面对的命题，沦为"口力劳动者"似乎是他们无可更改的宿命。最后第三代便是应物兄的学生易艺艺、郏学勤的弟子邓林等，他们是在市场经济商品社会环境中成长起来的一代，知识仅仅是他们的工具，实用跟利己则是他们的行为法则。事实上，几乎是李洱同龄人的费边、孙良、应物兄诸人，不仅涉及高墙之内的生活，还牵引至关系个体命运的情感、家庭、客厅、书房等私密性话语空间。当生物学家华学明那热衷"公益"的律师前妻邵敏热情地找到应物兄，竟厚颜无耻地希望应物兄作为"共犯"，和她一道向华学明索要一笔巨额补偿费。那时，十足地震惊于人性之猥劣的应物兄，仍然充当着冷静的叙述人描述着周遭的一切，他照旧用自己

---

[1] 李洱. 应物兄：下 [M]. 北京：人民文学出版社，2018：907.
[2] 李洱. 应物兄：下 [M]. 北京：人民文学出版社，2018：26.

炉火纯青的腹语打量着眼前这个"以倒骑驴的姿势，坐在我的客厅里"①的女人，甚至冷冷地将回忆延伸至华学明偷花献给邵敏的那个年岁：

邵敏把那花插在啤酒瓶里，摆了一圈，在地板上围成了心的形状。他们就盘腿坐在地板上交谈……你讲述关于"法"的故事。你说，法，刑也，平之如水。故从水，触不直者去之，故从去。你说"法"字，原来写作"灋"，是一种独角神兽，会用它的角去顶犯了罪的人。②

这全盘剥离了叙述人情感态度的事实描述，与邵敏的言辞、动作、行为方式形成了巨大的反差，并且在事实陈述的过程中，用回忆衍生出的想象改变了原本故事的线性时间，在给阅读者喘息之机的同时，用"回忆"与"现实"的二元结构，对人性的畸变发出了巨大的追问。曾经大学校园中的青春邵敏，讲述着"法"的意涵及词源演变，跟如今这个"经过化妆，经过整容，看上去更年轻了"的精致女人似乎不再是同一个人。"知识"的生长与衍生是反形而上声音样态的一种表现形式，人物的形象在盘根错节的知识细节中不断被打散又重塑，它们构成了人物形象、故事内容精微的细部结构。由叙述人繁衍出的大量细密而具有实感的知识存在物已然是故事以及反形而上语言的重要组成部分。如果说对叙述人上一辈知识分子怀揣的是某种历史深处的纵深感所夹带的追问跟缅怀，对下一辈知识分子更多的是怀疑、迷惘乃至绝望，那么对于同辈人则是抱定一种祛除历史迷雾、剥

---

① 李洱.应物兄：下 [M].北京：人民文学出版社，2018：704.
② 李洱.应物兄：下 [M].北京：人民文学出版社，2018：704.

离情感态度、还原本真属性的叙述姿态。叙述人用"非形而上"的声音装置对同辈人在"午后"时段的生存状态、情感结构、精神畸变等方面展开绵密的叙述、细致的观察，在叙述人悬置的价值判断声音中，敞开语言的真实，将现实中大写的知识分子隐秘的心理轨迹跟日常生活呈现在世界与读者的面前。

三、声音"陌生感"的营建

传统文学理论范畴中，语言的"陌生化"乃是由俄国形式主义批评家什克洛夫斯基（Viktor Shklovsky）率先提出并加以阐发的概念。以什氏为代表的形式主义者认为，语言诞生之初，乃是天然就富有诗意的存在，然而随着人类社会及历史文化的推演，语言上的诗意渐次枯萎、脱落。当语言诗意危机来临，文学此时此刻需要担纲的任务便是唤醒语言本初的诗意，使得语词重新焕发生机。[①] 在什氏看来。复归语言的诗意，则是文学语言"陌生化"的最终目的跟意义所在，某种意义上来说，"陌生化"当仁不让地理应成为文学语言的本质属性，是文学语言区别于日常言语、话语的根本特征。在形式主义者的"鼓吹"下，"陌生化"这一文学理论的范畴已然被拔高到了文学本体论的层面，将其与文学的价值跟存在意义捆绑了起来。[②] 回到文学体裁的层面观照语言"陌生化"这一范畴，什氏认为诗处于文学语言中的最高层次，它跟"陌生化"紧密相连，它的音响、意象、节奏、押韵等方面跟语言相配合皆会产生"陌生"跟"间离"的效果。按照什氏的逻辑，小说的语言是否也能作如是观？显然，小说的体量跟文学

---

① 什克洛夫斯基. 俄国形式主义文论选 [M]. 方珊，等，译. 北京：生活·读书·新知三联书店，1989：3.

② 彭娟. 论俄国形式主义的"陌生化" [D]. 武汉：武汉大学，2005.

呈现与诗依然保持着相当大的差异，尤其对于长篇小说而言，自始至终保持小说语言的"陌生化"是脱离实际且不符合文学生成规律的。但是，对于优秀的，尤其是有建构自我声音系统意识的小说家来说，对小说语言保持高度的敏感性，对小说语词、语汇的运用秉守严肃的态度，则是构建声音系统的重要环节。在语感极佳的小说家那里，小说语言如潺潺溪流般乃是一种流动性的存在，它需要将事境、情境铺陈开来，并融入自我的语感和腔调。"陌生化"的提法似乎更适用于语言相对简练、语词相对独立的诗体裁，用"陌生化"的语言塑造、观照小说体裁，显得略微有些"刻意为之"的生硬之感，论者对于写作者借叙述人之手形塑小说语言的陌生效果所引发的诗意之感，论者更愿称之为"陌生感"。

格非曾联想到一个有趣的细节：华东师大毕业后的李洱，回到郑州任教，彼时他的小说中便开始出现一个意象：悬铃木，甚至有一篇小说干脆被李洱命名为《悬铃木枝条上的爱情》。[1] 对于不甚熟悉植物学、博物学的读者而言，自然会发问："何为悬铃木？"这一意象似乎很少在别的作家笔下出现。当读者打开搜索引擎输入念起来颇带顿挫之感的"悬铃木"之后，便会恍然大悟：原来所谓的"悬铃木"便是20世纪90年代广泛引进至我国各大城市的行道树——法国梧桐。笔者幼时在老家生活的街道两旁栽种的便是这一异域树木，它适应力极强，枝干、树叶皆长得较快，所结果实则有异香，每当接近夏天时节，枝叶便会异常繁茂，遮天蔽日，为过往行人带来一分阴凉，秋天一到，悬铃木的叶子便会纷纷扬扬地落下，对于当年车辆不多的边陲小城而言，它的叶子不会给清洁带来很多麻烦，反倒像一层地毯，增添了老街古拙的气息。虽然笔者并未到郑州进行实地田野调查，但格

---

[1] 格非. 记忆与对话——李洱小说解读 [J]. 当代作家评论, 2001 (4).

非的发现也能在李洱的自述中得到印证："当我写到城市里的那些树木，郑州的那些高大的悬铃木就在我的心中摇曳。"① 尽管如此，却鲜有人知法国梧桐，这一并不难寻的树种还有另一个颇带文学意味的名字：悬铃木。

自1990年代以来的李洱知识分子叙述中，悬铃木作为一个特别的意象，在李洱的小说中形成了一道别样的风景，散见于《暗哑的声音》《错误》《午后的诗学》《破镜而出》《白色的乌鸦》《应物兄》等篇章中。在《错误》中，悬铃木是频频收到陌生女人来信的社科所副研究员张建华所住小楼的景观树，它充当着静默无言的角色，一方面投射着张建华对既往情爱回忆的沉沦，另一方面则又静观他在信中找自己时的迷惘与失落，一切只是一个美丽的"错误"。《午后的诗学》里，悬铃木是"我"和费边客厅之外、街道旁边短暂聊天的"栖息地"。《暗哑的声音》中，悬铃木出现的频次要更高一些，它被编制进小说的细部或称为引线之中，被作者赋予了叙事学的角色和意义。小说中孙良讲课结束后的夜晚，"举着一个小收音机"的女服务员跟孙良偶遇，她在"悬铃木旁停了下来"②，便哭了起来，而这一幕也极为生动且深刻地刻印在了孙良的脑海里，成为他"猎艳"的驱动力。而当悬铃木在小说中再一次出现时，孙良就进入到第二场声音的表演中，那时他"命中"的对象则换成了电台女主播邓林，他用磕磕巴巴的话语方式掩饰着内心的卑琐，窗子外面悬铃木"荔枝似的果穗悬挂在那里，把阳光搞得零碎"③。颗颗悬挂的果穗彷佛隐喻着日常生活中知识分子的状态：他们出入于象牙塔内外，讲台的声音跟现实的

---

① 李洱. 郑州：在书中寻找自己的故乡［N］. 中国图书商报，2003-04-08.
② 李洱. 暗哑的声音［M］. 上海：上海文艺出版社，2013：5.
③ 李洱. 暗哑的声音［M］. 上海：上海文艺出版社，2013：12.

"磕磕巴巴"表征着内心的悬浮跟虚无，进退失据的他们只有用一次次的猎艳之旅满足内心隐秘的欲望跟想象。也不奇怪和邓林做爱之后的孙良"盯着悬铃木那灰白的枝条和暗红色果球发愣"[1]以及遇到费边也会自言自语式地问起悬铃木果实的滋味，连他自己都觉得莫名其妙，这时也就不再让人感到奇怪了。小说的尾声处最后一次出现悬铃木意象，是孙良和邓林"踩着悬铃木暗红色的果球"的场景，那争相掉落的悬铃木果实，正隐喻着知识分子现实中以猎艳方式确认自我存在的失败。电台女主播邓林在日常生活中的声音是喑哑的，结尾中她再次哭了起来，似乎走出工作环境的她，恍惚间似乎跟孙良有"同是天涯沦落人"之感。他们之间一直处于"消音"的状态：互相难以言说/无法听懂，或许只有短暂的肉体之欢能让他们片刻逃离虚无感带来的"生命不能承受之轻"。悬铃木这一"陌生感"强烈的名字，搅拌在小说的叙事节奏之中，它俨然是知识分子日常生活的见证物跟参与者，更是李洱知识分子叙述中，"声音"陌生感营建的绝佳例证。悬铃木之于李洱小说，正是既熟悉又陌生的发音装置，在它的前面，所有对照关系都显示出其张力。

---

[1] 李洱. 喑哑的声音[M]. 上海：上海文艺出版社，2013：14.

第四章　知识分子叙述声音的修辞策略

《周易》中的《乾·文言》尝言："君子进德修业。忠信所以进德也。修辞立其诚，所以居业也。"这是目前可见的古典文献中，首次将单音节词"修"和"辞"连用。① 延至春秋之后，源自于巫史作辞、正辞、用辞到内政外交及风俗教化等辞令的发展，"立其诚"所持守的文化心理结构，映照出中国传统文化源流中对于"修"和"辞"的意识、心理、道德等原点式的态度和情感与想象。在现代汉语系统中，作为双音节词连用的"修辞"跟西方现代文化转折以及"语言论"转向关系密切。尼采（Friedrich Wilhelm Nietzsche）直截了当地指出："作为一门有意识艺术手法的所谓'修辞学'的东西，在语言以及发展中，是作为无意识艺术的一种手法存在的……修辞学是理性清澈光芒照耀之下，根植于语言诸手法的延伸。""语言就是修辞"②，这一论断相当雄辩地直面人类的理性、意识、死亡、生存跟语言关系的问题，或许可以这样解释，当人类无可抗拒地面临终极问题时，语言中的修辞为"大写的人"打开了一条全新的看待世界以及终

---

① 袁辉，宗廷虎.汉语修辞学史［M］.太原：山西人民出版社，1995：10.
② 保罗·德曼.解构之图［M］.李自修，译.北京：中国社会科学出版社，1998：147.

极问题的通道，借助不同的声音模式跟释义方法，不断寻找应对当下症候的解释框架。那些被阿莱霍·卡彭铁尔（Alejo Carpentier）看成是"无与伦比"的修辞方法①，在语言系谱中寻求词与词之间恰到好处的结合，甚至是一些貌似根本"不可能"的组合与变化，都有可能在语言的内部构造出独特的世界。与此同时，又如斯图亚特·霍尔（Stuart Hall）察觉到的，内在精神或文化的意涵便是将诸多"概念、观念和情感在一个可被传达和阐释的符号形式具体化"②，这一过程中，修辞当仁不让地担负着将"活的言语"转化为拥有审美价值的文化实践形式的重任。若以文学体裁的声音系统这一相对于文化实践的微观范畴观照，修辞策略便是小说家/诗人在写作实践中将某些意识的样态或幻象投射进具体的文学意象、言语、结构等声音样态之中，在可能性的空间中一以贯之地选择行为、方法以及策略。

在李洱的知识分子叙述声音系统中，声音运作、发声机制、表征声音的语言呈现以及形式结构中的声音样态等，既是相互勾连的答案与策略，也是自洽自为的"问题"与"方法"。然而，若以俯视的视角观照之，李洱知识分子叙述中所运用的修辞策略或跟整体的声音系统存在一种"文气相通""气韵相合"的关系，不妨将《应物兄》中某一节的标题作一番创造性转换以形容这种关系——"声与意相谐也"。细致考察李洱小说声音系统中的修辞策略，将对其知识分子叙述中的某种贯彻始终的底色或"潜在的声音"以及作者为穿越"潜在的声音"所做的努力，获得更为深刻且明晰的认识。

---

① 阿莱霍·卡彭铁尔. 小说是一种需要［M］. 陈众议，译. 昆明：云南人民出版社，1995：54-63.
② 斯图亚特·霍尔. 表征［M］. 徐亮，陆兴华，译. 北京：商务印书馆，2003：10.

第一节 作为问题的"反讽"

若要拣出一个围绕修辞策略的关键词,用来涵盖李洱截至目前(1987—2018年)的知识分子叙述,那么"反讽"便是最为打眼的存在,李洱本人亦曾"夫子自道"式地认为其作有"偏于反讽"的修辞质地。要而言之,"反讽"可以说是李洱作品中的整体性修辞策略,它是李洱知识分子叙述声音系统中一个不可或缺的关键环节,并巧妙地勾连起戏谑、揶揄等"活的言语"的表达方式以及隐喻等深层内涵。阅读李洱的作品,无处不在的反讽修辞策略以及表达形式,一方面令读者相当轻松地捕获这一要义;另一方面又悄然将反讽背后的声音(语气)形塑成一种弥漫开来却又不易捕捉的存在。

一、何为"反讽"

首先需要指出的是,"反讽"(Irony)并不是一个本质化的概念范畴,它的意涵自古至今既是一种流动的样态,亦在不断地发展跟扩容,用如今"后设"的眼光看,"反讽"乃是一个极具现代性色彩的概念语词。溯其源流,早在古希腊便有其身影,柏拉图(Plato)在《理想国》中,用"Eironeia"指称在论辩中佯装无知嘲弄自己,使对手被迷惑的手段。亚里士多德(Aristotle)率先给出了他对"反讽"的界说:"演说者试图说某件事,却又装出不想说的样子,或使用同事实相反的名称来陈述事实。"① 可以说，亚氏的定义一举奠定了反讽概念的底色，即"言在此而意在彼"，言说过程中呈现出相反或相悖的意指内容。到文艺复兴时期，便有学者将反讽跟隐喻、提喻和换喻并举为转义形式的修辞格，并且认为反讽是相异替换，其特征表现为"语义偏离，而且偏离的方式是词语本义向实际所指意义的反方向上转化"②。

20世纪以来，西方文论呈现出急剧扩张之势，"反讽"这一概念的内涵以及外延的边界亦不断地拓展。到了后现代理论家、加拿大文化学者琳达·哈琴（Linda Hutcheon）这里，反讽逐渐由一个单纯的辞格概念过渡到文化本质的范畴之中，在她看来，反讽乃是一种容量巨大的文化意指范畴，它并不局限于在言语或语言的意义之间发生作用，还在人与人之间，即反讽主体和诠释反讽者之间发生着相关性的联通意义。③ 琳达·哈琴的高明之处在于，她进一步看到了反讽并不止于言语之内或言外之意，而是更在于两者相结合所产生的"弦外之音"，即钢琴同时按下两个音键所产生的第三种音效。进而琳达认为，当我们介入到一个反讽文本中时，只是简单地将字面语义或相悖语义作对照是完全不够的，还应当看到发声者的情感、态度所展示出的"批判的力量"。

琳达·哈琴女士对于"反讽"概念范畴的推进，跟新批评派的代表人物布鲁克斯（Cleanth Brooks）有诸多相通之处。布鲁克斯笃定地

---

① 亚里士多德. 修辞术·亚历山大修辞学·论诗 [M]. 颜一, 崔延强, 译. 北京：中国人民大学出版社, 2003：596.

② 倪爱珍. 情节模式与反讽叙述 [J]. 四川师范大学学报（社会科学版），2019（1）.

③ 琳达·哈琴. 反讽之锋芒：反讽的理论与政见 [M]. 徐晓雯, 译. 郑州：河南大学出版社, 2010：67.

认为诗歌结构跟内容中交织着的不相协调的元素，在相互限定以及相互修正的过程中，容纳着对立面的统一，以及实现其整体性的张力可以用反讽来涵盖。在《反讽与"反讽"诗》一文中，他指出："反讽，是承受语境的压力，因此它存在于任何时期的诗中，甚至简单的抒情诗里。"① 布氏通过针对科学语言跟诗歌语言的对照研究发现，所谓的科学语言是不会由于语境压力而改变自身性状跟意旨的语言符号系统，具备相当强的稳定性，而诗歌作为某种语境下的产物，不可避免地会在任何表述中承受着语境的压力，诗歌语言的呈现便是一种压力之下歪曲的语言符号呈现，因而天然具备了某种反讽特性。布鲁克斯此番略显偏激的说法，则有将反讽直接指称为"言外之意"的危险，忽略了反讽本身的多声性。直到克尔凯郭尔（Soren Aabye Kierkegaard）将以"个人"为主要精神内核之要义注入到对于反讽的整体性概括中，便使之具备了某些现代性的症候，而到了语言论转向之后，从结构主义到解构主义，再到后现代主义，反讽的内涵和外延随着时代的更迭而不断被"赋能"，被添进更为丰富的意涵。随着现代性的弥散和全球化的演进，反讽不再是一个文学术语或者说被束之高阁的概念化范畴，它已然成为现代生活的一个重要组成部分，融入现代人的话语、行为乃至对日常世界跟生活的看法。

与任何西方理论一样，从被发现、译介开始到进入中国的文化系统，必然要经过一番文化旅行。实际上，如果用源自西方的现代意义上的反讽概念观照中国现当代文学的话，在理论旅行发生之前，考察鲁迅1918年发表的《狂人日记》，它当之无愧地应被奉为中国现代文学史上的第一部反讽小说，狂人在日记中揭开千年来"吃人"的残酷

---

① 赵毅衡. 新批评——一种独特的形式主义文论 [M]. 北京：中国社会科学出版社，1986：24.

真相，却又畸零无望地想见自己未必没吃"妹子的几片肉"。而李国华更是别具慧眼地在小说中察见"句子表达上的有趣"：一方面，作为被"日记体"预设的日记文字，小说自言自语的性质并不强；另一方面，其中新式标点的作用近似于旧式句读，有明显的理顺文气的作用。因此可见鲁迅在"文白之间"写作的摆动与张力。基于此，李国华进一步推断"鲁迅很有可能确实是修辞性地使用'过去'，在五四新文化运动高潮期表达对该运动的反思和批判。"① 故而叙述人形塑的狂人形象在多个维度被形塑成中国文学史上第一个现代意义上的反讽主体。而从反讽理论的接受上看，"言在此而意在彼"是普遍接受的修辞学意义上的反讽，而将修辞学与小说叙述/叙事相结合，则应当包括叙述话语（言语）、叙述声音、叙述视角、小说结构等不同侧面的反讽形式。当然，如前所述，反讽是一个相当深广且不断扩容的概念范畴，除却文学领域外，反讽自然应该牵涉社会、哲学、文化等不同面向，并且它们之间应当是互相补充、互相对话且彼此丰富的关系。

二、知识分子叙述中的微观反讽形式

李洱第一部小说选集的标题，乃是借短篇小说《饶舌的哑巴》的篇名来命名的。"饶舌"作为一个行为主体不断发出声音语流的症候，与"哑巴"这一丧失发声能力、主动/被动保持沉默的个体之间形成反向修饰关系，本身便产生了一种极强的悖谬感，所谓"饶舌的哑巴"看似是不可相融的动作/行为和主体之间的搭配，实则用语词本义所营造的荒谬感跟小说牵涉的知识分子以及他们的日常生活状态形成一种相当深刻且具有强烈隐喻性的反差效果，从而产生了强烈的反讽意

---

① 李国华. 现代心灵及身体与言及文之关系——鲁迅《野草》的一个剖面 [J]. 文艺争鸣，2021（11）.

味。从某种意义上来说,标题便是一个"反讽"的声音装置。像"饶舌的哑巴"这样的微观反讽形式,是李洱小说中相当常见的存在,如《暗哑的声音》《石榴树上结樱桃》《白色的乌鸦》《鬼子进村》等。

艾布拉姆斯(M. H. Abrams)对文本中具备反讽效果的"活的言语"作了一个定义:"说话人话语的隐含意义和他的表面陈述大相径庭。这类讽刺话语往往表示说话人的某些表面的看法与评价,而实际上在整体话语情境下则说明了一种截然不同,通常是相反的态度与评价。"① 而从更为宏观的层面观察,艾氏认为反讽之义"通贯全文的特殊篇章结构"②。可以说,艾氏为我们从叙事细节的角度凿实李洱知识分子叙述中反讽声音打开了一道方便之门。而与李洱等一众汉语写作者享沐于相同传统文化资源的学者吕正惠,则对何谓中国式的"悖反"有更体己而切身的领会与分析。吕氏以"悲剧"和"哀歌"分别指称中西方文学的不同特质,他看到西方"悲剧"中无条件伸张个人意志的伟大,也感察到中国式"哀歌"中往往纠缠于"一点"却又难免于"罢了"的生命情感。而这样的"缠绵反复"虽远远没有达成"浑身静穆",却绝对堪称伟大③。在那些"将飞未翔""欲言又止"……的间离反讽中,是中国式的抒情空间。《饶舌的哑巴》中的主人公费定,是每日单调地游走在学院与邮局、宿舍之间的大学"青椒"。他的专业是现代汉语,用他自己的话说便是他"每天都修订、补充这本《词典》,寻找新的辞格"。④ 然而事实上,他每天几近疯狂

---

① [美] M. H. 艾布拉姆斯. 文学术语词典:中央对照 [M]. 吴松江,译. 北京:北京大学出版社,2009:271.
② [美] M. H. 艾布拉姆斯. 文学术语词典:中英对照 [M]. 吴松江,译. 北京:北京大学出版社,2009:271.
③ 吕正惠. 抒情传统与政治现实 [M]. 武汉:华中师范大学出版社,2011:1-14,88.
④ 李洱. 喑哑的声音 [M]. 上海:上海文艺出版社,2013:46.

地输出知识，用中西并举的现代汉语知识在课堂上解剖自己，大举其例，滔滔不绝地讲述着主谓宾、定状补等知识，而学生却听得困意绵绵，有时甚至觉得他的声音太大了，打扰到了学生在课堂上的清梦。"上到第四节课的时候，学生们已经懒得嘘叫了，偶尔能听见一阵鼾声。"[①] 他极其强烈的倾诉欲望，几乎总是落得个无人回应的结局，当分析句子结构的时候，好不容易有人回应，还是一句冷不防地"你是人"，反讽效果可见一斑。工作之外的费定，依旧是一个饶舌之人：他成日给想象中的妻子，字斟句酌，仔细推敲，效果却是言不及义，不知所云。小说中的叙述人"我"（邮差）几乎是费定生活中唯一的朋友，当费定邀约"我"吃饭时，依然总是陷入反复饶舌的境地，"我"完全听不懂他在说什么，逐渐也对其失去了耐心，此时的费定俨然是"饶舌的哑巴"的标准具象。当现实知识分子"悬浮"于世，丧失位置感和使命感的他们，试图在象牙塔内用言说的声音确证自身的存在，但无论是知识的输出还是中西并举的话语，皆陷入无人听懂/无人回应的尴尬境况，他们的言语在输出的那一刻，反讽便随即诞生并伺机而动——在言语发声的位置，"擦除"同时在进行。"位置"绝对是头等重要的，格非的小说曾在不远处呼应过李洱，只不过格非更多地看到了"观察的位置"[②]，因此李洱对"发声部位"的书写和思考就更显示出其独特性。在小说中，发声的位置其实就是主体的位置：主体和声音都试图通过振动保持自身的穿透力。这样镜像式

[①] 李洱. 暗哑的声音［M］. 上海：上海文艺出版社，2013：51.
[②] 格非在小说《时间的炼金术》中写道："实际上，作为一个观察者，我们在生活中所处的位置并不理想。你所观察的对象从根本上说是杂乱的，晦暗不明的，有点类似于照相用的暗房。假如，有一束光偶尔照亮了暗房的一角，你也只能看到某个局部——在光线下被呈露出来的那个部分。"格非：《时间的炼金术》，《不过是垃圾》，沈阳：春风文艺出版社，2007 年，第 187 页。

的关系却也使得"他者的消失"最终带来声音和主体的凝固,仅存的"悬浮"空间不得不面临分崩离析。象牙塔之外,知识分子丧失了沉入日常生活的行动能力,日常生活中的言语状态亦是一种巨大的反讽形态,越是频繁的表达,所要表达的内容便消解得越快,不停说话的嘴巴最终却等同于关闭了的对话通道,就连靠"饶舌"来确证自身存在的这根稻草,也在反讽的支配作用下失效了。声音的喑哑,表征的主体悬浮空间的溺沉,或是如卡夫卡所说的"在世的死者",于是,李洱笔下人物所执着的"饶舌",也同时合成对自身的"凭吊"。《午后的诗学》中,费边家的客厅成为"午后"的知识分子的"灵魂栖息地"。然而,与其说是"灵魂栖息地",不如说是精神避难所。他们一开口便是格言,一吟诵便是诗句。学贯中西是20世纪80年代走出的他们的自信心,张口就来的深奥理论是他们悬浮于世的精神寄托。然而,高扬的理想主义大旗已然倒塌,透过时代的窗口,再看他们的谈论,似乎句句皆是具备反讽性质的声音装置。当"费边"们走出客厅,依旧要面对世俗的生活。比如迫于杜莉压力的费边,也不得不为了妻子在歌唱比赛中获奖而去找声乐教授陈维弛,而在如何应付陈维弛的问题上,费边极尽引经据典之能事,一会儿聊到巴赫的《马太受难曲》,一会儿又聊到亚里士多德的理论。此时此刻,引经据典已然成为现实知识分子为上不得台面的勾当所精心策划的一番铺陈,他们甚至沾沾自喜于自己积累之深厚、理论之广博。一如费边一句无心之言:"文明人生活在自身之外。"在指向当代知识分子悖谬的生存境况之同时,亦因费边本人的矫揉造作、不合语境而使得知识话语本身形成了巨大的反讽效果。"费边"们看似缅怀理想主义时代的自由空气和学术氛围,实则在世俗生活面前率先"杀死自己",为了蝇头小利或虚幻的名声不惜曲解,甚至贩卖高蹈的理论和知识,主动选择将知识分子的人文精神和道德坚守抛诸脑后。

　　李洱是一位相当重视细节处理的小说家,有学者曾敏锐地指出:"(李洱)善于驾驭细节,用即现即隐的细节来编织小说。同时,他的叙事节制力又在极力地控制着细节,不让它泛滥,从而使它有别于当代小说界铺天盖地的'语言游戏',并成功地拒绝了工业文化中那大量垃圾般的泡沫细节。"① 在李洱的知识分子叙述中,言语细节中的反讽修辞不胜枚举,多呈现于文本叙事声音下表征讽刺意味或具有强烈戏谑意味的话语,不拘囿于常规话语模式或语法构成机制,通过话语/文字或行为/动作的"不合法度"形成强烈的批判色彩。《导师死了》中的导师吴之刚在学术会议开始之前的联欢会上,"满面春风"地讲述自己的童年经历:

　　我童年时代患过一种怪病,闻到花香和新鲜空气,肚子里就难受,不停地哮喘,医生要求我或者吐或者泻。但我所吃下的药对这种怪病都不起任何作用。后来我偶然从一本民俗学著作里找到了一个药方,据说这个药方是造物主送给每一个人的。如果你把药从肛门里灌进去,保管你把肚里的脏物和瘴气吐得干干净净。这个原理很简单,一切疾病都是因为主一时不得已而本末倒置,因此,要恢复常态,就得用相反的方法治疗,上下口对调使用,药剂从下口进,疾病从上口出……②

　　当乐此不疲的听众起哄让吴之刚继续讲述时,"导师脸上的笑意却突然收敛了",在以身体为由的半推半就之后"脸上又呈现哀怨的

---

① 张柠. 写作的诚命与方法 [J]. 作家,1998 (11).
② 李洱. 导师死了 [M]. 上海:上海文艺出版社,2013:27.

神色，他朝大家眨眨眼，突然，他自己发出一阵古怪的笑声"[1]，值得注意的是，这段叙述并未给人陌生感，因为在20世纪20年代的鲁迅那里，我们就已"偶遇"过这样一位"发现自己发出古怪之笑"的人物。在著名的《秋夜》一篇中，人物"我"就听到从"我"嘴里发出的吃吃的笑，如同开篇那两棵决绝地分地而站立的枣树，谁都不愿和对方形同一体，而"我"也在这秋夜中听到来自自身的诡异笑声。李洱秉着从鲁迅那里习得的反讽语调，在叙述声音冷静地揶揄下，让"导师"一分为二，一个他在说，另一个他则笑，没有人比导师吴之刚自己更深知自身身处疗养院的情态真实而滑稽，可谓丑态毕现。通过其病态身体发出的声音将所谓的学术著作、知识话语狠狠地涮了一把，当然，这个荒唐的药方似乎还形成了另一重讽刺声音：一切的本末倒置乃知识分子的疾病之源。联欢会的高潮则是学界大佬常同升的"亲莅"，轮椅上的常同升已经丧失了说话的能力，只能"嘴里咕哝出一串浑浊的声音"，即便如此，这位手握话语权的老人一出现便"掌声四起"，更像是某种特殊的符号。此时，言语已经被挖空，看似威慑，深处实则空无一物。名为《抒情时代》的中篇小说，"抒情"二字却成为对小说中知识分子日常生活的莫大讽刺。小说中袁枚和马莲、张亮和吴敏、赵元任和莉莉三对夫妻围绕莉莉的失踪与找寻，揭开了相互间混乱不堪的男女关系，庸俗至极。肆意玩弄女性情感的大学副教授袁枚甚至恬不知耻地道出："这些女人们真是太残忍了。"[2] 张亮对"抒情时代"的定义更是将反讽意味推向极致："人要是能像只狗那样生活，那么，整个世界的图景就变得非常明晰了。它们有固定的发情周期，每当那个抒情时代来临，它们就择优交配，然

---

[1] 李洱. 导师死了 [M]. 上海：上海文艺出版社，2013：27.
[2] 李洱. 导师死了 [M]. 上海：上海文艺出版社，2013：261.

"声音"的艺术

后就孕育狗崽……异性之间狭路相逢,也不胡来,顶多互相嗅嗅阴部。我对这种生活非常向往。当明智的社会学家预言我们人类终将过渡到这一天时,我感到简直生错了时代。"话语之间,似乎一系列有悖公序良俗的错乱男女关系都可以通过扭曲社会学家的预言得以实现,此番道貌岸然的"抒情"暴露出小说中知识分子精神的堕落空虚跟道德感的沦丧。如此"接地气"的"抒情",究其本质,和无底线的"兽化"还有何区别?但是仅仅将意义的挖掘终止在知识分子的"堕落"仍然令人感到意犹未尽,小说中张亮的极端发言实在过于"平滑",以至于对其理解也在一种自然而然当中生出嫌疑颇多的"褶皱"。细读来,张亮的"抒情"论旨在倡导人类世界向动物世界靠拢,以便被纳入动物生存系统中那"固定的发情周期"。这样的"固定"在食物链优胜者看来是低级,甚至可以说是肮脏的,可是却让"张亮"们倾心。因为在野性的冲动中,某种"活力"也实在令人钦羡。如同格非、苏童等一众"江南"写作者,在他们的文字中,他们所熟稔的南方并不是标准意义上的"风水宝地",那些总是出现的雨天、潮湿和令人厌恶的霉斑,总是将小说人物困在室内,带来时间感的偏移,滋生幻觉……也给小说文本注入扑面而来的"潮气",以至于一打开这些漂亮古雅的江南写作,常常有明显的腐败陈旧之感。但是必须要说,在这些"江南"小说中,总是能惊觉某些来自阴暗潮湿处的生长之势——困守、潮湿和冲决、躁动在互相实现转化。由此推及李洱笔下的张亮对"抒情时代"的定义,就不难在"空虚的表达"中品味出一种"表达的空虚"。"表达之难"是如此严峻,以至于说话者不得不向另一种生命形态生出想象,在"人要是能像只狗那样生活……"一句后仍有一句"就好了……"未及说出,这低低的哀叹便消散在疲乏的抒情虚空中。而李洱笔下的张亮朝向虚空的"狗吠",或许是现时代最令人讶异惊恸的抒情声,这样的微观抒情非李洱之用心细腻的写作者不可捕捉。

三、知识分子叙述中的宏观反讽形式

李洱从不讳言作为一位小说家对于"复杂性"的偏爱,而实现其复杂性表达的重要凭借,便是对于反讽这一声音策略的深刻理解。从微观的反讽形式中,不难看出李洱对于掩藏在语词、言语、动作、行为等内面的激活,使得现实知识分子在不断产生的自相矛盾中走向言说意义的反面。而从宏观的视野出发,观照小说文本,反讽便从小说的结构、情境、语境压力等宏观层面折射出来,进一步"补充说明"了作为"问题"而存在的反讽。

短篇小说《喑哑的声音》中,作者形塑的叙述人通过巧妙地勾连场景和情节,使得穿梭其中的主人公在不同场景的行为举止、言语声音呈现出反讽之效,从而进一步映照知识分子失落的人文精神跟空虚至极的日常生活。对于主人公孙良,这位标准的大学"青椒"来说,离开讲台,"猎艳"便是他在生活中找寻(或者说确认)存在感的重要方式。无论是傍晚散步遇到的女服务生还是电台那头传过来的女主持邓林的声音,都会勾起孙良心底的原始冲动。日常生活的神秘性使得两位在各自工作中找不见自我的"沦落人"走到了一起,然而各自拥有配偶的孙良跟邓林无法从对方身上获得真正的精神慰藉,甚至在他们听来对方的声音都是如此喑哑且黯淡的,并不像电台散播出来的那样清亮而中气十足。两人越轨的约会也跟逃离配偶的场景形成了对照,而邓林在小说结尾的哭泣也暗示了孙良仅仅是把这场邂逅当作无数次猎艳中的平常之事,一桩艳事在告别激情顶点后径直走向终局,邓林脸上哭与笑的接踵而至强化了小说反讽的力道,增强了对于

现实知识分子荒诞行为的批判。同样，李洱小说最严厉的批判似乎永远不在小说反对声音最激烈的地方，此处不能略过的是，孙良与邓林认识的契机——电台之音——这是对小说进行"再解读"的关键线头。在《喑哑的声音》中，李洱将"发声之难"关联到"误听声音"的维度。换言之，现代性的声音事故除了"喑哑"外，还有随之而来的"误读"——因为声之喑哑而渴待知音，又因误读造成声音再一次的闭塞，李洱笔下的人物仿佛堕入了万物寂静的声音荒漠，那些不断迫近却扑获无果的"应答"，不过是荒芜中的绿洲幻影，越是在得到的瞬间就越是枉然失去。孙、邓二人的暂时配对结合似乎在钱锺书20世纪40年代就构筑的"围城"里早已预演过：那些男女因彼此误解而结合，又因了解而分开。李洱笔下的这两人也是如此，在万籁俱寂、万物沉沦的社会中，他们故意或无意地将电台——相当典型的现代性声音装置——发出的几经变调的召唤领会成苦苦寻觅的"知音"，在欣喜若狂的应答中，喑哑了声音，又错会了知音。"知音难寻"，是古往今来的历史调性，但是在难言又噪音重重的现代境况中，试错的概率和成本都大大增加了。或许，比起"寻觅"，如今更重要也更为安全的发声练习是"遗忘"。

中篇小说《遗忘》是李洱早期的重要作品之一，小说中的反讽主体兼叙述人、主人公三重身份的冯蒙，是一位心思细腻的精致型博士候选人，他一边在脑海里意淫着周围的一切，玩世不恭地生活；一边根据导师侯后毅的要求，为了获得学位而"一本正经"地"还原"历史，虚构出一幅荒谬绝伦的历史画卷，以达到合理化现实的目的，而最终没有逃过神话的桎梏，走向了杀死导师、锒铛入狱的一面。小说打一开始，便搭借李商隐："嫦娥应悔偷灵药，碧海青天夜夜心。"一诗到神话传说的"本事"中，神话故事原型自始至终都是笼罩在小说故事之上的一个牢不可破的固定结构。法兰西哲人保罗·利科尔一针见血地指出："虚构叙述也含有历史的现实主义的目的成分……通过模拟，虚构世界将我们带进行为的现实世界的心脏。"[1] 小说本是虚拟叙事的场域，而《遗忘》中的神话嵌套，便又多了一层虚拟结构，他对神话历史的声音模拟，在照见现实的过程中将被掩盖和尘封的荒谬重新捡起，而怀疑和反讽的声音便从一开始就进入小说文本。冯蒙的导师侯后毅教授对后羿转世、嫦娥奔月这一故事大感兴趣的原因在于：他一边想要得到嫦娥的不死药以便益寿延年，一边在精神层面企图在神话传说中寻求某种"自慰"式的快感，将个人意义跟虚妄的幻想寄托在披着学术外衣之下的荒唐历史研究之中。冯蒙的位置致使他在小说中的声音呈现出延宕、怀疑的面貌。他为了自己的博士学位，不得不遵照导师的旨意，扔掉原先的工作，展开新的"考证"跟逻辑推理。在现实中，冯蒙则跟师母罗宓偷情，以获得某种不可言说的心理快感。通过冯蒙所谓"严谨"的考证，帝俊的狗、嫦娥易名、不死药、夷翌多次转世、洛神的身份再到夷翌射日、帝俊的性史等逐渐浮出历史地表。这一切合理化的行动，在导师侯后毅的口中便是"既要用历史上的事实来解释今天，又要用今天的事实来解释历史"[2]，并且绝对遵循所谓"一凡二硬"的原则："'凡'指的是我在写嫦娥下凡，'硬'指的是两手都要硬"[3]。导师侯后毅的言辞声音可谓是对当下某种学术生态的精当讽刺，客观严谨的学术研究被侯后毅教授改造为为满足个人私欲跟虚妄想象的"神话重建"工程，可谓荒诞至极。而冯蒙为了学位而进行的一系列考证便将反讽的声音继续埋

---

[1] 保罗·利科尔. 解释学与人文科学 [M]. 陶远华，等，译. 石家庄：河北人民出版社，1987：308.
[2] 李洱. 午后的诗学 [M]. 上海：上海文艺出版社，2013：76.
[3] 李洱. 午后的诗学 [M]. 上海：上海文艺出版社，2013：77.

进小说叙事节奏之中，大量的参考文献、历史典籍皆成为结构式反讽的小小注脚。而在小说行将落幕之时，神话再一次照进现实：因为夷翌未能教授逄蒙"啮镞之法"，侯后毅拒绝在冯蒙的博士学位授予书上签字，冯蒙也在神话的"指引"下用桃木杖将侯后毅杀死，跌进了犯罪的深渊，反讽效果亦走向一种极致。小说名为"遗忘"，而现实中的"遗忘"却是包裹着神圣、卑琐、私欲、堕落等面纱的对历史的选择性遗忘。一如鲁迅笔下子君所言，将用遗忘和说谎做前行的向导。当小说中各色人等退场，"遗忘"成为一个整体性的反讽结构，反讽的声音几乎回响在小说的任何一个角落，甚至传到遥远的神话与历史长河之中。而激起小说中千层浪的"啮镞之法"中"张牙舞爪"的"啮"，也让读者再一次见识到李洱操纵声音术的玄妙。声音其实如同齿轮，总是在寻求一个完美的啮合地，如同小说中这对高知师徒为神话之声寻找的历史和现实之地。在这样急切从过去和未来寻找行动合法性的想法支配下，声音长出了口齿，以便"快、狠、准"地咬紧对象物。这样的声音好比谢阁兰在中国的"碑"之上所见到的"石头质地的文字和思想"，它们不再需要"嗓音和音乐"。这类声音享受戴着尖牙，到处撕咬以致对象物露出血肉内里的快感，历史和神话中满是这样的故事。而李洱用小说体裁的再创作，让读者看到声音中畸形凶狠的口齿，和那些反过来为它们所咬伤的高亢者。

第二节 《应物兄》与李洱式知识话语反讽的建构

正如导言中所指出的，成书出版时达 84.4 万字的《应物兄》是李洱截至目前最重要的作品，也是李洱所构想的"人生三部曲"中的"现实之书"。它凝结着李洱十三年的思考与沉默，也是他用小说回应现实的最大诚意。对于创作量不大且部部精品的李洱来说，为读者跟世界奉献这样一部体量巨大的作品，必然是经过了长期且夹杂着纠结、怀疑、彷徨、期待、痛苦等各种人生滋味和情绪的艰苦努力以及反复推翻、修改、再推进、打磨的艰辛过程。《应物兄》的出现，是李洱知识分子叙述声音修辞策略链条上的关键之作，它既展现出一种声音策略的承续，又显现出反讽主体在当下现实境况中的畸变，并将李洱式的反讽推向了一个接续文学史脉络的高度，具备了某种难能可贵的当代性。

一、作为反讽媒介的知识话语

谈起《应物兄》的观感，大概很多人会将之比拟为各种各样知识话语的大观园。庞杂细密、杂花生树的知识是一个相当具备冲击力的记忆点，它不仅考验读者的知识接受能力和耐心，还需要读者能够穿越知识的迷雾，凝视知识内部的要义。从人类认识万物的角度来说，知识乃是人类理性活动的结晶，是人类作为主体所创造的宝贵财富。从古至今，无论东方还是西方，关于"知识"这一本体的思索一直贯穿着思想的演进跟人类的发展。至晚于公元前5世纪，西方先哲们已然将认识自然视为可行之事，普罗米修斯的才能、智慧、谋略使之成为知识的化身，带给人类如数学、天文学、建筑学、农学、医学等美好的礼物。《中国百科大辞典》将"知识"置于辩证唯物主义认识论的哲学范畴之下，给出的释义是："人类在实践中积累起来的认识成果，包括经验和科学理论两种形态；分为自然知识和社会知识两大类。哲学是这两类知识的概括和总结。它来自实践，在实践中发展,受实践检验而区分为真伪。对于个人,知识一面来自亲身实践,一面依靠学习前人的认识成果。科学知识是人们认识和改造世界的强大武器。"① 将"知识"放置于马克思主义唯物辩证法和劳动观的视阈之下,观照到经验总结跟分析归纳等对于知识本身的价值,强调了知识的实践性。以"知识分子"为称谓的群体,知识则构成了他们精神生活的轴心。

知识分子引经据典所叩动的海量的知识出场,是《应物兄》所呈现的重要表象之一,其中的知识话语从学科上划分,便有文学、历史学、政治学、社会学、经济学、生物学、语言学、艺术学、医学乃至堪舆学、风水学等十几种不同的门类。从具体的"物"来说,更是达至一种繁星满天、杂花生树的地步。描述的植物、动物如悬铃木、苜蓿、菖蒲、荇菜、松树、济哥(蝈蝈)、猫、狗、白马、寒鸦、杜鹃等等有数十种,涉及的中外文献典籍如《诗经》《论语》《孟子》《庄子》《尔雅》《史记》《易经》《理想国》《诗学》《鲁迅全集》《江村经济》等等多达上百篇,还有大量"奇异之物",如仁德丸子、套五宝、羊双肠等。它们在小说中皆得以或繁复琐碎,或蜻蜓点水式的叙述,"物"也在叙述人的言说中有了自己的故事。各种各样的知识话语和符码像一粒粒碎钻,把小说整体——这一镶满钻石的工艺品——装点得光彩熠熠,同时也展示了作家对于"物"的好奇与关切。叙述人的目光有时就像是自带变焦效果的镜头,时远时近,随物赋形,不失时机地出现在不同的场景或对话情境之中。

提及"知识""话语"及其"知识话语"的语词连用,便不能绕开法国哲人、思想者米歇尔·福柯(Michael Foucault)。在《词与

---

① 中国百科大辞典编委会.中国百科大辞典[M].北京:华夏出版社,1990:58.

物——人文科学的考古学》《知识考古学》等著述中，福柯将"知识"视为一种在现实既定秩序中的被建构之物，它在抽象的运作过程中展示了意识形态等权力作用的结果，知识本身并不是自然而然出现的，其内部蕴含着一系列权力关系的角逐，指向一种被创造的机制。文学体裁作为一种富有特殊意味的叙事样态，姑且悬置外部文学生产的权力规则，沉入文本内部，"知识"的出场已然成为习焉不察之物，而在"知识"摇曳生姿的背后，或许忽略了知识本身所携带的意识形态等权力关系，忽视了"知识"因成为一种"话语"而被遮蔽的东西。

福氏在《知识考古学》中将"话语"视为一种"陈述"，它不仅是人类社会发展到一定阶段，通过语言表达来实现的实践方式，其中自然围绕着社会/文化等不同层面的权力角逐。从福柯的研究中，稍加逻辑推想，不难发现，学科往往成为一种"话语"诞生的条件，也必然成为话语的限制，究其原因，则是学科的界限规定了特定知识的外延及相关的领域。每一个学科都有相当严格的方法论规则，新观点的产生往往也在学科边界的严格控制之下。于知识本体而言，它们由陈述被确认，通过"词"与"物"的关系进而组成了一种话语关系。在福氏看来，"话语"本身并不是一个封闭的系统，任何一种话语的形成都缠绕着权力、秩序、文化力量等多重因素，是一种权力关系的诞生。刘北成有一番相当精当的概述："福柯认为话语也是一种实践。所谓'知识'则是由'一种话语实践按照一种有规律的方式建筑的一组因素'，没有话语实践，就没有知识……知识是话语提供的争夺、占有和利用机会的结果，与权力、意识形态等等有着密切的关联。"[1] 可以说，尤其对于现代社会而言，"知识"无可回避地受到

---

[1] 刘北成. 福柯思想肖像[M]. 上海：上海人民出版社，2001：206.

"话语"创建作用的深刻影响,话语实践在某种程度上成为"知识"产生的土壤,而"知识"本身也必然成为权力、意识形态等争夺的"象征资本",就这一点来说,跟"理论"与"实践"的相互联结有着异曲同工之妙。

广义上看,"知识"可谓包罗万象,覆盖了人类关于世界的认识的总和,它并不是某一个群体的"专利",也不仅仅是为一部分人服务。而当"知识"跟"话语"相结合,那么福柯意义上的权力关系便诞生了:知识话语成为某些人或群体言说的权力。在知识爆炸的当下,承载知识的资讯、新闻、短视频等每天以几何倍数的增长量为这个原本就已垃圾成堆的世界不断地制造着垃圾。在《应物兄》叙写的21世纪第二个十年中的某一段时间内,"知识"不再是知识分子的专利,"应物兄"们也无法再像费边、孙良、华林那样,从制造中西并举的知识话语和声音废墟来获得快感,言说知识或已成为一种惯性或是为了争取某种象征资本或权力财富等的手段。小说中,被言说的知识与更广大的世界相联系:它们关涉着"太和研究院"的成立,关乎资本与权力的媾和。尽管知识话语已然不再是知识分子群体言说的特权,但是它们却蜕变为勾连知识分子声音与世俗社会、政治权力、资本权力的重要媒介。此刻,在话语方式的转变以及具体事境、情境的畸变之下,知识承担着"为我所用"的功能跟目的,它被拥有话语权力的人物当作是股掌之中的可塑之物,最终必然走向知识本义的反面,从而解构了知识承担的意义跟价值,而结果便是,不出意料地成为反讽世界中的语言废墟中的新成员。

二、知识分子的言说以及知识反讽的生成

论者谈及《应物兄》时,几乎都会涉及其相对简单的事件框

架，即葛任后人葛道宏担纲校长的济州大学，准备筹建"太和研究院"，而筹建该院的关键是，意欲邀请旅居海外的当代儒学大师、济州人程济世回国执掌帅印。应物兄在美国学习儒学时曾是程济世的弟子，故而葛校长命应物兄承担筹建研究院的重任，基于此，故事画卷便徐徐展开，一切的尘与土亦随之搅动开来。旅居海外的当代儒学大师程济世可以说是筹建"太和研究院"最为关键的人物，好比诸葛亮草船借箭中的"东风"，葛道宏校长指派应物兄教授所筹备的一切，几乎都是围绕着迎接程济世"荣归故里"，回到他老家的济州大学来任教。作为"象征符号"式的人物，程济世的价值便相当于拥有他的儒学学科即可跟国内的一流顶尖学府相抗衡。正是因为有程济世即将归来的消息，以栾廷玉副省长为代表的政界精英和以黄兴为代表的商界巨擘都处在一种蠢蠢欲动的状态：栾廷玉副省长高度重视、密切关注，既代表省里关心研究院的筹建，又殷勤地赶往北京张罗此事，以彰显自己的政绩；黄兴则闻风而动、慕名而来，准备筹建"太和集团"抢先一步布局商业领域。如果说应物兄在小说中是起到类似于穿针引线的作用的话，那么当代儒学大师程济世则是搅动一切尘与土的暴风眼。程济世鲜有直接在小说叙事中露面的时刻，而他的第一次出现则是通过应物兄的转述而来的。那是在应物兄按照书商季宗慈的要求下到济州电台宣传他的新书《孔子是条"丧家狗"》，当季宗慈告诉应物兄电台主持人是个美女时，应物兄便联想起了程济世的一番"美人"和"美女"之辨，那是针对孔子和子夏对话的一番阐发，程济世特地摘出了"美目"一词，然后又提到了《诗经》，随后便分析道：

  首先是声调上的区分。程先生说："美女的声调是仄仄，多难听啊。美人呢，仄平，多么稳当。'残月出门时，美人和泪辞'，意境、声调多么优美。换成美女，则是境界全无，俗不可耐。厩有肥马，宫有美女。美女者，以色事他人也。以色事他人，能有几日好？"①

这段在情节上似乎有些突如其来的"美人"跟"美女"之辨，看似微言大义、精巧非常，实则有些让人诧异，甚至带有无厘头之感。程济世强行将子夏跟孔子的对话重点，拉扯到"美目"上，实在跟《论语》中相关章节的本意相去甚远。而作为当代公认的儒学大师，他对儒家经典的阐发自然是当代学术界的金科玉律，这里便产生了第一层反讽效果。而当我们联想到程济世先生和既不喝茶也不喝酒，只喝咖啡、只谈现在的谭淳女士的香港邂逅：在谭女士担任翻译时故意跟对谈的东方学者"高论"性爱在经典文献中的发现，甚至将《素女经》中的大段文字跟儒家所倡导的核心价值体系相互印证，也便不奇怪应物兄对于程济世先生关于"美人"跟"美女"的辨析记忆得如此之深刻，程济世对于《素女经》结合儒学的阐发自有其用心良苦之处，而当他完成了跟谭淳女士的一夜风流，其口中的儒学话语便实现了"言在此意在彼"的转换，走向了自身意图的反面。程济世大师对于食色性的关注，或许远远超过对于儒学本身的探究。而在和主管计划生育的副省长栾廷玉探讨计划生育问题的时候，程济世便又展现出其八面玲珑的面向，为了证明其口中"儒教文化强调实用理性。孩子嘛，需要了就多生几个，不需要了就少生，甚至不生"②，以投其所好，迎合栾廷玉的观点跟立场，甚至无视史实，用他的嘴将孔子塑

---

① 李洱. 应物兄：上 [M]. 北京：人民文学出版社，2018：40.
② 李洱. 应物兄：上 [M]. 北京：人民文学出版社，2018：337.

造成"最早实施计划生育的人"①，不知道精通儒家经典的程大师，是选择性遗忘孔子有一儿一女的事实，还是只要能够"为我所用"便可以全然无视历史记载中的样貌，甚至杜撰一部"程氏儒学史"以飨后世。甚至在小说中不同的事境或情境下，程大师也能靠歪曲儒家的观点，作出不同的解释，前后呼应中便产生了足以令人为他感到羞耻的反讽效果。在谈及敬修己的同性婚姻时，程大师煞有介事地动用了大量的知识储备，以证明儒学的包容性，或者说是他本人"海纳百川，有容乃大"的胸襟，卫灵公、汉哀帝，甚至西门大官人皆成为程大师的论据。程济世绕山绕水，尽情享受着演绎程氏辩证法的过程，而预设的结论却是"孔子所说的婚姻，只能是异性婚姻，婚姻的神圣功能就是'继万世之嗣'"②。类似这样的例子，在《应物兄》中并不鲜见，每当程济世大师出现之时，便俨然一副当代活孔子的形象现世，他念兹在兹的是儒家经典，甚至倾泻言语声音的过程中也有几分模拟传统儒教知识分子的腔调。然而，他的"论证"以及口中的儒学知识话语不仅在学理上有严重的逻辑漏洞，而且在目的或功能上尽显他个人的私欲跟虚伪的本质，与此同时，亦令人咋舌于所谓的当代儒学大师竟然是这般模样，反讽的矛头直接指向了全书的核心事件，即葛任的后人葛道宏一门心思筹建的"太和研究院"。以儒学为主导的儒家知识话语乃是《应物兄》中最为典型且广泛运用的代表性知识话语体系。在儒家知识体系的包裹之下，以程济世为代表的各色人等用自己的声音语流强行"征用"儒学知识，形成了一种话语权力关系，也成为烛照世道人心的一面镜子。

作为小说中最显著的知识话语的"活"的象征物，程济世总是出

---

① 李洱. 应物兄：上 [M]. 北京：人民文学出版社，2018：337.
② 李洱. 应物兄：上 [M]. 北京：人民文学出版社，2018：177.

现在应物兄、黄兴、雷巴山、葛道宏等人的转述中，他似乎一面是学术的符号，一面又是各种儒学知识话语的代言人，而通过他的探微、阐释、推理、论述等一系列的话语行为方式或知识密布的细节，则无不呈现出走向反面的反讽意味，而由细节所砌成的"塔楼式建筑"（阎晶明语）则是小说层面的整个故事结构，从核心情节的推进上看亦形成了一个内在的反讽结构。春天，本是万物欣欣向荣的时节，也在春天，应物兄得到了一个光荣的使命，这个任务关乎济州大学能否冲进"一流高校"，关乎济州教育的未来。随即，"我们的应物兄"便展开了一系列的行动，为了筹建"太和研究院"而呕心沥血。他竭力调动自己的记忆跟人脉，毅然决然走出学院的高墙，跟政界、商界以及社会各界五花八门的人士勾连起来，为了靠近自我怀疑的学术梦想跟葛校长再三叮嘱的教育事业，以及充满诱惑的资本，应物兄牢记自己的博导乔木先生"管住舌头"的告诫，半推半就地走向"虚己应物"，他很清楚地认识到："在八十年代学术是个梦想，在九十年代学术是个事业，到了二十一世纪学术就是个饭碗。但我们现在要搞的这个儒学研究院，既是梦想，又是事业，又是饭碗，金饭碗。"[①] 他的内心依然怀揣着知识分子与生俱来的"天真"，内心渴望通过自己的努力处理好"梦想""事业""饭碗"之间平衡的关系，他决定担纲起实际执行筹建"太和研究院"的角色。然而，随着知识细节、各色人等知识话语铺陈开来，筹建不断往前"推进"，一个巨大的旋涡逐渐浮出地表，就是越当应物兄踌躇满志极力推动的时候，似乎就离原先的目标越远。而当走到下一个春天即将来临的时节，"东风"程济世依然没有归来，"太和研究院"也没有建立起来，反倒是附着在"太和研究院"上的"太和投资集团"被政治权力、资本权力以及受益的

[①] 李洱. 应物兄：上 [M]. 北京：人民文学出版社，2018：196.

各方推动建立起来了，大家似乎更加关心的是投资集团能够落地多少项目、创造多少机会、带动多少就业以及在此过程中能够捞到多少油水。细究之下，除了"天真"的应物兄之外，或许并没有太多人真正关心"太和研究院"的建立：葛道宏校长关心的是能否引进当代儒学大师程济世作为学校的"名片"，从而跟北上的一流大学相匹敌；黄兴、铁梳子等人关心的是建立"太研院"可以带来无限的商机跟项目，从而获得极大的经济利益；栾廷玉副省长关心的则是"太研院"的建立可以为自己增添政绩，以及当代儒学大佬的人脉或许可以助力其青云直上；而程大师与其说是对于中国儒学现代性建构的焦虑，不如说是借参与"太研院"之机，"抵达"自我想象中的童年，以及童年记忆中的仁德丸子、程家大院、仁德路、济哥等一系列"乡愁"的象征性符号。小说中的主人公们可谓各怀鬼胎，动机不纯，所有的动因共同扰动起建立"太和研究院"这个核心事件，而自始至终，或许也只有"我们的应物兄"真正关心过建立该学院对于儒学史的意义，尽管应物兄也是在分裂的自我中，用"腹语"的声音形式来达到某种关心的目的，而行动则反射出了另一种自我。对于结果而言，自然是尘归尘、土归土，"太和研究院"并没有落成，在小说的结尾处，应物兄倒在了一场没有痛感的车祸中，模模糊糊中，他的腹语术仍没有停下来的意思：

他听见一个人说："我还活着。"

那声音非常遥远，好像是从天上飘过来的，这是勉强抵达了他的耳膜。

他再次问道："你是应物兄吗？"

这次，他清晰地听到了回答："他是应物兄。"[1]

---

[1] 李洱. 应物兄：下 [M]. 北京：人民文学出版社，2018：1040.

可以说，小说的结尾亦暗示着一个巨大的虚无："太和研究院"最终没有成立，穿梭并忙活在八十多万字中的各种人物和他们不断倾吐、解释、扩张、衍变的声音一道，在车祸的一声巨响和应物兄的腹语术中，烟消云散了。回溯小说的开头，也是以应物兄的一段腹语开头，亦暗示了文本中最显著的反讽主体即应物兄本人，从他半推半就地接受筹建的任务开始，"反讽"便随着无限衍生的知识细节和无数声音语流的参与而诞生了，应物兄越是压制内心另一个自我的声音，从而沉浸式地参与事无巨细的筹建工作，事件则越是加速地走向其反面，他仅剩的一点点学术理想跟热情也在最后的大空虚中化为乌有之物。有论者指出的："《应物兄》的情节主线或许并非是随事态变化才逐渐趋向反讽性的结局，而是从一开始，反讽就环绕着这条主线，在每一个细节的表象之下，都隐藏着意义近乎相反的真相。这让小说在整体上就表现出一种顽强的反讽性：在李洱精心创造的这个世界里，知识与理性不过是幌子，欲望才是本质。"① 通观小说，可以说，无论是以知识话语为代表的细节，抑或是整体的结构、小说中的世界以及主人公们的境况跟遭遇，均指向了反讽这一笼罩式的声音修辞学，并且已然不局限于"修辞"这一范畴，而变成一种整体性的、反讽性的存在。结尾处应物兄的车祸，也是叙述人唯一一次使用"他者"的视点来表现声音，李洱有意地打破了叙述声音的限制，介入应物兄的声音，达到一种"人我合一"的效果，这不得不令人遐想：小说家会不会对在反讽世界中踽踽独行的知识人应物兄"感同身受"，抑或是葆有一份"了解之同情"？

---

① 丛治辰. 偶然、反讽与"团结"——论李洱《应物兄》[J]. 中国现代文学研究丛刊, 2019 (11).

应对当代媒介以及现实天翻地覆的大变革，李洱并未遵循传统或当代常见的叙事模式，而是将自己一以贯之探索跟实践的写作方式在《应物兄》上作了进一步推进，而从一定程度上来说，《应物兄》呈现的文本细节、知识话语、人物对话以及相互交织的社会各阶层跟领域，皆是李洱形塑的复杂叙述人对于反讽世界的看法跟写真，其中自然夹杂着李洱本人对于现实世界的认知跟看法。面对当代急剧变化且毫无先例可循的现实，直面现实并展开写作实践本身便是一种勇敢的选择。在《应物兄》中，李洱相当极致地实践了知识反讽，也是李洱知识分子叙述声音修辞中的重要推进。

第三节　抒情、悲悯与反讽的限度

如前所述，应物兄的行动似乎跟"太和研究院"的筹建形成了某种相悖的状态：每每当他积极地应物，疲于奔命地勾连政商学等各个领域的"精英"，折返于北京、济州跟美国等错落的时空之间，精心地擘画起"太和研究院"的蓝图时，各种细节、知识话语、人物声音、权力关系等就像一张张蜘蛛网，反复地嵌套、粘黏在应物兄的心和身上，他几乎没有时间真正地倾听自我的声音，偶有腹语现身，以助其确证他还葆有所剩无几的羞涩之心。在《应物兄》的前半部，李洱的反讽几乎是延续了早期知识分子声音系统中的音色跟音调，所形塑的叙述人不留情面地辛辣讽刺着角逐于权力、资本、学术之间的各色人等，并且将视野早已移到象牙塔之外的大千世界，即反讽世界。《应物兄》中的世界，已然不单单是知识分子的世界，它实际上是属于以季宗慈、栾廷玉为代表的金钱、权力的世界。就像对于季宗慈来说，文学不过是他逐利的工具，丝毫不存在所谓的敬畏跟羞耻之心，他可以轻描淡写地脱口而出诗人之死不过是为其增加附加价值的筹码①。而到了《应物兄》的下半部分，具体来说则是葛道宏校长召集"学术会议"讨论仁德路和程家大院的具体位置，"我们的应物兄"错愕地发现，一系列的项目已然推开，而自己却一无所知。吴镇，这位即将接过应物兄手中实权者的出现，令他心底的声音再次响起：

咚——
那声音就像源自梦境的最深处，并迅疾来到梦境与现实的交界地带，使他的整个身体都剧烈地摇晃起来。转眼间，他又像漂浮于冰块之上，而冰块正在开裂，嘎吱嘎吱。正在碎裂，哗啦哗啦……②

这是应物兄突发的小意外导致玻璃炸裂的声音，但更多的此起彼伏的声音则是来自于他的内心：他慢慢地意识到了，事情正在往反方向发展。腹语、声音、跳脱的意识不断地将他从现实中拽离，也不断地将文本整体性的反讽格局打破。第 84 节开头便道出了言在此而意在彼的真谛：

---

① "季宗慈经常举例来说明这个问题：海子不死的话，恐怕连海子的父母也不知道儿子是个诗人，诗集能不能出版都是个问题；王小波要是不死的话，哎哟喂，天下谁人能识君？季宗慈还喜欢举徐志摩的例子：那架飞机要是没有撞上山头，现在又有多少人知道徐志摩呢？'轻轻的我走了，正如我轻轻的来'，这也算诗？季宗慈认为这样的诗句他用左脚的脚指头都能写出来，如果徐志摩不是英年早逝，那么徐志摩在文学史上的地位起码要打四点五折。至于这个折扣为什么有零有整，那是因为季宗慈的书都是以四点五折批发给京东、当当和亚马逊的。"李洱：《应物兄》（上），北京：人民文学出版社，2018 年，第 433 页。

② 李洱. 应物兄：下 [M]. 北京：人民文学出版社，2018：619.

声与意不相谐也。

应物兄听见自己说。这是他再次听到《苏丽珂》时,突然萌生的感受。①

当应物兄和一行人奔向病中的双林院士的路上时,作为栾廷玉秘书的邓林一边喋喋不休地起底栾廷玉的各种不堪之事,一边萦绕着苏联的歌曲《苏丽珂》,乐曲声与邓林言辞泡沫的声音相互交织在一起,不可谓不反讽:"乐词与怨词、哀声和乐声,突然间显得相悖又相谐。"② 在李洱早期的知识分子叙述中,反讽声音基本是以反抒情的形式呈现出来的,在《暗哑的声音》《遗忘》等篇章中,冷静甚至于冷漠的叙述语调将知识分子的卑琐与堕落暴露无遗。而在这里,邓林持续不断的言辞输出以及"太和研究院"行将没落的事实似乎快要水落石出,但是《苏丽珂》的动人旋律却让反讽效果并未完全将字里行间的抒情意味冷却。跟李洱早期的知识分子叙述不同,就《应物兄》整体的阅读感受而言,或许很难将之视为一部反讽之作。由下半部分开始,当应物兄逐渐意识到事情正在变化之时,整个情节中的抒情意味、悲悯的声音油然而来。有论者论及李洱早期围绕知识分子展开书写的小说时,指出李洱的作品过于讲究智性的叙事及其反讽策略的运用,从而使人物形象的刻画显得不够丰满,以及大量反讽策略的运用,"虽然有助于以一种自由而平等的姿态去呈现生存之荒谬,但当更广袤的'人'和'存在'的话题不得不需要我们面对并予以更为真切的艺术呈现的时候,一味地'反讽'就使小说缺乏了一种厚重和深

---

① 李洱. 应物兄:下 [M]. 北京:人民文学出版社,2018:802.
② 李洱. 应物兄:下 [M]. 北京:人民文学出版社,2018:817.

沉，同时也就失却了那种湿漉漉的质感"。① 如果说李洱早期的知识分子叙述中确实存在这样的问题，那么到了《应物兄》则给人看到了一种穿越单薄的努力，以及不再一味地反讽，而是获得了一种随时间而来的智慧，它满载厚重悲悯的情绪，回望着过去：

九曲黄河，在这里拐了个弯。

但只有在万米高空，你才能看见这个弯。

缓慢，浑浊，寥廓，你看不见它的波涛，却能听见它的涛声。这是黄河，这是九曲黄河中下游的分界点。黄河自此汤汤东去，渐成地上悬河……这是黄河，它比所有的时间都悠久，比所有的空间都寥廓。但那涌动着的浑厚和磅礴中，仿佛又有着无以言说的孤独和寂寞。

应物兄突然想哭。②

如此这般的大惆怅、大感叹或许在中国现代小说史上亦不多见。此时此刻此地，或许想哭的并不只有"我们的应物兄"，还有李洱以及李洱形塑的叙述人乃至于读者。古老且沧桑的黄河，万年变动不居，或许可与之相提并论的，只有我们古老且伟大，纳尽铅华与沧桑的汉语，面对黄河，应物兄或许才真正意识到，他所冀望的学术理想以及那点零星的努力只不过是寒冷时代、反讽时代的一声叹息。从《应物兄》的下半部分开始，"我们的应物兄"开始频频回望那个想象中的八十年代，时光不再，人却实存。芸娘、双林院士、张子房教授、何为教授这些正在"撤退"的老一代知识人，是《应物兄》中为数不多的隔离于反讽时代、反讽主体的人物。芸娘，在应物兄心中，几乎

---

① 张旭东. 论李洱小说的"知识分子书写" [J]. 当代文坛，2010 (5).
② 李洱. 应物兄：下 [M]. 北京：人民文学出版社，2018：818-819.

可以算是完美知识人的象征性符号，思考是她与生俱来的能力，在她的身上，"凝聚着一代人的情怀"①。这位在小说中不时被提及的人物，直到情节衍生至第 86 节时，应物兄才和芸娘面对面地交流。回溯学生时代的往事，应物兄的第一部专著便是由芸娘指导的，而应物兄有幸能够读到小说中为数不多的几位怀有羞涩感的人物之一的文德能的著作 The thirdxelf，也是因为芸娘，或许也只有芸娘，这位活的符号式的人物的存在，方能让应物兄理性而深情地回望那个沐浴着阳光与理性的年代，同时，也能触摸到文德能在弥留之际的纯粹知识分子的情怀与悲悯。除了芸娘之外，双林院士亦是隔绝于反讽时代之外的一位动人形象。这位为了祖国导弹事业鞠躬尽瘁的科学家，牺牲了包括家庭在内的一切。在应物兄的眼中，双林院士总是保持不悲不喜、超然物外的姿态。而双林院士的爱国情怀以及由于为了祖国的事业瞒着父母妻儿，到大西北默默从事研究的行为，却没有因为《应物兄》中的反讽底色而被解构，尽管他的儿子双渐对父亲当年一走了之的事情仍然心怀怨恨。但是，正如有论者指出的："在和双渐一起来到桃花峪，在九曲黄河岸边与双林'事功'而'抒情'的一生狠狠地正面撞击之后，应物兄似乎终于——至少暂时地——和反讽性的现实达成了和解。"②除此之外，还有何为教授、张子房教授，他们都经历过时代的大变革，却仍然初心不改，在生活中，他们接地气、能吃苦，而对于学术研究，他们则穷尽毕生的精力不断地求索与追问。

当应物兄彻底地意识到自己不见容于世之时，小说反而由反讽走向了抒情与悲悯，这似乎是李洱形塑的叙述人所尝试的突破早期知识

---

① 李洱. 应物兄：下 [M]. 北京：人民文学出版社，2018：843.
② 丛治辰. 偶然、反讽与"团结"论李洱《应物兄》[J]. 中国现代文学研究丛刊，2019（11）.

分子叙述声音修辞中限度的某种努力。纯粹的知识人文德能所造之词"Thirdxelf"似乎成为应物兄抵抗反讽世界遂而新生的某种隐喻。写作链条推进到《应物兄》，李洱似乎更深刻地意识到，个人与时代之间的矛盾，是一个永恒的难题，反讽主体与反讽时代乃是伴随着现代性的必然产物，而人类精神的可贵之处，便是在于某种意义上的传承与回望。现实的复杂性是难以穷尽的，而小说本身并不是为了现实的复杂性而存在，相反，小说应当致力于发明一种新的现实。小说中带有羞涩感的主人公之一文德能的书单中有一册《偶然、反讽与团结》，书中理查德·罗蒂（Richard Rorty）提道："人类团结乃是大家努力的目标。"[1] 应物兄回溯20世纪80年代的契机，不仅是与老一辈知识分子相遇，从他们的身上攫取当下难觅踪影的精神资源、思想资源，更是一种共情、感知人类遭际的实际行动。当每位个体都是一座孤岛成为一种新的意识趋向，那么如何在四分五裂的意识中打开对话的缝隙、处理个体之间的关系，凝聚最大的共识，守望相助，达至共同体的可能，或许是反讽修辞需要突破的限度，更是小说应该承担的命题。

---

[1] 理查德·罗蒂. 偶然、反讽与团结 [M]. 徐文瑞, 译. 北京：商务印书馆，2003：7.

结 语

回望中国现当代小说的发展历程，可以说，自现代小说开始生长于华夏大地，知识分子便一直在其中担纲主角。知识分子不仅是小说中的主要形象之一，也是小说本身的创造者。执笔描摹知识分子形象的作者，也是知识分子群落中的一员。正如赵园先生所言："一时代的文学风貌，与一时代知识分子身内身外的具体处境，至关密切。"[①] "身内"，是以儒家为核心的价值要义已然烙刻在他们的文化基因之中，匆忙中略显慌乱而来的以欧洲为中心的西方价值理念尚未消化完全；"身外"，是动荡不安的民族、国家、社会与摇摆不定的国际国内时局，中国知识分子这一"两边都靠不上岸"的群体在民族国家历史的变迁中，像一个行走的影子，他们的身份影影绰绰，暧昧不明，他们的声音微弱而渺茫，甚至有时连发出声音也成了困难的事。百余年前，《狂人日记》里那位精神分裂的疯病患者，或可称为中国文学史上第一位真正意义上的现代反讽主体，亦是中国现代小说史上的经典知识分子形象。沿此进路，鲁迅笔下走出了孔乙己、涓生、魏连殳、吕纬甫、四铭先生等诸多经典知识分子文学形象。时空隧道打开，生活在21世纪第二个十年、《应物兄》里那位擅长使用腹语、略带羞涩感的应物兄，孤独而惆怅地踽踽独行于人世之间。

[①] 赵园. 艰难的选择 [M]. 上海：上海文艺出版社，1986：6.

声音问题是李洱知识分子叙述中的重要问题，它环绕于以语言为中心的声音装置中。用小说呈现声音，再到"发明"声音，以声音的语言哲学意涵创造一种小说体裁的艺术，乃是李洱对于当代文学的一大贡献。而这一贡献，很大程度上被李洱落实于知识分子叙述的语言实践之中。海德格尔尝言："当人思索存在时，存在就进入语言。语言是存在寓所。人栖居于语言这寓所中。用语词思索和创作的人们是这个寓所的守护者。"① 李洱的贡献，在很大程度上来说，便是落实到小说知识分子叙述的语言实践之中。从李洱的创作脉络上加以观照，无论是人物谱系的关联性（或称连贯性），还是声音生成机制的先锋性、探索性和突破性，他从未试图"另辟蹊径"，而是一步一个脚印地踏实前行，悉心将一个一个的音符拖拽到适合它们的位置，谱成一曲烙有个人印记的时代乐章。声音问题的核心是对话。可以说，对话关系甚至存在于李洱小说的任何一个角落，它们随声音赋形，被嵌入到文本的语言、形式、修辞等各个层面及面向。李洱对于小说对话性的重视或能排到当代小说家中的前列，或者说，在李洱看来，小说无法跟读者、世界之间产生对话关系，那么小说存在的意义，甚至是合法性都将会受到质疑。此论与巴赫金对声音丰富性的强调不谋而合。他们都极为认同文本意涵乃是生成于对话的互动之中，强调并重视作家形塑的文学文本在对话与互动中逐渐完善和立体的建构过程。

敬文东教授用"体系性"写作来指称李洱将知识分子，甚至将知识本身作为刻写对象②的写作成果。的确，李洱小说的知识分子叙述

---

① 海德格尔. 存在主义哲学 [M]. 陈鼓应，等，译. 台北：台湾商务印书馆，1993：87.

② 敬文东. 李洱诗学问题（下）[J]. 文艺争鸣，2019（9）.

所凝视的对象不外乎这两类。而当李洱将"现实之书"《应物兄》兑现给读者以及世界，他的知识分子叙述链条上便又扣上了关键且重要的一环。不得不说，像李洱这样自出道起，便一以贯之地认同并推进其知识分子叙述且少有败笔的作家，并不多见。从声音的角度考察，他们/它们总是以"言"为确证方式或存在形式。在李洱早期的知识分子叙述中，知识分子的语义空转或话在说我的行为表征，几乎是被完全置于冷静，甚至于冷漠的叙述语调之下，呈现出一种凛冽的反讽姿态，从而缺乏某种"了解之同情"，有时难免会使得形塑的知识分子形象趋同化，缺乏某种厚重的文学质地。20 世纪 80 年代，席卷而来的思想浪潮并未真正地立于潮头，随后而来的商品经济、市场经济主潮"果断"地将前浪拍死在沙滩上：经济逻辑似乎悄然洞穿了一切。任何人都不可能"遗世而独立"，时代的尘与土终究要落在每位个体的身上。并不算是追潮逐浪者的李洱，冷眼旁观着周遭的一切，钟情小说的他，种下了冀望用小说"发明"生活的种子。这是一颗会"发声"的、从未停止生长的种子，它从 20 世纪 90 年代便开始孕育一场"声音"的艺术。魏天真教授经常以"复杂性"涵盖李洱对于人跟现实关系的处理方式与表达方式，以及小说文体、叙述策略和写作语境等方面的写作实践问题。事实上，声音的"复杂性"是李洱小说知识分子叙述中的一个重要症候。一方面，李洱意欲用小说呈现米兰·昆德拉意义上的生存困境；另一方面，李洱又不断地对小说声音模式进行推进与创新，使之更立体地"发明"知识分子，乃至"大写的人"的生活。在李洱早期的知识分子叙述中，凝视生存的困境是其写作的重点，而随着罗兰·巴特意义上的心境蜕变，到了《应物兄》阶段，李洱开始属意于对穿透困境的尝试跟努力。这种努力客观上也在李洱小说知识分子叙述的声音样态中添上了重要的一笔。

在现实加速变化、信息急剧爆炸的时代,"知识分子"这一本就含糊不清的概念语词,愈发显得尴尬。或许宽泛地说,在自媒体泛滥的时代,拥有读取、收发信息能力的人,皆可称之为这个时代的"知识分子"。当李洱形塑出《应物兄》这部长篇小说之时,或许其知识分子叙述的敞开面更大了:某种意义上来说,象牙塔已不再是知识的象征符号,它已成为洪流本身的一部分,旁逸斜出、枝蔓丛生的知识以及知识话语或许是李洱知识分子叙述中新的证物。在小说中,各门类、各领域、各学科的知识随物赋形,穿梭在不同职业、阶层的舌尖上,形成庞大的知识话语。它们以言为中心,四散开来,成为李洱小说知识分子叙述中独特的声音景观。不夸张地说,《应物兄》中的知识分子或已"退居二线",取而代之的则是海纳百川的知识、知识话语以及他们跟儒学文化传统的复杂关联。知识以及知识话语在反讽主体饶舌的声音泡沫中,打开了多重对话的可能性。小说的下半部分,来回穿梭在现实与20世纪80年代的应物兄,也在历史现场中捕获记忆、捡拾个体经验,试图重新唤起知识人的羞涩感与老一辈知识分子的道德高标跟学术良心。如果说在早期的李洱知识分子叙述中,知识是作为一种连结知识分子与世界的"中间物"的话,到《应物兄》中,知识既是叙述人讲述的方法,也是被叙述的对象,它既照见具有普遍性的知识范畴(抑或是杜撰的伪知识),又烛照个体的经验世界。在某种意义上说,在叙述人将知识话语形塑出不同面向之时,知识话语亦是一面返照叙述人的镜子。需要指出的是,知识话语的衍生性亦是值得重视跟警惕的。单就阅读体验而言,知识存量的高门槛和大量衍生的文本细节,自然会考验到一部分读者的耐心,因为它们并不仅仅是减缓了叙事的速度,还在任性的铺陈中将某些可能生长的细节吞噬。当然,《应物兄》的体量以及形制,在李洱的知识分子叙述中都是前所未有的，将其看作是一种声音语流的试验性文本亦未尝不可。阐释《应物兄》是困难的，甚至阐释者在寻找阐释证据时愈发严肃愈发深入，便愈发会陷入某种被消解或解构的迷思中。

从费边到葛任，再到应物兄，李洱笔下的人物从现实中来，又返回历史中去，最终还是以另一种形式在现实中相遇。"个体存在的秘密之花"——葛任，李洱笔下为数不多的理想型知识分子，如行走的影子一般晦暗不明，却终于在《应物兄》中芸娘、何为、双林、张子房诸人的身上复活。反讽主体各自逡巡于他们的时代，叙述人亦随心境的蜕变，转而对反讽主体以及反讽时代有了更深入的思考。一味的反讽，短期而言，辛辣而直截了当；而长期来看，还是缺乏某种建设性的关怀。当应物兄立于九曲黄河的岸边，一种抒情、悲悯的气息击中了他，这是反讽时代的个体从知识分子群像中的一次"突围"，应物兄静静聆听着黄河浑浊、寥廓的声音，这声音既传递出重建自我身份的回响，也指出了一条知识分子（反讽主体）走向"团结"行之有效的路径。

声音的最终意义在于实现建立对话关系的可能性。"两个声音才是生命的最低条件，生存的最低条件。"[①] 依李洱之见，"现代小说，如果仅仅是作者在絮絮叨叨地说自己的话，小说的意义就丧失了大半"[②]。在推进知识分子叙述的过程中，作家将对话性的意涵融入形塑小说形式的意识形态，用不同的文本形式与样态展现小说体裁涵纳不同声音的包容力。从声音的角度来说，这种设置是希望使小说场域保持一种开放的状态，在容纳各种声音的同时，得以与读者、世界之

---

① 巴赫金. 巴赫金全集：第 1 卷 [M]. 钱中文，译. 石家庄：河北教育出版社，2009：109.
② 李洱. 贾宝玉长大之后怎么办 [J]. 扬子江评论，2016 (6).

间形成一种对话关系。同时，在理性地、怀疑地、冷静地呈现知识分子日常生活及精神状态的基础上，保持一种宽容的、开放的写作姿态以囊括更多的声音，也是在庸常繁杂的日常生活中思考知识分子的命运跟未来。无论是对于存在的悖谬状态还是荒谬感的书写，抑或是对意义的苦觅不得，都只有在小说语言与形式的双重探索中，才能得到有效的表达。李洱采用百科全书式的叙述方式来创造杂语丛生的小说面貌，又编织、杂糅不同声音物质形态与语言形式来展开知识的对话，让各种旁逸斜出的声音在逸兴遄飞中相互摩擦、碰撞，形成多重对话关系，就是在小说的语言和形式上都孜孜以求，苦心探索。

在明心见性的话语世界中，发出声音有时并不是为了言说某种意义，发声行为本身便是一件具有意义的事情，更是平衡内心的基本方式。传统与经验是既成的声源，语言和形式的变革则是作家为内在声音寻求的一种新的表达。在李洱的知识分子叙述中，可以清晰地看到他对于小说语言和形式的不懈探索，李洱在不同的小说文本中不断调整甚至重建词与物的联系，这一切都建立在作家的思辨精神跟对现实的清醒认知之上。李洱的知识分子叙述从未割裂跟传统的联系，相反，在他的写作实践中，往往可以在声音层面上看到现实与传统之间的对话跟共鸣以及随之而来的试验与反思。我们有理由期待勤奋的思考者、笔耕不辍的写作者李洱先生心中的"未来之书"的降临。

参考文献

一、作家作品

[1] 曹雪芹, 高鹗. 红楼梦 [M]. 北京：人民文学出版社, 2008.

[2] 丁玲. 丁玲全集 [M]. 石家庄：河北人民出版社, 2001.

[3] 何锐. 守望先锋：中国先锋小说选 [M]. 南京：江苏文艺出版社, 2011.

[4] 李洱. 白色的乌鸦 [M]. 北京：新星出版社, 2011.

[5] 李洱. 导师死了 [M]. 上海：上海文艺出版社, 2013.

[6] 李洱. 儿女情长 [M]. 上海：上海文艺出版社, 2013.

[7] 李洱. 鬼子进村 [M]. 上海：上海文艺出版社, 2013.

[8] 李洱. 花腔 [M]. 上海：上海文艺出版社, 2013.

[9] 李洱. 石榴树上结樱桃 [M]. 上海：上海文艺出版社, 2013.

[10] 李洱. 问答录 [M]. 上海：上海文艺出版社, 2013.

[11] 李洱. 午后的诗学 [M]. 上海：上海文艺出版社, 2013.

[12] 李洱. 喑哑的声音 [M]. 上海：上海文艺出版社, 2013.

[13] 李洱. 从何处说起呢 [M]. 武汉：长江文艺出版社, 2015.

［14］李洱．应物兄［M］．北京：人民文学出版社，2018．

［15］李洱．熟悉的陌生人［M］．郑州：河南文艺出版社，2020．

［16］老舍．老舍全集［M］．北京：人民文学出版社，1999．

［17］鲁迅．鲁迅全集［M］．北京：人民文学出版社，2005．

［18］毛泽东．毛泽东选集［M］．北京：人民出版社，1991．

［19］米洛拉德·帕维奇．哈扎尔辞典［M］．南山，戴骢，石枕川，译．上海：上海译文出版社，2013．

［20］莫言．丰乳肥臀［M］．北京：作家出版社，2012．

［21］莫言．红高粱家族［M］．北京：作家出版社，2012．

［22］莫言．檀香刑［M］．北京：作家出版社，2012．

［23］钱锺书．围城［M］．北京：人民文学出版社，1991．

［24］沈从文．边城［M］．北京：北京十月文艺出版社，2008．

［25］汪曾祺．汪曾祺全集［M］．北京：北京师范大学出版社，1998．

［26］吴亮．朝霞［M］．北京：人民文学出版社，2016．

［27］阎连科．日光流年［M］．北京：北京十月文艺出版社，2009．

二、研究资料

［1］李建周．先锋小说研究资料［M］．南昌：百花洲文艺出版社，2018．

［2］宁宗一．中国小说学通论［M］．合肥：安徽教育出版社，1995．

［3］汤学智，杨匡汉．台湾暨海外学界论中国知识分子［M］．郑州：河南人民出版社，1994．

［4］王雨海．李洱研究［M］．郑州：河南大学出版社，2015．

［5］薛晓源，曹荣湘．全球化与文化资本［M］．北京：社会科学文献出版社，2005．

［6］赵毅衡．"新批评"文集［M］．天津：百花文艺出版社，2001．

三、专著

［1］D·C·米克．论反讽［M］．周发祥，译．北京：昆仑出版社，1992．

［2］J．希利斯·米勒．解读叙事［M］．申丹，译．北京：北京大学出版社，2002．

［3］M. H. 艾布拉姆斯．文学术语词典［M］．吴松江，译．北京：北京大学出版社，2014．

［4］韦恩·布斯．小说修辞学［M］．华明，胡晓苏，周宪，译．北京：北京大学出版社，1987．

［5］安德鲁·本尼特，尼古拉·罗伊尔．关键词：文学、批评与理论导论［M］．汪正龙，李永新，译．桂林：广西师范大学出版社，2007．

［6］阿莱霍·卡彭铁尔．小说是一种需要［M］．陈众议，译．昆明：云南人民出版社，1995．

［7］阿拉斯泰尔·伦弗鲁．导读巴赫金［M］．田延，译．重庆：重庆大学出版社，2017．

［8］保罗·利科尔．解释学与人文科学［M］．陶远华，等，译．石家庄：河北人民出版社，1987．

［9］本雅明．发达资本主义时代的抒情诗人［M］．张旭东，魏文

生，译．北京：生活·读书·新知三联书店，1989．

［10］保罗·德曼．解构之图［M］．李自修，译．北京：中国社会科学出版社，1998．

［11］柄谷行人．日本现代文学的起源［M］．赵京华，译．北京：生活·读书·新知三联书店，2006．

［12］巴赫金．巴赫金全集［M］．钱中文，译．石家庄：河北教育出版社，2009．

［13］柏桦．左边——毛泽东时代的抒情诗人［M］．南京：江苏文艺出版社，2009．

［14］陈嘉映．语言哲学［M］．北京：北京大学出版社，2003．

［15］查建英．八十年代：访谈录［M］．北京：生活·读书·新知三联书店，2006．

［16］陈平原．中国小说叙事模式的转变［M］．北京：北京大学出版社，2010．

［17］陈平原．当代中国人文观察［M］．北京：北京大学出版社，2010．

［18］邓小平．邓小平文选（一九七五——一九八二）［M］．北京：人民出版社，1983．

［19］董小英．再登巴比伦塔：巴赫金与对话理论［M］．北京：生活·读书·新知三联书店，1994．

［20］杜赞奇．文化、权力与国家：1900—1942年的华北农村［M］．王福民，译．南京：江苏人民出版社，1994．

［21］德里达．声音与现象［M］．杜小真，译．北京：商务印书馆，2010．

［22］弗雷德里克·詹姆逊．政治无意识［M］．王逢振，陈永

国，译．北京：中国社会科学出版社，1999．

［23］福柯．词与物——人文科学考古学［M］．莫伟民，译．上海：生活·读书·新知上海三联书店，2001．

［24］福柯．知识考古学［M］．谢强，马月，译．北京：生活·读书·新知三联书店，2003．

［25］费孝通．乡土中国［M］．上海：上海人民出版社，2006．

［26］范云晶．现代汉诗"词的歧义性"［M］．北京：社会科学文献出版社，2020．

［27］格非．不过是垃圾［M］．沈阳：春风文艺出版社，2007．

［28］耿占春．叙事美学［M］．海口：海南出版社，2008．

［29］葛兰西．狱中札记［M］．曹雷雨，姜丽，张跣，译．郑州：河南大学出版社，2015．

［30］胡絜青．老舍论创作［M］．上海：上海文艺出版社，1980．

［31］海德格尔．诗·语言·思［M］．彭富春，译．北京：文化艺术出版社，1991．

［32］海德格尔．存在主义哲学［M］．陈鼓应，等，译．台北：台湾商务印书馆，1993．

［33］海德格尔．海德格尔选集［M］．上海：上海三联书店，1996．

［34］海德格尔．关于人道主义的书信［M］．孙周兴，译．北京：商务印书馆，2001．

［35］汉斯·罗伯特·耀斯．审美经验与文学解释学［M］．顾建光，顾静宇，张乐天，译．上海：上海泽文出版社，1997．

［36］汉娜·阿伦特．启迪：本雅明文选［M］．张旭东，王斑，译．北京：生活·读书·新知三联书店，2008．

［37］海因里希·盖瑟尔伯格．我们时代的精神状况［M］．孙柏，等，译．上海：上海人民出版社，2018.

［38］韩炳哲．他者的消失［M］．吴琼，译．北京：中信出版集团，2019.

［39］敬文东．随"贝格尔号"出游［M］．郑州：河南大学出版社，2010.

［40］敬文东．守夜人呓语［M］．北京：新星出版社，2013.

［41］敬文东．艺术与垃圾［M］．北京：作家出版社，2016.

［42］敬文东．感叹诗学［M］．北京：作家出版社，2017.

［43］江弱水．卞之琳诗艺研究［M］．合肥：安徽教育出版社，2000.

［44］贾克·阿达利．噪音：音乐的政治经济学［M］．宋素凤，翁桂堂，译．郑州：河南大学出版社，2017.

［45］卡尔维诺．新千年文学备忘录［M］．黄灿然，译．南京：译林出版社，2015.

［46］卡尔维诺．为什么读经典［M］．黄灿然，李桂蜜，译．南京：译林出版社，2015.

［47］卡尔·曼海姆．意识形态与乌托邦［M］．姚仁权，译．北京：中国社会科学出版社，2009.

［48］康凌．有声的左翼——诗朗诵与革命文艺的身体技术［M］．上海：上海文艺出版社，2020.

［49］雷·韦勒克，奥·沃伦．文学理论［M］．刘象愚，邢培明，陈圣生，李哲明，译．北京：生活·读书·新知三联书店，1984.

［50］罗兰·巴特．符号学原理［M］．沈阳：辽宁人民出版社，1987.

[51] 刘北成．福柯思想肖像［M］．上海：上海人民出版社，2001.

[52] 理查德·罗蒂．偶然、反讽与团结［M］．徐文瑞，译．北京：商务印书馆，2003.

[53] 琳达·哈琴．反讽之锋芒：反讽的理论与政见［M］．徐晓雯，译．郑州：河南大学出版社，2010.

[54] 吕正惠．抒情传统与政治现实［M］．武汉：华中师范大学出版社，2011.

[55] 冷霜．分叉的想象［M］．北京：光明日报出版社，2016.

[56] 莫林虎．中国诗歌源流史［M］．北京：中国社会科学出版社，2002.

[57] 马丁．当代叙事学［M］．伍晓明，译．北京：北京大学出版社，2005.

[58] 麦克卢汉．理解媒介［M］．何道宽，译．南京：译林出版社，2011.

[59] 钱锺书．七缀集［M］．北京：生活·读书·新知三联书店，2002.

[60] 乔治·斯坦纳．语言与沉默［M］．李小均，译．上海：上海人民出版社，2013.

[61] 什克洛夫斯基．作为手法的艺术［M］．方珊，等，译．北京：生活·读书·新知三联书店，1989.

[62] 萨莫瓦约．互文性研究［M］．邵炜，译．天津：天津人民出版社，2002.

[63] 申丹，王丽亚．西方叙事学：经典与后经典［M］．北京：北京大学出版社，2010.

[64] 萨义德. 知识分子论 [M]. 单德兴, 译. 北京: 生活·读书·新知三联书店, 2016.

[65] 石昌渝. 中国小说源流论 [M]. 北京: 生活·读书·新知三联书店, 2015.

[66] 苏珊·桑塔格. 苏珊·桑塔格谈话录 [M]. 姚君伟, 译. 南京: 译林出版社, 2015.

[67] 托多罗夫. 日常生活颂歌 [M]. 曹丹红, 译. 上海: 华东师范大学出版社, 2012.

[68] 王蒙. 漫话小说创作 [M]. 上海: 上海文艺出版社, 1983.

[69] 王增进. 后现代与知识分子社会位置 [M]. 北京: 中国社会科学出版社, 2003.

[70] 王婧. 声音与感受力: 中国声音实践的人类学研究 [M]. 杭州: 浙江大学出版社, 2017.

[71] 王汶成. 文学话语的类型学研究 [M]. 北京: 人民出版社, 2018.

[72] 王东杰. 历史·声音·学问: 近代中国文化的脉延与异变 [M]. 北京: 东方出版社, 2018.

[73] 沃·伊瑟尔. 阅读行为 [M]. 金慧敏, 张云鹏, 张颖, 易晓明, 译. 长沙: 湖南文艺出版社, 1991.

[74] 瓦尔特·本雅明. 本雅明文选 [M]. 陈永国, 马海良, 编. 北京: 中国社会科学出版社, 1999.

[75] 魏天真. 我读李洱: 求真的愉悦 [M]. 武汉: 武汉大学出版社, 2007.

[76] 希翁. 声音 [M]. 张艾弓, 译. 北京: 北京大学出版社, 2013.

[77] 许纪霖. 中国知识分子十论 [M]. 上海：复旦大学出版社, 2003.

[78] 许纪霖. 家国天下：现代中国的个人、国家与世界认同 [M]. 上海：上海人民出版社, 2017.

[79] 亚里士多德. 修辞术·亚历山大修辞学·论诗 [M]. 颜一, 崔延强, 译. 北京：中国人民大学出版社, 2003.

[80] 伊格尔顿. 理论之后 [M]. 商正, 译. 北京：商务印书馆, 2009.

[81] 于苏贤. 复调音乐教程 [M]. 上海：上海音乐出版社, 2001.

[82] 余英时. 士与中国文化 [M]. 上海：上海人民出版社, 2003.

[83] 余英时. 中国文化的重建 [M]. 北京：中信出版社, 2011.

[84] 余光中. 翻译乃大道 [M]. 北京：外语教学与研究出版社, 2014.

[85] 叶维廉. 中国诗学 [M]. 北京：生活·读书·新知三联书店, 1996.

[86] 姚成贺. 认知·现实·主体：A.S 拜厄特四部曲中的知识话语研究 [M]. 南京：南京大学出版社, 2016.

[87] 张隆溪. 二十世纪西方文论述评 [M]. 北京：生活·读书·新知三联书店, 1986.

[88] 张德林. 现代小说的多元建构 [M]. 上海：华东师范大学出版社, 1998.

[89] 张闳. 声音的诗学 [M]. 北京：中国人民大学出版社, 2003.

[90] 张建华. 俄国知识分子思想史导论 [M]. 北京：商务印书馆，2008.

[91] 张军府. 个体与存在——现代中国知识分子题材小说叙事伦理研究 [M]. 济南：山东教育出版社，2016.

[92] 张勐. 情感和形式：中国当代小说中的知识分子叙事 (1949—1979) [M]. 杭州：浙江大学出版社，2021.

[93] 赵园. 艰难的选择 [M]. 上海：上海文艺出版社，1986.

[94] 竹内好. 鲁迅 [M]. 杭州：浙江文艺出版社，1986.

[95] 朱立元. 接受美学 [M]. 上海：上海人民出版社，1989.

[96] 朱大可. 华夏上古神系 [M]. 上海：东方出版社，2014.

[97] 朱利安·班达. 知识分子的背叛 [M]. 余碧平，译. 上海：上海人民出版社，2017.

[98] 钟鸣. 秋天的戏剧 [M]. 上海：学林出版社，2002.

[99] 赵一凡. 欧美新学赏析 [M]. 北京：中央编译出版社，1996.

[100] 赵毅衡. 新批评——一种独特的形式主义文论 [M]. 北京：中国社会科学出版社，1986.

[101] 赵毅衡. 当说者被说的时候：比较叙述学导论 [M]. 北京：中国人民大学出版社，1998.

四、论文

[1] 陈安慧. 反讽的轨迹——西方与中国 [D]. 武汉：华中师范大学，2013.

[2] 丛治辰. 偶然、反讽与"团结"——论李洱《应物兄》[J]. 中国现代文学研究丛刊，2019（11）.

［3］董勇．李洱小说叙事研究［D］．延吉：延边大学，2011.

［4］董若楠．滞重的跋涉——李洱的知识分子书写研究［D］．哈尔滨：黑龙江大学，2021.

［5］杜绿绿．李洱和他才能的边界［J］．上海文化，2020（1）.

［6］傅修延．听觉叙事初探［J］．江西社会科学，2013（2）.

［7］傅修延．为什么麦克卢汉说中国人是"听觉人"——中国文化的听觉传统及其对叙事的影响［J］．文学评论，2016（1）.

［8］葛红兵．午后的写作——李洱小说意象［J］．当代文坛，1998（4）.

［9］格非．记忆与对话——李洱小说解读［J］．当代作家评论，2001（4）.

［10］耿占春．仿史学的小说叙事［J］．花城，2002（3）.

［11］顾彬．我们的声音在哪里？——找寻"自我"的中国作家［J］．扬子江评论，2009（2）.

［12］甘露．李洱创作中的反成长元素——以《应物兄》为例［J］．小说评论，2021（6）.

［13］黄听松．知识分子的叙述空间——论李洱的小说［D］．西安：陕西师范大学，2009.

［14］洪蕊．论李洱小说的叙事艺术［D］．合肥：安徽大学，2021.

［15］敬文东．记忆与虚构——李洱论［J］．小说评论，2002（2）.

［16］敬文东．历史以及历史的花腔化——论李洱的《花腔》［J］．小说评论，2003（6）.

［17］敬文东．李洱诗学问题［J］．文艺争鸣，2019（7，9）.

［18］李洱．郑州：在书中寻找自己的故乡［N］．中国图书商

报，2003-04-08.

[19] 李洱．为什么写，写什么，怎么写——在苏州大学"小说家讲坛"上的讲演［J］．当代作家评论，2005（3）．

[20] 李洱，马季．探究知识分子在历史和现实中的困境［J］．作家，2007（1）．

[21] 李洱，傅小平．李洱：写作可以让每个人变成知识分子［N］．文学报，2019-02-21.

[22] 李全生：布迪厄场域理论简析［J］．烟台大学学报（哲学社会科学版），2002（2）．

[23] 李迎丰．国际话语境中的知识悲剧——李洱小说《花腔》中话语结构的比较文学阐释［J］．中国比较文学，2003（4）．

[24] 李庚香．文化视野中的意识形态话语建构——对李洱《花腔》的文化批评［J］．文艺争鸣，2003（2）．

[25] 李彦姝．《应物兄》中的人物声音及其他［J］．当代文坛，2020（6）．

[26] 李国华．现代心灵及身体与言及文之关系——鲁迅《野草》的一个剖面［J］．文艺争鸣，2021（11）．

[27] 梁鸿．"灵光"消逝后的乡村叙事——从《石榴树上结樱桃》看当代乡土文学的美学裂变［J］．当代作家评论，2008（5）．

[28] 刘秀丽．学院知识分子的精神荒芜与道德坚守——从《围城》到《应物兄》［J］．当代文坛，2019（4）．

[29] 刘勇强．纸上有声待知音——《红楼梦》中声音描写［J］．红楼梦学刊，2020（6）．

[30] 孟繁华．应物象形与伟大的文学传统——评李洱的长篇小说《应物兄》［J］．当代作家评论，2019（3）．

[31] 马佳娜，杨辉．"自我"与"世界"的辩证及其问题：《应物兄》的"思想史"时刻［J］．小说评论，2021（6）．

[32] 倪爱珍．情节模式与反讽叙述［J］．四川师范大学学报（社会科学版），2019（1）．

[33] 彭娟．论俄国形式主义的"陌生化"［D］．武汉：武汉大学，2005．

[34] 朴宰雨，崔强．先锋性的探索——超凡不俗的智略型作家李洱［J］．作家，2009（15）．

[35] 邵部．失落的境地与不弃的言说——论李洱的知识分子叙述［D］．沈阳：沈阳师范大学，2016．

[36] 施战军．被动语态的"知识分子"——李洱小说的一个向度［J］．山花，2005（8）．

[37] 沈杏培．百科体、知识腔与接收障碍——《应物兄》的"知识叙事"反思［J］．小说评论，2021（6）．

[38] 孙郁．知识碎片里的叙述语态——《应物兄》片议［J］．中国文学批评，2021（2）．

[39] 孙鹏辉．中国现代文学知识分子形象论——以鲁迅、蒋光慈、钱锺书为中心［D］．长春：东北师范大学，2014．

[40] 宋思瑶．虚无与"穿越"虚无——李洱小说论［D］．济南：山东大学，2020．

[41] 田中禾．莴笋搭成的白塔［J］．人民文学，1995（10）．

[42] 汪政．我们不能"遗忘"文体［J］．大家，1999（4）．

[43] 吴义勤．诗性的悬疑——李洱论［J］．山花，1999（9）．

[44] 魏天真．李洱小说的"复杂性"及其意义［J］．小说评论，2006（4）．

[45] 魏天真．饶舌的哑巴：怀疑主义者的青春期话语——李洱早期小说文体风格［J］．平顶山学院学报，2009（4）．

[46] 文贵良．语言的"及物"与知识分子的"应物"——论李洱长篇小说《应物兄》［J］．社会科学，2021（5）．

[47] 王宏图．李洱论［J］．文艺争鸣，2009（4）．

[48] 王鸿生．李洱：与日常存在照面［J］．小说评论，1998（1）．

[49] 王鸿生．被卷入日常存在——李洱小说论［J］．当代作家评论，2001（4）．

[50] 王鸿生．临界叙述及风及门及物事心事之关系［J］．收获，2018年长篇专号（冬卷）．

[51] 王瑛．午后的诗学——论李洱小说的叙述艺术［D］．广州：华南师范大学，2003．

[52] 王宇佳．一个慢慢讲故事的人——论李洱小说叙述的慢速度［D］．北京：中央民族大学，2014．

[53] 徐德明《石榴树上结樱桃》：叙述与隐喻之间的对位与张力［J］．当代作家评论，2005（3）．

[54] 谢俊．启蒙的危机或无法言语的主体——谈《阿Q正传》中的叙事声音［J］．中国现代文学研究丛刊，2019（1）．

[55] 谢有顺．思想与生活的离合——读《应物兄》所想到的［J］．当代文坛，2019（4）．

[56] 严家炎．复调小说：鲁迅的突出贡献［J］．中国现代文学研究丛刊，2001（3）．

[57] 阎晶明．塔楼小说——关于李洱《应物兄》的读解［J］．扬子江评论，2019（5）．

[58] 宗培玉．站在地狱的屋顶上凝望花朵——李洱小说修辞解

读［D］. 上海：华东师范大学，2005.

［59］宗培玉. 异空间、知识叙事和鱼在水中的分身——论《应物兄》的长篇叙事艺术［J］. 文艺论坛，2019（3）.

［60］朱莉娅·克里斯蒂娃，祝克懿，宋姝锦. 词语、对话和小说［J］. 当代修辞学，2012 年（4）.

［61］周瓒. 以精卫之名——试论诗歌翻译中的声音传递［J］. 文艺争鸣，2019（2）.

［62］张钧. 知识分子的叙述空间与日常生活的诗性消解——李洱访谈录［J］. 花城，1999（3）.

［63］张柠. 写作的诫命与方法［J］. 作家，1998（11）.

［64］张学昕. 话语生活中的真相——李洱小说的知识分子叙事［J］. 当代作家评论，2005（3）.

［65］张爽. 现代化背景下的中国知识分子研究［D］. 哈尔滨：黑龙江大学，2008.

［66］张旭东. 论李洱小说的"知识分子书写"［J］. 当代文坛，2010（5）.

［67］张清华. 重审"90 年代文学"：一个文学史视角的考察［J］. 文艺争鸣，2011（16）.

［68］张皓涵. 巴赫金小说"声音"理论研究［J］. 长城文论丛刊，2018（2）.

［69］张卫中. 新时期小说语言探索的三个维度［J］. 中国当代文学研究，2020（1）.

［70］张陵. 读《应物兄》笔记［J］. 小说评论，2021（16）.

附　录

李洱创作年表（以公开发表时间为准）

1987 年

《福音》（短篇小说），《关东文学》1987 年第 12 期。

1991 年

《悯城》（短篇小说），《钟山》1991 年第 4 期。

1993 年

《导师死了》（中篇小说），《收获》1993 年第 2 期。

1994 年

《饶舌的哑巴》（短篇小说），《大家》1994 年第 4 期。

《加歇医生》（中篇小说），《人民文学》1994 年第 11 期。

1995 年

《悲愤》（短篇小说），《莽原》1995 年第 2 期。

《动静》（中篇小说），《小说家》1995 年第 4 期。

《婉的故事》（短篇小说），《作家》1995 年第 4 期。

《退了鳞的鱼》（短篇小说），《作家》1995 年第 4 期。

《警觉与凝望》（自问自答），《作家》1995 年第 4 期。

《抒情时代》（中篇小说），《小说界》1995 年第 5 期。

《缝隙》（中篇小说），《人民文学》1995 年第 10 期。

1996 年

《寻物启事》（中篇小说），《漓江》1996 年第 4 期。

《白色的乌鸦》（短篇小说），《山花》1996 年第 12 期。

1997 年

《遭遇》《秩序的调换》（短篇小说），《作家》1997 年第 5 期，同期发表创作手记《写作的诚命》。

《鬼子进村》（中篇小说），《山花》1997 年第 7 期。

《黝亮》（短篇小说），《大家》1997 年第 4 期。

《"四·二"大案采访手记》（采访），《公安月刊》1997 年第 7 期。

《错误》（短篇小说），《人民文学》1997 年第 10 期。

《有影无踪》（短篇小说），《上海文学》1997 年第 11 期。

1998 年

《现场》（中篇小说），《收获》1998 年第 1 期。

《威胁》（短篇小说），《漓江》1998 年第 1 期。

《鸡雏变鸭》（短篇小说），《作家》1998 年第 1 期。

《午后的诗学》（中篇小说），《大家》1998 年第 2 期。

《喑哑的声音》（短篇小说），《收获》1998 年第 3 期。

《悬铃木枝条上的爱情》（短篇小说），《山花》1998 年第 3 期。

《短篇小说及其他》，《青年文学》1998 年第 5 期。

《奥斯卡超级市场》（短篇小说），《山花》1998 年第 5 期。

《如愿以偿》（短篇小说），《人民文学》1998 年第 5 期。

《悬浮》（中篇小说），《江南》1998 年第 6 期。

《破境而出》（中篇小说），《花城》1998 年第 5 期。

1999 年

《葬礼》（中篇小说），《收获》1999 年第 1 期。

《日常生活——对话之二（1998 年 11 月 3 日）》（对话），《山花》1999 年第 2 期。

《个人写作与宏大叙事》（对话），《作家》1999 年第 3 期。

《故乡》（短篇小说），《作家》1999 年第 4 期。

《有关写作的闲言碎语》，《作家》1999 年第 5 期。

《遗忘》（中篇小说），"凹凸文本"专栏（刊发文体实验作品），《大家》1999 年第 4 期。

《国道》（中篇小说），《时代文学》1999 年第 3 期。

《堕胎记》（短篇小说），《花城》1999 年第 3 期。

《关于〈遗忘〉》，《大家》1999 年第 4 期。

《上啊，上啊，上花轿》（短篇小说），《山花》1999 年第 10 期。

《想象力与先锋》（对话），《上海文学》1999 年第 11 期。

《尘世中的神话》，《上海文学》1999 年第 11 期。

《去年的爱情》（短篇小说），《时代文学》1999 年第 6 期。

2000 年

第一部中短篇小说集《饶舌的哑巴》出版，湖北教育出版社，收录：《现场》《喑哑的声音》《遭遇》《饶舌的哑巴》《葬礼》《鬼子进村》《故乡》《堕胎记》《午后的诗学》《悬铃木枝条上的爱情》

《那一年，张钧来到郑州》（随笔），《作家》2000 年第 3 期。

《一九一九年的魔术师》（短篇小说），《东海》第 3 期。

《棒球场上的父与子》（评论），《长城》2000 年第 3 期。

《窨井盖上的舞蹈》（短篇小说），《作家》2000 年第 7 期。

《局内人的写作》，《花城》2000 年第 2 期。

2001 年

中短篇小说集《破境而出》由中国社会科学出版社出版。

《被遗忘的蒲宁》（杂文），《小说界》2001 年第 4 期。

《书房里的对话》（对话），《时代文学》2001 年第 6 期。

《花腔》（长篇小说），《花城》2001 年第 6 期。

2002 年

《花腔》由人民文学出版社出版单行本。

中短篇小说集《夜游图书馆》由浙江文艺出版社出版。

中短篇小说集《遗忘》由漓江出版社出版。

《朋友之妻》（中篇小说），《作家》2002 年第 1 期。

《〈花腔〉：且听众生妙语喧哗》（访谈录），《中国图书商报》2002 年 2 月 21 日。

《闲书与旧书》（散文），《中学生阅读（高中版）》2002 年第 9 期。

《儿女情长》（短篇小说），《人民文学》2002 年第 10 期。

2002 年 1 月 29 日，李洱凭借作品《遗忘》获得"大家·红河文学奖"。

2003 年

《斯蒂芬又来了》（短篇小说），《书城》2003 年第 1 期。

《〈夜游图书馆〉自序》（自问自答），《当代作家评论》2003 年第 1 期。

《平安夜》（短篇小说），《山花》2003 年第 3 期。

《首届"21 世纪鼎钧双年文学奖"颁奖会答谢辞》，《作家》2003 年第 3 期。

《郑州：在书中寻找自己的故乡》（散文），《中国图书商报》

2003 年 4 月 18 日。

《高眼慈心李敬泽》（评论），《当代作家评论》2003 年第 4 期。

2003 年 1 月，李洱凭借作品《花腔》获得首届二十一世纪鼎钧双年文学奖。

《花腔》2003 年入围第六届茅盾文学奖。

2004 年

《石榴树上结樱桃》由江苏文艺出版社出版。

中短篇小说集《午后的诗学》由山东文艺出版社出版。

《阎连科的力量——我读〈受活〉》，《北京日报》2004 年 2 月 15 日。

《它来到我们中间寻找骑手》（随笔），《青年文学》2004 年第 12 期。

《译者与被译者》，《中国图书商报》2004 年 6 月 4 日。

《光与影》（中篇小说），《当代作家评论》2004 年第 4 期。

《小说家的道德承诺》（随笔），《中国图书商报》2004 年 9 月 10 日。

《石榴树上结樱桃》（长篇小说），《长篇小说选刊》2004 年第 1 期，配发创作谈《啼笑之外》。

《啼笑之外——关于〈石榴树上结樱桃〉》（随笔），《长篇小说选刊》2004 年第 1 期。

《李洱：让你的表达成为一种公共关怀》（访谈），《北京日报》2004 年 10 月 10 日。

《听库切吹响古笛》（随笔），《文艺报》2004 年 10 月 19 日。

2004 年，李洱凭借作品《石榴树上结樱桃》获得首届华语传媒图书大奖。

2005 年

《石榴树上结樱桃》（长篇小说），《当代（长篇小说选刊）》2005 年第 1 期，配发创作谈《啼笑之外——关于〈石榴树上结樱桃〉》。

《我们的耳朵》（短篇小说），《上海文学》2005 年第 2 期。

《我们的眼睛》（短篇小说），《上海文学》2005 年第 2 期。

《啼笑之外——关于〈石榴树上结樱桃〉》（随笔），《当代》（长篇小说选刊）2005 年第 1 期。

《絮语海明威》（随笔），《中学生阅读（高中版）》2005 年第 Z1 期。

《人物内外》（自问自答），《南方文坛》2005 年第 2 期。

《为什么写，写什么，怎么写——在苏州大学"小说家讲坛"上的讲演》（讲演），《当代作家评论》2005 年第 3 期。

《〈石榴树上结樱桃〉梗概》，《书摘》2005 年第 5 期。

《狗熊》（短篇小说），《花城》2005 年第 4 期。

《林妹妹》（短篇小说），《山花》2005 年第 8 期。

《小说不死》（自问自答），《山花》2005 年第 8 期。

《巴金的提醒》（随笔），《朝花报》2005 年 10 月 24 日。

《作品评价标准应视现实状况而调整》（评论），《中国新闻出版报》2005 年 11 月 15 日。

2006 年

《生活与心灵：困难的探索——第四届青年作家批评家论坛纪要》，《人民文学》2006 年第 1 期。

《一个怀疑主义者的自述》（随笔），《小说评论》2006 年第 4 期。

《"倾听到世界的心跳"——李洱访谈录》（访谈录），《小说评论》2006 年第 4 期。

《林妹妹》,《语文教学与研究》2006 年第 11 期。

2006 年 6 月 14 日,李洱获得第十届"庄重文文学奖"。

2007 年

《石榴树上结樱桃》由江苏文艺出版社再版。

《探究知识分子在历史和现实中的困境》(访谈录),《作家》2007 年第 1 期。

《当学昕选择做一个文人》(随笔),《南方文坛》2007 年第 2 期。

《向宗仁发们致敬》(随笔),《扬子江评论》2007 年第 2 期。

《阎连科的 ABC》(随笔),《新华网》2007 年 9 月 19 日。

《阎连科的声母》(随笔),《南方文坛》2007 年第 5 期。

《在怀疑意识下的当代小说美学》(访谈),《上海文学》2007 年第 12 期。

2008 年

《石榴树上结樱桃》由北京十月文艺出版社出版。

《百科全书式的小说叙事》(访谈),《西部·华语文学》2008 年第 3 期。

《"日常生活"的诗学命名与建构》(访谈),《渤海大学学报(哲学社会科学版)》2008 年第 3 期。

《我将生命中美好的年华献给了〈花腔〉》(访谈),《文学报》2008 年 5 月 8 日。

《虚无与怀疑语境下的小说之变》(访谈),《当代作家评论》2008 年第 3 期。

《我那家乡的水啊》(散文),《青年文学》2008 年第 7 期。

《〈陈焕生上城〉:变与不变》(评论),《人民文学》2008 年第

11 期。

《在场的失踪者》（随笔），《当代作家评论》2008 年第 6 期。

2008 年 11 月，李洱参加第一届当代中国文学批评家奖颁奖典礼暨"这个时代的写作与批评"高峰论坛。

2009 年

《作家嘴里开花腔》（访谈），《南方人物周刊》2009 年 3 月 20 日。

《它来到我们中间寻找骑手》（随笔），《山西文学》2009 年第 3 期。

《我无法写得泥沙俱下 披头散发》（访谈），《北京晚报》2009 年 5 月 21 日。

《大教堂》（评论），《北京文学（中篇小说月报）》2009 年第 6 期。

《极简主义就是极复杂主义的另一种境界：关于卡佛的小说〈大教堂〉的对话》（访谈），《北京文学（中篇小说月报）》2009 年第 6 期。

《九十年代写作的难度》（访谈），《当代作家评论》2009 年第 5 期。

《你在哪》（短篇小说），《山花》2009 年第 11 期，同期配发李洱谈论经典作品的随笔《闲说经典》。

2010 年

《传媒时代的小说写作》（演讲），《江南》2010 年第 2 期。

《写作就是命运》（随笔），《语文教学与研究（读写天地）》2010 年第 4 期。

《传媒时代小说何为？》（演讲），《社会科学报》2010 年 7 月

8 日。

《关于赵勇教授〈顾彬不读中国当代小说吗?〉一文的回应和说明》,《作家》2010 年第 7 期。

《"中国文学海外传播"学术座谈会纪要》(座谈),《红岩》2010 年第 5 期。

《一些事》(随笔),《小说界》2010 年第 5 期。

《花腔》2010 年被评为"新时期文学三十年"(1979—2009)中国十佳长篇小说。

2011 年

《石榴树上结樱桃》、自选短篇小说集《白色的乌鸦》由新星出版社出版。

《异邦的荣耀与尴尬——"新世纪文学反思录"之五》(对话),《上海文学》2011 年第 5 期。

《中国文学海外传播的瓶颈》(评论),《社会科学报》2011 年 7 月 7 日。

《作家与传统》(随笔),《中华读书报》2011 年 9 月 14 日。

《重建身体和社会的关系》(评论),《文艺报》2011 年 9 月 5 日。

2011 年 11 月 27 日,李洱出席在清华大学举行的"中国影响——2011 论坛"文学专场活动。

2012 年

《非虚构与虚构(上)》(对话),《上海文学》2012 年第 3 期。

《非虚构与虚构(下)》(对话),《上海文学》2012 年第 4 期。

《短篇小说写作的现状与可能——以蒋一谈、劳马、邱华栋、阿乙为中心》(对话),《作家》2012 年第 7 期。

《长篇小说的"中国化"及其他》(对话),《作家》2012 年第

13 期。

2013 年

上海文艺出版社出版共八卷的李洱文集,收录李洱的小说创作,另设一卷《问答录》收录部分李洱的文学评论、对话。

《石榴树上结樱桃》由新星出版社再版。

《在"中国——西班牙文学论坛"上的演讲》(演讲),《语文教学与研究》2013 年第 16 期。

《批评家要介入文学现场》(对话),《社会科学报》2013 年 7 月 18 日。

《九十年代文学——从"断裂问卷"与〈集体作业〉谈起》(对话),《南方文坛》2013 年第 5 期。

2013 年 9 月,李洱出席北京国际图书博览会,参加了人民文学出版社联合德国柏林文学之家举办的题为"乡土与流亡"的中德作家主题交流活动。

2014 年

短篇小说集《李洱六短篇》由海豚出版社出版。

《文学的本土性与交流》(评论),《东吴学术》2014 年第 1 期。

《从何处说起呢》(中篇小说),《北京文学(中篇小说月报)》2014 年第 11 期。

《在历史与现实之间穿行——李洱访谈录》(对话),《百家评论》2014 年第 3 期。

2015 年

中篇小说集《从何处说起呢》由长江文艺出版社出版。

《李洱作品在国外》,《作家》2015 年第 3 期。

《联合文学课堂之四:〈革命星空下的坏孩子:王小波传〉讨论纪

要》，《青年文学》2015 年第 10 期。

《"先锋文学"与"羊双肠"》，《文艺争鸣》2015 年第 12 期。

2015 年 11 月 18 日作家李洱在香港科技大学做"假设宝玉长大了，曹雪芹会给他选择一条什么道路"演讲。

2016 年

《寻找一代人的精神谱系》，《西湖》2016 年第 1 期。

《对话的背景》，《书屋》2016 年第 4 期。

《今天，文学还有重提"先锋"的必要吗?》，《江南》2016 年第 3 期。

《说邰筐》，《野草》2016 年第 3 期。

《到第二条河去游泳——从"梁庄"到"吴镇"》，《南方文坛》2016 年第 4 期。

《贾宝玉长大之后怎么办?》，《扬子江评论》2016 年第 6 期。

2017 年

《花腔》《石榴树上结樱桃》《导师死了》《午后的诗学》《喑哑的声音》《鬼子进村》《儿女情长》《问答录》作品系列散文集由上海文艺出版社再版。

《看〈朝霞〉》，《中国现代文学研究丛刊》2017 年第 2 期。

《思维的精微或鲁迅传统的一翼》，《小说评论》2017 年第 3 期。

《生前是传奇，身后是传说——追忆钱谷融先生》，《文艺争鸣》2017 年第 11 期。

《写作如生命》（访谈），《上海文学》2017 年第 12 期。

《现代写作与中国传统》，《文艺争鸣》2017 年第 12 期。

2017 年 10 月，李洱出席第二届"北京十月文学月"的重点活动之一——北京出版集团旗下十月文学院举办 的"格非、李洱对谈：现代写作与中国传统"活动,围绕"传统"与"创新"这两个对于中国当下文学创作有着重要影响的元素进行了深入剖析和解读。

2018 年

《梁鸿之鸿》,《扬子江评论》2018 年第 1 期。

2018 年,《应物兄》首发于《收获》长篇专号秋卷和冬卷,获得《收获》长篇小说第一名和中国小说学会长篇榜第二名。2018 年 12 月,《应物兄》由人民文学出版社出版。

2019 年

《〈应物兄〉后记》,《扬子江评论》2019 年第 1 期。

《我们如影随形》,《鸭绿江(下半月版)》2019 年第 2 期。

《长篇小说在试图与"碎片化"对抗——李洱访谈录》(对话),《青年作家》2019 年第 7 期。

《长篇小说在试图与"碎片化"对抗——李洱访谈录》(对话),《记者观察》2019 年第 25 期。

《"精神高原上的诗与思"——北京师范大学驻校作家张炜创作四十年学术研讨会》,《作家》2019 年第 11 期。

2019 年 2 月 15 日,李洱出席人民文学出版社主办的"朝内 166 文学公益讲座"第 24 期,与德国畅销书作家、《科里尼案件》的作者费迪南德·封·席拉赫就"在历史和传统间穿梭"的话题展开对谈。

2019 年 5 月,李洱凭借长篇小说《应物兄》折桂 2018"年度杰出作家"。

2019 年 5 月 25 日,李洱出席第十七届华语文学传媒盛典,凭借作品《应物兄》成为华语文学传媒盛典 2018"年度杰出作家"。

2019 年 8 月 16 日,李洱作品《应物兄》获得第十届茅盾文学奖。

2019 年 10 月 18 日,李洱出席第五届浙江书展暨 2019 宁波读书节的核心论坛之一——天一阁论坛,并做"阅读,可以让每一个人成为知识分子"主题演讲。

2019年11月,李洱出席北京师范大学国际写作中心主办的"三十年·四重奏——新生代作家四人谈"活动。

2019年11月1日,李洱出席第18届华中图书交易会名家活动讲坛,与评论家、中国出版集团副总裁潘凯雄对谈,主题围绕"说不尽的《应物兄》"。

2019年11月25日,李洱出席郑州师范学院"写作与情怀"专题对话会。

2020年

《性别观与文学创作》(对话),《江南》2020年第1期。

《知言行三者统一,是我的一个期许》,《小说评论》2020年第1期。

《沁河的水声》,《牡丹》2020年第9期。

《熟悉的陌生人》(散文集),河南文艺出版社2020年5月出版。

《李洱〈应物兄〉研究(笔谈)》,《河南师范大学学报(哲学社会科学版)》2020年第4期。

《因为欣赏,所以批评——浅谈贺绍俊先生》,《当代作家评论》2020年第4期。

《荆花蜜》,《名作欣赏》2020年第25期。

《与中国当代作家李洱的对话》(对话),《山花》2020年第10期。

2020年10月,李洱担任第六届郁达夫小说奖终评委成员。

2020年9月21日,李洱出席"宁夏作家协会文化浸润工程·文学照亮生活公益大讲堂"活动。

2020年9月25日，李洱参加蜻蜓FM发起的"名人读名著"大型公益读书项目，担任名著领读者。

2020年，李洱出任《晶报·深港书评》2019年度十大好书评选导师。

2020年11月9日下午，李洱以"浅谈文学经典化"为主题，结合《红楼梦》的经典化过程，向参加2020年四川省中青年作家高研班的作家进行授课。

2020年11月，李洱出席"由荒诞指向伟大——纪念加缪诞辰107周年：作为'局外人'的加缪"读书会，与作家、媒体人苗炜对谈。

2021年

《长与短》，《中国文学批评》2021年第2期。

《诗人的圆桌：关于自然、人文、诗学的跨文化对话》，《新阅读》2021年第5期。

《我们该如何获得现实感》，《北京文学（精彩阅读）》2021年第9期。

《卷首》，《北京文学（精彩阅读）》2021年第9期。

《像飞鸟一样掠过天空》，《快乐阅读》2021年第20期。

《邱华栋与他的小说》，《当代作家评论》2021年第6期。

2021年4月，李洱参加南方周末"阅读新火种"公益行动。

2021年4月23日，李洱入选第七届当当影响力"小说作家榜"。

2021年6月11日，李洱参加"迎着新生的太阳——庆祝中国共产党成立100周年红的文学全媒体云观展"活动。

2021年10月《局内人的写作》（文学阅读笔记）由译林出版社出版。

2021年10月15日，李洱参加天府书展并接受《封面新闻》

专访。

2021年10月18日，李洱参加"共生共荣 文学与影视高峰论坛"暨"十月星浪潮影视计划"系列活动。

2021年12月31日李洱参加钱江晚报·小时新闻2022"书香迎新 阅向未来"TALKSHOW直播活动。

2021年12月，当选中国作家协会第十届全国委员会委员。

2022年

2022年1月，李洱参加人民文学出版社文学跨年直播，分享清代李伯元所著《南廷笔记》。

2022年1月6日，李洱参加CCTV-3《我的艺术清单》栏目，带领大家参观中国现代文学馆。